À l'ombre du condor

François Donnat

À l'ombre du condor

Du même auteur :

- El mundo Aymara y Jesucristo, Ed Verbo Divino 1998 et La Paz 2001.
- No se puede encerrar el mal, La Paz 2007
- Carta a mis nietos, La Paz 2018
- Lettre à mes petits-enfants, Éditions Baudelaire 2018

© 2025 François Donnat

Édition : BoD · Books on Demand, 31 avenue Saint-Rémy, 57600 Forbach, bod@bod.fr
Impression : Libri Plureos GmbH, Friedensallee 273, 22763 Hamburg (Allemagne)

ISBN : 978-2-8106-2712-7
Dépôt légal : Mars 2025

Prologue

"Mesdames Messieurs, nous avons commencé notre descente à l'aéroport international de El Alto. Nous vous prions d'attacher votre ceinture, de relever votre tablette, de mettre le dossier de votre siège en position verticale et d'éteindre vos appareils électroniques."

Nicolas se redresse et ajuste le dossier de son siège. Quatorze heures de vol c'est long et il ressent la fatigue du voyage dans chacun de ses muscles et de ses membres engourdis. La nuit a été courte et le voyage long, il aspire à une douche et à dormir une bonne nuit. Il range sa tablette dans son étui.

La descente en avion à El Alto n'est pas très longue du fait de l'altitude de l'aéroport, quatre mille cinquante mètres. Il regarde par le hublot sur la droite de l'avion et il voit un sommet enneigé magnifique. Il apprendra plus tard que c'est l'Illimani qui domine toute la ville de La Paz. Puis apparaissent des immeubles de plusieurs étages dans un creux de la montagne. Brusquement le sol s'est rapproché de l'avion ainsi que les maisons de briques rouges. L'avion survole le haut plateau, l'*altiplano*, où se situe la ville de El Alto. Les sommets enneigés, résultat des précipitations de la nuit précédente, se succèdent sans discontinuer après l'Illimani. La cordillère royale exerce son charme sur le voyageur qui la découvre pour la première fois. Nicolas en a plein les yeux, mais cela va trop vite pour tout fixer.

    Les hôtesses passent dans l'allée centrale pour vérifier que tout est en ordre pour l'atterrissage. Les maisons disparaissent et l'avion survole alors la campagne proche de la ville en direction du lac Titicaca. Nicolas note l'absence d'arbres sur ce vaste plateau. C'est alors que l'avion commence un virage qui l'amène à faire demi-tour tout en perdant encore de l'altitude. Il entend le bruit de la sortie du train d'atterrissage et il se sent tout d'un coup rassuré. Les maisons sont revenues tandis que le sol se fait de plus en plus proche : une route à deux voies, un cours d'eau et la piste est là. Il a le sentiment que l'avion va plus vite que d'habitude pour atterrir.

    Il regarde toujours par le hublot. Il a aperçu tout un tas de clochers, certains ont des bulbes, on pourrait les confondre avec des minarets. La piste défile sous l'avion et dans une secousse les roues touchent le sol. Le pilote laisse l'avion filer sans trop freiner pour avaler les quatre mille mètres de la piste, l'une des plus hautes et plus longues au monde. Après un virage sur la gauche l'avion ralentit pour l'arrivée sur l'aire de parking.

    "Bienvenue à l'aéroport international de El Alto. Nous espérons vous revoir prochainement sur nos lignes et nous vous remercions de votre préférence." Le choix est bien limité sur les vols intérieurs puisque seules deux compagnies ont l'autorisation de voler. La compagnie nationale, BOA, a de fait le monopole. Un virage à droite pour chercher la passerelle et un dernier virage à gauche pour s'y ajuster.

    Le signal d'attacher les ceintures n'est pas encore éteint que c'est la ruée. Les gens se lèvent pour attraper leur bagage à main dans un mouvement désespéré pour sortir au plus vite de ce long tube et retrouver l'air libre. Nicolas lui aussi se lève, mais trop vite, la rareté de l'oxygène le fait se rasseoir aussi vite qu'il s'est levé. C'est avec des mouvements plus lents qu'il prend son sac à dos dans le compartiment des bagages et il avance précautionneusement dans l'allée. Il répond au salut des hôtesses qui sont au bout de l'allée centrale et passe la porte pour s'engager sur la passerelle. Il commence à ressentir un mal de tête. Dans le long couloir qui l'amène à sa valise il sera dépassé par la meute des voyageurs habitués à l'altitude.

Le voilà debout au bord du tapis roulant attendant sa valise qui a fait le voyage en soute et qu'il n'a pas vue depuis son départ de Lyon. L'attente se fait longue et il ressent le besoin de trouver un siège pour s'asseoir. C'est assis qu'il attendra la sortie des bagages de soute.

La sirène retentit pour annoncer leur arrivée. Le tapis roulant se met en route et les bagages sortent un à un. On a l'impression d'assister à un tirage de la loterie, pourquoi celui-ci plutôt qu'un autre en premier ? Les gens arrachent leur bagage à ce serpent de caoutchouc. Nicolas aperçoit sa valise qui entre sur le tapis roulant. Lorsqu'elle est devant lui il fait l'effort de la soulever et de la poser par terre à son coté. Heureusement que l'on a inventé les roues sur les valises : l'effort sera moindre pour rejoindre la sortie.

Un groupe de personnes disparate attend à la sortie des passagers. Il ne connaît personne, il sait seulement que l'on vient le chercher et qu'il y aura une pancarte avec son nom. Il cherche la pancarte et ne voit rien. Le voilà un peu décontenancé et une petite angoisse commence à monter en lui. Que va-t-il faire si personne ne vient ?

Il se met sur le côté pour attendre et voir venir. Les gens sortent et retrouvent ceux qui les attendent. Comme c'est un vol de Santa Cruz qui fait le plein avec les voyageurs arrivés de Madrid, de Miami, voire de Bogota il y a plusieurs retrouvailles de familles à la sortie. Il sent qu'il fait tache dans cette foule aux caractéristiques bien différentes de ce que l'on peut rencontrer en Europe. Ce qui l'impressionne le plus ce sont les femmes avec leur chapeau melon et leur longue et ample jupe multicolore. Les visages finissent de lui faire prendre conscience qu'il est définitivement dans un autre monde.

Dix minutes passent et il s'apprête à prendre un taxi. Il a observé que les passagers à la sortie de l'aéroport sont assaillis de propositions pour prendre un taxi. Ce ne sera donc pas difficile. C'est à ce moment-là qu'arrive presque en courant un homme de grande taille pour le pays et une jeune femme plus petite qui a du mal à suivre le rythme. La femme porte une pancarte avec son nom. Il se sent soulagé et s'avance vers eux.

- Bonjour je suis Nicolas, celui que vous cherchez.
- Bonjour je suis Wara et complètement désolée de t'avoir fait attendre. Bienvenue en Bolivie.

Du haut de son mètre quatre-vingt-treize le grand personnage, de quarante-cinq ans, pas très couleur locale, prend la parole :

- Moi je suis le père Enzo. Enchanté. Nous avons eu des problèmes de circulation automobile et nous nous excusons pour le retard.

Wara sort de son sac un Thermos et une tasse. Elle verse dans la tasse un liquide vert. Elle tend la tasse à Nicolas :

- C'est une tisane de feuille de coca pour le *soroche*, le mal de l'altitude.

Nicolas est touché de l'attention. Il ne dit rien du Diamox qu'il a pris avant d'arriver, sur les conseils de son médecin en France, pour le mal de l'altitude justement. Nicolas boit sa tisane chaude sans être brûlante. Cela a un goût bien particulier auquel il lui faudra s'habituer. Bien qu'il soit deux heures de l'après-midi, c'est à dire l'heure où il est censé faire le plus chaud, Nicolas commence à sentir le froid de l'altitude. Wara a vu la réaction de Nicolas et propose :

- Enzo je crois qu'il est temps pour nous de rentrer au centre et permettre à Nicolas de se reposer du voyage.
- Tout à fait d'accord, répond Enzo qui prend en charge la valise de Nicolas.

Nicolas est amusé par la façon de prononcer son prénom à la façon espagnole : "Nicolasse".

Ils sortent de l'aéroport et se retrouvent sur le parking après avoir traversé la route empruntée pour la sortie par les voitures. La jeep d'Enzo n'est pas très loin. C'est une jeep Toyota Land Cruiser de couleur rouge. Un gros morceau. Enzo ouvre le coffre et met la valise de Nicolas. Pendant ce temps, les portes s'ouvrant toutes en même temps, Wara ouvre la porte avant droite et invite Nicolas à passer devant "pour mieux voir le paysage". Elle même s'installe sur le siège arrière. Enzo qui a, lui, pris le volant, démarre la jeep. Une marche arrière et voilà la jeep dans la circulation.

Pour sortir du parking les voitures vont lentement en serpentant autour des voitures stationnées ici. Un virage à droite et une ligne droite vers le péage. Ce qui frappe Nicolas c'est une végétation très pauvre, pas d'arbre, quelques buissons, une herbe rase avec une tendance à jaunir, et au loin les sommets des montagnes enneigées qui culminent à plus de six mille mètres.

La jeep s'insère dans la circulation dense de cette ville champignon, El Alto, plus d'un million d'habitants. Il y a trente ans il y en avait quelques trois cent mille. Dans la rue qui contourne l'enceinte de l'aéroport, trois files de voitures collées les unes aux autres. Dès qu'un espace apparaît une voiture l'occupe. La peur du vide ? Les changements de files sont constants. Et les coups de klaxon… on y conduit au klaxon. On sent une ville stressée et impatiente.

Enzo lui explique :
- On va faire le tour de l'aéroport par le sud. La route normale est au nord mais aujourd'hui il y a le grand marché de la *16 de*

Julio et tout est bouché. Par ici c'est plus long mais on arrivera avant.

Nicolas pense que "bouché" au nord doit être quelque chose d'énorme vu que de ce côté on avance au pas le plus souvent. Sur la grande avenue 6 de Marzo, date anniversaire de la ville, là où étaient prévues quatre files de voitures, la jeep se faufile dans les six files de fait. Enzo prend au milieu pour pouvoir tourner à droite au prochain carrefour, les autres files de la route étant stoppées par les minibus en attente des clients.

La jeep continue sa progression pendant que Nicolas se sent complètement dépaysé.

- Cela doit te changer de la France, lui dit Enzo.
- Je suis complètement perdu et en plus il y a la fatigue du voyage.
- Tu prendras le temps de connaître tout cela peu à peu.
- Alors Suma Uta[1] est en dehors de la ville, demande Nicolas.

C'est Wara qui lui répond :

- Le centre se trouve dans un quartier à la périphérie de El Alto, en direction du lac. Il nous faut encore passer Rio Seco, le nœud routier avec le départ pour Desaguadero et l'autre pour Copacabana. C'est vrai, c'est un peu loin de la Ceja, le quartier de l'aéroport.

Nicolas lui demande ce qu'elle fait au centre.

- Je suis le médecin du centre de santé de Suma Uta. Le centre de santé est ouvert à l'ensemble de la population du quartier et soigne aussi les enfants qui vivent là.
- Alors tu seras mon chef, lui dit-il.
- Oui dit Enzo. Wara est la responsable de l'ensemble du centre de santé. Il y a un autre médecin et trois autres infirmières. C'est parfois un peu juste comme effectif. Wara habite au centre alors que les autres membres du personnel rentrent chez eux le soir.

---

[1] Bonne maison en Aymara.

- Tu es célibataire, lui demande Nicolas.
- Oui, lui répond laconiquement Wara.
- Au centre, reprend Enzo, nous avons en ce moment trente-cinq enfants. Il y a six éducateurs pour s'occuper d'eux. Ils sont scolarisés dans les établissements du quartier.

Enzo a gardé une certaine façon de conduire à l'italienne. Il connaît bien les raccourcis. Nicolas ne sait pas très bien où ils sont mais la route devient de plus en plus mauvaise, en terre et pleine de trous. La jeep est secouée et s'arrête finalement devant un portail de fer et de bois. Enzo klaxonne et un homme entre deux âges vient ouvrir la porte.

- Merci, José, lui dit Enzo en passant à côté de lui.

Il va sur la droite s'arrêter devant une petite maison en adobes de terre.

- On est arrivé, lance-t-il.

Première partie.

Wara

L'explosion de la cartouche de dynamite réveille Wilma en sursaut. La fatigue des jours précédents fait que son mari Pedro ronfle encore à ses côtés. Elle se lève, son ventre gonflé de ses presque neuf mois de grossesse ne l'aide pas à être agile dans ses mouvements. Elle craque une allumette et l'approche d'une boîte en fer blanc, en fait c'est une petite boîte de conserve, emplie de kérosène, avec une mèche. La petite flamme troue la nuit de la cuisine. Wilma s'avance vers le fourneau de terre cuite dans l'angle de la pièce. Elle s'assoit sur un petit tabouret de bois noirci par la fumée et l'usage. Elle prend alors un peu de paille dans le coin et l'enfourne dans l'ouverture, elle rajoute des morceaux de bois et met le feu avec une allumette. Bientôt la chaleur remplit la pièce et Pedro se réveille dans la tiédeur qui emplit la cuisine qui sert aussi de chambre à coucher. Le lit fait de branches d'arbre et paille occupe tout un côté. Il est recouvert des couvertures faites de laine de mouton tissée et teinte par Wilma.
 C'est le grand jour bien que le soleil ne soit pas encore sorti de sa torpeur. Les Condori sont les *prestes* de la fête de Santiago de Ojje. Il est cinq heures du matin et il gèle en cet hiver de l'altiplano. Le village se trouve niché dans un repli de la bande de terre qui relie le détroit de Tiquina à la presqu'île de Copacabana. La maison de Wilma et Pedro se trouve sur la longue place

rectangulaire, en face de l'église. Au milieu de la place trône le kiosque circulaire qui n'a jamais vu un orchestre, orgueil de Santiago de Ojje. La place se trouve sur une petite colline qui domine le lac Titicaca à quelques encablures du Pérou. La frontière la sépare des îles péruviennes toutes proches.

Wilma, assise sur son tabouret, s'affaire pour peler les pommes de terre empilées dans un panier en osier. Le couteau va et vient vivement pour enlever la peau. La pomme de terre atterrit dans un seau empli d'eau. Wilma arrête le couteau dans son élan pour remettre du bois dans le fourneau de terre cuite sous la bouilloire noircie par le feu. Puis le couteau reprend sa course. Peler les pommes de terre, dans un moment comme une fête, est une des occupations de cuisine qui prend le plus de temps. Ce sont des kilos qu'il faut peler. Aujourd'hui ce sera un *quintal*. Wilma est aidée par ses *comadres,* qui chez elles, se sont levées avant le soleil et ont aussi commencé à éplucher les pommes de terre. De fait, toutes les maisons autour de la place sont réveillées.

L'eau bout depuis quelques minutes. Agilement Wilma attrape une tasse. Elle y place quelques feuilles de verveine du jardin et la recouvre d'eau bouillante. Elle saisit la boîte en plastique noir de crasse où se trouve le sucre. Avec une cuillère sortie du seau plein d'eau elle met du sucre dans la tasse. Une puis deux... jusqu'à quatre cuillères bien remplies. Du sac en plastique noir elle tire un pain rond déjà rassis. Une fois ces opérations terminées, réalisées tout en restant assise, elle tend la tasse et le pain à Pedro. Sans un mot, celui-ci commence à manger pendant que Wilma se sert elle aussi une tasse de verveine et un pain. Le petit déjeuner expédié, les *remerciements* d'usage échangés, Wilma reprend l'épluchure des patates.

Pedro se lève du lit sur lequel il était assis et s'étire. C'est alors que l'on entend une voix de l'extérieur qui dit : "Visite !". Pedro ouvre la porte en bois, se courbe pour sortir. Dehors son *compadre* Hipolito l'attend dans le noir du matin.

- Bonjour *compadre* Pedro, le son provient de l'obscurité.
- Bonjour *compadre* Hipolito, répond Pedro.

Ils se serrent la main et se donnent une tape sur l'épaule gauche de la main droite en guise d'*abrazo*. Ils échangent des considérations sur leur nuit et le froid du matin. Ils font aussi des commentaires sur les danses qu'il y a eu hier soir. Don Hipolito est né à Santiago de Ojje il y a quarante-sept ans. Le 25 Juillet est une date que tous ceux qui sont originaires du village attendent avec impatience chaque année. Tout le monde se prépare pour honorer Santiago comme il se doit. Don Hipolito est venu de La Paz où il vit et il est arrivé hier après-midi juste à temps pour pouvoir danser avec sa *morenada*. La fête commence la veille par le défilé des groupes de danses accompagnés, chacun des groupes, par une fanfare. Cette année il y a trois groupes de danse : deux *morenadas* et un de *wacawaca*. Don Hipolito est venu saluer son *compadre* avant que ne commence vraiment la journée car avec la danse il ne pourra pas faire acte de présence et l'accompagner. Pedro lui a demandé d'être le parrain de la fanfare qui va accompagner le couple de *preste* toute la journée. Don Hipolito ne fait que rendre ce que Pedro lui avait fait il y a deux ans pour la même fête. C'est ainsi que les frais de la fête, qui sont toujours considérables et ne peuvent être assumés par un seul ménage, sont répartis. Être *compadre* c'est un peu comme un livret de caisse d'épargne que l'on solde au moment d'une fête, d'un mariage ou encore d'un baptême. Wilma vient saluer son *compadre* Hipolito et lui apporte un plat de soupe de légumes pendant que Pedro ouvre une bouteille de bière, la première d'une longue série à venir au cours de la journée. Ils sont assis sur une couverture de laine de brebis étalée sur une pierre devant la maison.

La nuit commence à blanchir et les coqs font entendre leur cri de réveil. Les musiciens de la fanfare qui accompagnera Pedro tout au long de la journée sortent de la maison voisine. Les yeux sont encore pleins de sommeil. Les trompettes pendent au bout des bras. Les tambours ont plus de peine pour passer la porte étroite. Ils viennent se placer devant la porte de Pedro et Wilma pour jouer le premier morceau de la journée : la *diana* pour saluer le lever du jour et les *prestes*. Le son des cymbales troue le silence du petit matin aussitôt suivi par les trompettes et les tambours. Le morceau est court mais tout le village l'a entendu et il marque la fin de la quiétude de la nuit et le début des festivités tant attendues par l'ensemble de la population. Les enfants sortent en courant des maisons pour venir voir. C'est alors que le son de l'explosion d'une cartouche de dynamite vient ébranler les vitres des maisons. Le bruit est là pour convoquer les habitants à la fête.

Les *comadres* de Pedro et Wilma sont entrées dans la maison et commencent à prendre en charge la cuisine et le service. L'une d'entre elles vient apporter une tasse de chocolat aux membres de la fanfare. Une autre leur apporte un pain. Les langues se délient maintenant que le sommeil a fui avec le son des instruments. Une fois la tasse vidée et le pain disparu dans les estomacs, les musiciens se relèvent pour reprendre leur instrument et jouer un morceau de *morenada*. Pedro dispose à même le sol un de ces tissages, *tari*, spécialement tissé pour recevoir les feuilles de coca indispensable dans toutes les relations sociales. Puis il ramène un sac plastique vert empli de feuille de coca. Il en verse la moitié sur le *tari*. Après quoi il ouvre en déchirant le papier, deux paquets de cigarettes Astoria et les dépose sur la *tari* à côté de la coca ainsi qu'une boîte d'allumettes. Lorsque la fanfare a fini de jouer le morceau, Pedro invite son *compadre* Hipolito, les membres de la fanfare et les personnes présentes à procéder à l'*akulliku*. Il prend, en les choisissant soigneusement, plusieurs feuilles de coca et les présente, en les tenant de ses deux mains, à son *compadre* Hipolito qui les prend en remerciant Pedro. Puis tout le monde se penche pour avoir accès aux feuilles de coca et les échanges se multiplient. Puis chacun se sert sur le *tari* la quantité qu'il juge bonne pour lui. La boule que forme la coca à l'intérieur de la bouche gonfle la joue de chacun. Puis ils échangent une cigarette. D'ordinaire ils ne fument pas, mais au cours des *akullikus* de cette journée, ils vont consommer les quatre cartouches de cigarettes que Pedro a achetées pour la fête.

Le soleil est maintenant au plus haut, c'est le milieu de la journée. La cour de la maison de Pedro et Wilma est pleine. Les hommes sont assis sur des couvertures tendues sur les murs de pierres ou de terre. Les femmes sont assises à même le sol à part du groupe des hommes. Les discussions vont bon train. Pedro et Wilma sont assis derrière une table recouverte de bouteilles de bière.

Pablo et Juana, eux aussi *compadres* de Pedro et Wilma apparaissent dans l'embrasure de la porte. Lui dans son costume bleu anthracite tout neuf, acheté pour l'occasion, arbore un chapeau de feutre rouge. Juana, elle, a mis sa nouvelle *pollera* jaune aux reflets verts. Elle porte un châle marron en laine de vigogne fermé par une broche en or. C'est ce que l'on fait de mieux dans la mode andine. La vigogne, petit animal de la famille des lamas, a une laine très recherchée et, pour tondre l'animal, il faut en général le tuer car il ne se laisse pas approcher. Sur la tête elle porte un chapeau melon tout neuf. Les deux glands du ruban pendent du bon côté du chapeau pour indiquer qu'elle est mariée. Elle porte de grandes boucles d'oreilles en or. Bref elle fait étalage de toute sa fortune. Pablo et Juana, ce sont eux qui vont accepter de devenir les *prestes* pour l'an prochain.

Au moment où ils font leur entrée, la fanfare se met à jouer une *diana*. Wilma lève les yeux de son verre de bière et en voyant le couple, se lève en entraînant Pedro pour recevoir comme il se doit Pablo et Juana. Ils s'avancent en titubant vers la porte, accompagnés par leurs parrains de la fête. Juan les accompagne avec un cahier d'écolier. C'est lui qui a la lourde tâche de noter tout ce que les invités donnent comme cadeau aux *prestes*. Ceux qui accompagnent Pablo et Juana déposent devant Pedro et Wilma une armoire dont la glace a résisté aux chaos de la route. Puis viennent les caisses de bière : seize. Pour faire bonne mesure, Pablo va accrocher au châle de Wilma quelques billets de banque. Juan note tout cela scrupuleusement car il faudra rendre l'an prochain lorsque Pablo et Juana seront *prestes* à leur tour.

La fanfare joue pendant que Pedro et Wilma réceptionnent les cadeaux. Les serveurs arrivent alors avec des verres de cidre, appelé pompeusement champagne. Puis on leur sert un verre de vin suivi d'un cocktail, qui n'est autre qu'un soda mélangé à de l'alcool de sucre de canne à 96 degrés. Enfin un verre de bière. Mais Pablo et Juana ne sont pas venus les mains vides. Eux aussi invitent Pedro et Wilma à boire un verre d'alcool pur et un verre de bière. Tout l'art pour ne pas être fin soûl trop vite consiste à inviter la *pachamama*, la terre mère, en versant sur le sol une partie du verre qui vient d'être servi. Mais si l'on en verse trop sur le sol, alors celui qui a invité réprimande l'intéressé et lui ressert un verre.

- *Compadre*, viens par ici s'il te plaît, dit Pedro à Pablo.
- Merci *compadre* lui répond Pablo.

Pedro entraîne Pablo et Juana vers deux chaises qui ont été ajoutées à la table qu'ils occupent. Pedro dépose quatre bouteilles de bière devant Pablo. Il « invite » quelques feuilles de coca à son *compadre*. Les serveurs viennent avec de la bière pour chacun.

- Santé dit Pedro en levant son verre en direction de Pablo. Puis il se tourne vers tous ceux qui sont à la table et dit encore
- Santé, santé…

Tout le monde lève son verre et reprend :
- Santé, santé …

Chacun porte le verre aux lèvres et prend une gorgée calculée pour que tout le monde finisse son verre en même temps.

Wilma entame la conversation avec Juana.
- Quelles nouvelles de la ville ?

- Ça ne va pas fort dit Juana. Tout augmente, le salaire ne sert plus à acheter grand-chose. Et puis il y a tout le temps des grèves. Regarde, moi à l'hôpital, cette semaine on a fait grève trois jours. Il n'y a plus de médicaments. Les familles de malades doivent acheter tous les médicaments en dehors de l'hôpital.
- Oui c'est vrai, ici aussi on a du mal. Je voulais acheter un cochon de plus pour la fête mais je n'ai pas pu. Tout est trop cher. On mangera plus de mouton.
- Comment se passe ta grossesse ?
- Je ne me plains pas. Mais depuis ce matin j'ai des douleurs au ventre. Je ne voudrai pas qu'il arrive en avance.

La fanfare entame une nouvelle *diana,* annonçant un nouvel arrivant. Wilma se lève avec difficulté en posant sa main sur le bas du dos. Elle ressent alors une forte contraction qui lui coupe le souffle. Elle s'arrête de marcher un instant, reprend son souffle et rejoint Pedro qui fait face aux nouveaux arrivants. Ce dernier lui lance un regard noir, comme pour lui reprocher son retard. Le rituel des cadeaux reprend pendant que la fanfare joue de nouveau le même morceau de musique.

Au moment où Wilma lève son verre de bière pour répondre à l'invitation des nouveaux arrivants, une douleur plus forte que les autres la fait se plier en deux. Elle étouffe un cri de douleur. Pedro lui lance avec un regard de côté :

- S'il te plaît, tiens-toi bien. Nous devons tenir notre rang de *preste*.

Wilma ne peut lui répondre. Sous sa *pollera* un liquide s'écoule le long de ses jambes. Elle vient de perdre les eaux. Juana qui l'observe de la table se rend compte de ce qui arrive. Elle se lève et s'approche pour soutenir Wilma et l'entraîner vers la cuisine. Pedro, lui, s'excuse auprès des nouveaux arrivants.

- Je vous en prie, excusez-la. Depuis qu'elle est enceinte, elle ne supporte plus rien.

Il accompagne le couple vers deux places libres sur un banc. Il leur présente deux bouteilles de bière et va reprendre sa place à la table. Debout derrière la table il titube, s'empare de son verre plein de bière et lance :
- Santé, s'il vous plaît, santé.
Il réussit à mettre la main sur le dossier de la chaise et rétablit l'équilibre pendant qu'il porte le verre à ses lèvres. Puis il réussit à s'asseoir au milieu des rires des convives qui assistent à la scène. Les inflexions des voix sont de plus en plus pâteuses.
Il est temps de servir le porc cuit au four. Dans l'arrière-cour, les cuisinières se démènent pour servir les assiettes avec leurs mains : une grosse louche de riz, deux patates, deux ou trois tranches de tomates, une poignée de laitue coupée en fines lanières et, sur le tout, un bon morceau de viande bien dorée. Les serveurs vont et viennent, attrapent une assiette dans chaque main et vont vers les invités en leur mettant entre les mains le plat. Pedro dans un moment de conscience retrouvée lance :
- *Servons-nous.*
Plusieurs invités, tenaillés par la faim reprennent en cœur :
- *Servons-nous*
Le silence se fait et chacun mange le contenu de son assiette.

Wilma est allongée sur le lit de sa cuisine. Heureusement que, pour ce jour de fête, les *comadres* qui aident à la cuisine sont installées dehors sous un auvent et que le coup de feu est passé. Wilma a le souffle court, les contractions se font plus fortes et plus rapprochées. Elle n'aurait pas dû faire autant d'effort la veille et surtout ne pas porter autant de lourdes charges. Juana a mis à chauffer une marmite d'eau, accommode les couvertures du lit, remonte la tête de Wilma.
Les musiciens ont repris leurs instruments mais il n'y a plus d'harmonie d'ensemble et chacun détonne. Les langues articulent avec difficulté. Souvent le ton monte et il n'en faudrait pas

beaucoup pour qu'une bagarre éclate. Les verres se vident aussitôt remplis de bière. Pedro reprend conscience après son assoupissement. Il tente de se lever en s'accrochant à la table de ses deux mains, l'équilibre lui est difficile à maintenir. Son premier pas le projette sur le côté gauche, il rétablit l'équilibre comme par miracle et réussit à mettre un pied devant l'autre, en titubant il prend la direction de la cuisine où est couchée Wilma. Il s'appuie sur le montant de la porte de tout son poids et interroge d'une voix mal assurée :

- Wilma vas-tu bientôt revenir avec nos invités ?

Wilma est sous le coup d'une contraction et ne peut répondre. C'est Juana qui, furieuse de l'attitude de Pedro, répond :

- C'est maintenant que tu viens, complètement soûl. Tu ne te rends pas compte que ta femme est en train d'accoucher, espèce de bon à rien ?

- Ce n'est pas le moment qu'elle accouche, elle doit revenir avec moi.

- Tu crois qu'elle est en état de se lever ? Tu ne vois pas qu'elle est en plein travail et tu n'entends pas ses gémissements de douleur ?

- Comment oses-tu me parler sur ce ton ? Ce n'est pas une façon de faire pour une *comadre*.

Juana sort et va chercher Pablo son mari. Elle l'entraîne jusqu'à la cuisine et lui dit :

- Tu fais sortir le *compadre* Pedro et tu fais en sorte qu'il ne revienne plus ici jusqu'à ce que ce soit fini.

Pablo prend Pedro par le bras. Celui-ci résiste et Pablo est alors obligé de le tirer tout en lui disant :

- *Compadre* Pedro, s'il te plaît, viens dehors avec moi. Les invités te réclament.

Il tire un peu plus fort, à moins que ce ne soit Pedro qui résiste un peu plus fort, toujours est-il que tous les deux trébuchent sur une pierre et s'étalent de tout leur long sur le sol tout en criant

plus fort. Ils entreprennent alors de se relever sous les rires de ceux qui observent la scène. Après deux essais infructueux, accrochés l'un à l'autre, ils sont enfin debout, leurs costumes neufs souillés de terre mêlée d'excréments des poules. Ils entreprennent alors un voyage périlleux jusqu'à la table, chancelant tête contre tête ils arrivent jusqu'à leur chaise. Pablo rate l'atterrissage sur la chaise et se retrouve assis sur le sol avec une mimique qui trahit sa surprise de se retrouver dans cette position. Pedro vient lui tendre la main :
  - Un petit effort *compadre* allons-nous asseoir.
Mais lui aussi perd l'équilibre et se retrouve assis à côté de Pablo sur le sol. Juan, qui notait tous les cadeaux apportés, étant un de ceux qui avait le moins bu, s'approche et réussit à mettre debout Pedro et le fait asseoir sur sa chaise. Il recommence la même opération avec Pablo. Les deux hommes, enfin assis, lèvent leur verre en prononçant :
  - Santé.
Le jour touche à sa fin. Le soleil termine sa course dans le lac. La plupart des convives sont dans un état semi comateux et somnolent. La brise venue du lac se fait plus froide et ceux qui le peuvent se lèvent pour rentrer chez eux.
Dans la cuisine Juana s'affaire pour rendre possible cet accouchement. Dans un dernier effort Wilma se libère de l'enfant, une fille. Juana soutient la petite fille, prend la paire de ciseaux qu'elle avait mise de côté et coupe le cordon ombilical. La petite pousse son premier cri alors que Wilma reprend son souffle et distingue par la porte ouverte les premières étoiles.
  - Elle s'appellera Wara, dit Wilma sans se soucier de l'accord de Pedro qui sera obligé par elle de la déclarer avec ce prénom.

Nicolas.

Nicolas ouvre la porte d'entrée et se retrouve dans la grande rue de la Guillotière. Il prend la rue sur sa gauche et au loin apparaît le clocher de l'église Saint Louis de la Guillotière. Sa maman l'a laissé aller tout seul à la messe sachant que c'est tout près. Nicolas a été accepté comme enfant de chœur et il est tout heureux de pouvoir servir sa première messe. Nicolas a maintenant dix ans. Il passe devant l'école Notre Dame Saint Joseph, c'est son école. Au feu de la rue de la Madeleine, il prend bien soin de traverser au vert pour les piétons.

Il entre dans l'église et traverse la nef pour arriver dans le cœur en hémicycle. Il se dirige vers la sacristie. Une grande fresque occupe le cul de four de l'abside : c'est le Christ de majesté flanqué de deux anges adorateurs. Il entre dans la sacristie.

Il est fier de pouvoir enfiler son aube d'enfant de chœur. Ils sont deux pour cette messe. L'autre enfant de chœur est une fille, Céline. Le Père André Moulins, la quarantaine, entre à son tour.

- Bonjour les enfants.
- Bonjour Père, répondent-ils ensemble.
- Alors prêts pour cette messe ?
- Oui mon Père lance Nicolas.

Le Père Moulins finit de s'habiller. Le grand orgue, qui fait partie des meilleurs instruments symphoniques de Lyon, remplit l'église de la toccata et fugue de Jean Sébastien Bach. Les enfants de chœur précèdent le Père Moulins pour entrer dans le chœur. Ils saluent l'autel d'une génuflexion. La messe peut commencer.

A la fin de la messe ils entrent à la sacristie pour enlever leurs aubes et pour ranger les ustensiles utilisés pour la messe. Céline, pressée, s'en va la première.

- Au revoir mon Père, au revoir Nicolas, bon dimanche.
- Au revoir Céline, lui répond Nicolas.

Le Père Moulins semble perdu dans ses pensées. Il finit de ranger son aube et demande à Nicolas :
- As-tu encore un moment ? Je voudrais savoir comment s'est passée cette première messe comme enfant de chœur. Allons dans mon bureau.
En fait il ne lui laisse pas le choix de la réponse.
- D'accord, dit Nicolas.
Ils traversent l'église maintenant vide de tout fidèle. Ils descendent les cinq marches qui les séparent du trottoir. Ils empruntent la rue de la Madeleine sur leur gauche et vont jusqu'au 1 de la rue. C'est là qu'est située la cure de la paroisse.
La porte passée, ils vont dans le bureau du Père Moulins. Celui-ci sort la clef de sa poche et ouvre la porte. Nicolas y entre pour la première fois. Une grande étagère est pleine de livres et quelques bondieuseries. Derrière le bureau, il y a un fauteuil et devant, deux chaises pour les visiteurs.
- Assieds-toi, lui dit le Père Moulins.
Nicolas s'assoit sur une des deux chaises. Il pensait que le Père Moulins allait s'asseoir dans son fauteuil, mais non il vient s'asseoir sur l'autre chaise. Il en est surpris.
- Alors comment te sens-tu après cette messe, lui demande-t-il.
- Bien. Je suis content d'avoir pu approcher l'autel et être au plus près de Dieu.
Le Père Moulins rapproche sa chaise de la sienne et prend les mains de Nicolas dans les siennes. Il se demande ce que cela signifie.
- Tu sais, Dieu est amour, et il sait aussi combien tu l'aimes.
- Oui mon Père je le sais.
- Tous ceux qui croient en Dieu doivent eux aussi s'aimer.
- J'essaie d'aimer mon prochain. Il y a bien Sébastien qui n'arrête pas de m'embêter à l'école, avec lui j'ai plus de difficultés.

Les mains du Père Moulins caressent celles de Nicolas. Il lâche les mains de Nicolas et sa main gauche se place sur la cuisse gauche de Nicolas.

- Il est très important que tu m'aimes et que je t'aime comme le Christ nous a aimés.

Nicolas ne répond rien, il ne sait pas quoi dire.

- Tu vas penser cette semaine à l'amour de Dieu pour nous.
- Bon, lui répond Nicolas.

Le Père Moulins se lève d'un coup.

- Allez il faut que tu rentres chez toi maintenant, tes parents vont s'inquiéter. On se reverra la semaine prochaine pour voir ce que tu as pensé de l'amour de Dieu.

Nicolas se lève et serre la main du Père Moulins.

- Au revoir Père, bon dimanche.

Il prend le chemin du retour tout en se demandant où le Père Moulins voulait en venir.

La semaine suivante Nicolas va à l'église Saint Louis de la Guillotière pour de nouveau servir la messe. Il arrive dans la sacristie et voit que de nouveau il a à faire au Père Moulins qui va célébrer la messe. Il aurait préféré que ce soit un autre prêtre de la paroisse. Il fait contre mauvaise fortune bon cœur. Céline arrive au dernier moment.

Une fois la messe finie, comme la dernière fois, le Père Moulins demande à Nicolas de l'accompagner à son bureau. Comme la semaine dernière le Père Moulins s'assied sur la chaise à côté de Nicolas.

- Eh bien Nicolas as-tu pensé à l'amour de Dieu pour nous ?

Nicolas qui avait d'autres préoccupations ne sait quoi répondre. Il tente :

- C'est beau l'amour de Dieu pour nous.
- Tu sais Nicolas il faut que cet amour soit vécu sur cette terre.
- Oui, répond Nicolas.

Le Père Moulins rapproche de nouveau sa chaise de Nicolas. Il commence à caresser les mains de Nicolas qui est de plus en plus mal à l'aise.

- Qui est le représentant de Dieu sur terre, lui demande-t-il ?

Nicolas se rappelle sa première communion et dans la préparation on lui avait dit que le prêtre était le représentant de Dieu sur terre.

- C'est vous, lui dit-il

- Tu as raison, ce sont tous les prêtres, pas seulement moi. Tu sais les gens qui s'aiment s'embrassent. Je vais t'embrasser au nom du Seigneur.

Le Père Moulins prend la tête de Nicolas dans ses mains et lui donne un baiser sur la joue. Nicolas sent l'odeur de son haleine. Le Père Moulins continue de l'embrasser sur l'oreille. Ses lèvres finissent par se rapprocher des siennes. Il essaie d'embrasser Nicolas sur la bouche. Celui-ci se débat sur sa chaise. Le Père Moulins le maintient fermement. Nicolas pousse un cri. Le Père Moulins met sa main sur sa bouche et essaie de calmer Nicolas.

- Ce n'est rien Nicolas. C'est juste un exemple de l'amour de Dieu pour toi à travers moi. Je t'en prie Nicolas calme toi, je ne vais pas te faire de mal.

La voix calme, plutôt douce du Père Moulins permet à Nicolas de se calmer. Il ne sait plus quoi penser. C'est un prêtre, il doit savoir ce qu'il fait. C'est l'autorité, il faut le respecter. Les larmes envahissent ses yeux. Il pleure à chaudes larmes. Le Père Moulins le prend dans ses bras et lui caresse le visage, lui masse le dos, caresse les mains.

- Ce n'est rien, tout est fini, dit le Père Moulins.

Après un long moment, Nicolas a retrouvé le calme du moins extérieurement. Le Père Moulins dit :

- Tu sais il faut que cela reste entre nous. Ce sera notre secret. Tu n'as pas envie que tout le monde sache ce que tu as fait ?

Bien sûr que non pense Nicolas. La honte commence à le tourmenter.
- Oui ça restera entre nous. Je n'en parlerai à personne. Je vous le promets.
Rassuré le Père Moulins lui dit alors :
- Rentre chez toi maintenant Nicolas, tu dois être attendu.
Nicolas se lève et d'un pas peu assuré prend le chemin du retour. Un tsunami de pensées traverse son esprit. D'abord ne rien dire à ses parents, il a peur de leur réaction, il se sent coupable. Comment va-t-il faire la semaine prochaine ? Le fait de ne pouvoir en parler à personne le fait paniquer. Au lieu de rentrer directement chez lui il fait le tour du pâté de maisons une fois, une deuxième. Il pense que ses parents vont se demander ce qu'il fait, alors il pousse la porte d'entrée de l'immeuble.

Le dimanche qui suit, sur le chemin de l'église, Nicolas rencontre Céline. Nicolas a une intuition et lui demande :
- Céline, que penses-tu du Père Moulins ?
- Je n'aime pas cet individu. Je me méfie de lui et je préfère rester loin de lui. Pourquoi me demandes-tu cela ?
- Non pour rien, juste pour savoir.
Comme les voilà arrivés devant l'église, la conversation tourne court. Dans la sacristie ils enfilent leur aube pendant que le Père Moulins revêt les ornements pour la messe. Nicolas se demande ce que pense le Père Moulins au moment de dire la messe. Il n'a pas de remords ?
La messe a pris fin. Céline, comme elle l'a expliqué à Nicolas, prend congé rapidement. Et voilà une nouvelle fois Nicolas seul avec le Père Moulins.
- Tu sais Nicolas, j'ai beaucoup pensé à notre dernière rencontre. J'ai aussi un cadeau pour toi pour me faire pardonner.
- Ce n'est pas la peine. Et aujourd'hui je suis pressé.

- Tu ne peux pas refuser mon cadeau. De plus je suis sûr qu'il te plaira. Allons dans mon bureau.

D'une poigne forte le Père Moulins empoigne Nicolas qui ne peut que suivre le prêtre. Sans lâcher Nicolas, le Père Moulins parcourt les quelques dizaines de mètres qui le séparent de son bureau. Sur le chemin ils ne rencontrent personne. Les voilà de nouveau dans ce bureau. Nicolas commence à avoir peur. Que va-t-il se passer aujourd'hui ?

- Tu sais Nicolas je t'aime beaucoup. Viens dans mes bras.

Nicolas reste paralysé sur sa chaise. Le Père Moulins s'approche alors de Nicolas. Il le prend dans ses bras et commence à l'embrasser, mais pas sur la bouche. Nicolas est tétanisé. Les mains du Père Moulins commencent un va et vient sur les cuisses de Nicolas. Le Père Moulins prend la main droite de Nicolas et lui fait masser son sexe à travers son pantalon. Avec son autre main il prend le sexe de Nicolas à travers son pantalon. Il lâche la main droite de Nicolas pour essayer d'ouvrir son pantalon. Nicolas arrache la main qui malaxe son sexe, la mord, et part en courant. Le Père Moulins essaie en vain de remettre son pantalon en place, Nicolas est déjà loin.

Nicolas court aussi vite que cela lui est possible. Il traverse la rue sans regarder ce qui lui vaut un bon coup de klaxon. En deux temps trois mouvements il est devant le 97 de la grande rue de la Guillotière. La porte se referme. Il reprend son souffle et commence à monter les escaliers. Arrivé au deuxième étage, devant la porte de son appartement, sa décision est prise : il va tout dire à ses parents.

Il sonne à la porte et sa mère vient lui ouvrir. Elle voit tout de suite que quelque chose ne va pas.

- Qu'est-ce qu'il y a Nicolas ? Ça ne va pas ?

Nicolas ne répond pas tout de suite. Il vacille dans sa décision. Il avance vers la salle à manger et s'assoit sur une chaise et prend sa tête dans ses mains. Son père qui regarde la télé lui pose la même question :

- Ça ne vas pas Nicolas ? Qu'est-ce qu'il y a ?
- Comment s'est passée ta messe ? Demande sa mère.
- Non, dit Nicolas. C'est le Père Moulins.
- Qu'est-ce qu'il a le Père Moulins ? Il est malade ? Demande son père.
- Il m'a fait des choses.
- Quoi des choses ? Quelles choses ?

Son père devient nerveux. Sa mère essaie de calmer tout le monde.

- Écoute Paul, il faut écouter ce que Nicolas a à nous dire. On se calme et on écoute Nicolas, d'accord ?

Paul, son père prend une grande inspiration et dit :

- D'accord. Allez Nicolas on t'écoute. Qu'a fait le Père Moulins ?
- Je ne sais pas par où commencer.

Silence.

- J'ai peur et j'ai honte.

Nouveau silence.

- La première fois le Père Moulins m'a caressé les mains et m'a parlé de l'amour de Dieu.

Encore le silence.

- La deuxième fois il m'a embrassé.

Quelques larmes sortent des yeux de Nicolas

- Et aujourd'hui il a mis sa main sur mon sexe et ma main sur son sexe.

Nicolas est tout blanc. Il tremble en disant cela. Ses parents veulent lui poser plein de questions mais ils sentent qu'il ne faut pas aller trop vite pour ne pas bloquer Nicolas.

Sa mère embrasse Nicolas.

- Tu n'as plus à avoir peur, c'est fini maintenant, tu ne reverras jamais le Père Moulins.

Son père vient le serrer très fort dans ses bras.
- Il va falloir que tu nous en dises plus Nicolas. C'est terrible mais il nous faut tous les détails.

Nicolas reprend son récit en essayant de ne pas tout mélanger, la première fois puis la deuxième et enfin aujourd'hui. Maintenant ses parents savent tout ce qui s'est passé.

Claude, sa mère, lui demande s'il a faim.
- Non maman. Je voudrais dormir.
- Je vais te faire quand même un chocolat chaud et après tu iras te coucher.

Elle part dans la cuisine préparer la boisson. Une fois que Nicolas a fini sa tasse il va dans sa chambre se mettre au lit.

Le repas de midi est froid maintenant. Claude essaie de réchauffer comme elle peut le poulet et la purée. Paul se sert un pastis tout en mettant la table pour deux. Claude apporte les plats et chacun se sert tour à tour en silence, ruminant ce qu'ils viennent d'apprendre. C'est Paul qui parle le premier :
- Cet enfant de salaud, je vais lui casser la gueule.
- Et après ?
- Rien mais ça fait du bien.
- Sérieusement il faut savoir si on va à la police, à l'archevêché, les deux ? Et puis que fait-on avec Nicolas ?
- C'est vraiment un salaud, un enfoiré de merde ce curé.

Paul n'arrive pas à se calmer.
- Lui casser la gueule n'est pas suffisant, dit Claude.
- Tu as raison, dit Paul. Et il n'a pas dû faire cela qu'avec Paul. Il faut arrêter les dégâts.
- Si on va à la police tout de suite on va avoir toute la paroisse et l'école sur le dos.
- Alors on commence par l'archevêché ?
- Je crois que c'est le mieux pour commencer.
- Qu'est-ce que l'on fait pour l'école ? Il continue ?

- Je crois qu'au milieu de l'année on ne peut pas faire autrement. Mais pour l'année prochaine il faut chercher autre chose. Mais je crois que Nicolas va avoir besoin d'un psychologue.
- C'est pour les fous.
- Non c'est pour ceux qui ont vécu de gros traumatismes. Et Nicolas en a vécu un énorme.

Paul est pensif. Il sait que Claude a raison, mais cela coûte cher. Enfin il dit :
- Tu as raison. On se débrouillera. Il faudra renoncer à quelques dépenses.

Ayant décidé de ce qu'ils allaient faire, ils vont voir Nicolas dans sa chambre. Il dort profondément.

Claude emmène Nicolas à l'école. Puis elle se dirige vers l'arrêt du bus qui lui permet de rejoindre la place Bellecour. Elle traverse la Saône à pied et prend la ficelle pour monter à Fourvière. Elle descend de la ficelle et monte l'escalier pour arriver sur l'esplanade. La basilique en impose toujours en arrivant devant elle. Elle tourne à gauche pour rejoindre l'archevêché.

Elle ouvre la porte et se retrouve devant une autre porte vitrée, fermée avec un guichet sur la gauche. Elle s'approche du guichet.
- Je voudrais voir la secrétaire de l'archevêque s'il vous plaît.
- C'est à quel sujet, lui demande la femme qui tient la porte.
- C'est personnel.
- Quel est votre nom ?
- Claude Gay.
- Je vais voir.

La femme prend le téléphone et compose le numéro de la secrétaire de l'archevêque.
- Susanne, il y a là une Claude Gay qui demande à te parler.
- Je ne la connais pas. Que veut-elle ?

- Elle dit que c'est personnel.
- Écoute je n'ai pas le temps maintenant. Elle raccroche.
- Madame, la secrétaire ne peut pas vous recevoir maintenant.
- Quand cela sera-t-il possible ? Demande Claude.
- Je ne sais pas. Revenez plus tard.

Claude ressort du bâtiment. Elle ne peut pas aller chez elle et revenir plus tard. Elle décide de rester sur place et de revenir une heure plus tard. Elle se dirige vers la chapelle pour prier. Elle achète un cierge et l'allume en espérant que la vierge l'aidera dans sa démarche pour faire justice à son fils. Le temps qu'elle s'était donné est maintenant fini. Elle se dirige de nouveau vers l'archevêché.

- Madame je voudrais voir la secrétaire de Monsieur l'archevêque.
- Je vais voir.

La femme saisit de nouveau le téléphone.

- Susanne, Madame Gay est revenue, peux-tu la recevoir ?
- La secrétaire va vous recevoir.

La femme actionne le bouton d'ouverture de la porte vitrée. Claude entre dans un couloir sombre. La femme de la porte sort pour la conduire dans une petite pièce.

- La secrétaire va arriver. Assoyez-vous.

Elle sort de la pièce. Claude s'assoit. Elle prend son mal en patience. Le temps passe et la secrétaire se fait attendre. Peut-être qu'elle pense que Claude va se décourager et s'en aller. Mais celle-ci ne pense qu'à Nicolas et au Père Moulins. Cela fait maintenant trois quart d'heure qu'elle patiente. Soudain la porte s'ouvre et une femme entre deux âges s'avance.

- Je suis la secrétaire de Monsieur l'Archevêque. Si vous voulez bien me dire ce qui vous amène.
- Je voudrais un rendez-vous avec l'archevêque pour moi et mon mari. Nous devons lui faire part d'une affaire grave.
- Vous pouvez m'en dire plus ?

- C'est difficile, cela concerne l'archevêque.
- Je ne peux pas vous donner un rendez-vous sans plus de précision.
- Cela concerne un prêtre, le Père Moulins. Mais le reste je ne le dirai qu'à l'archevêque.
- Ce n'est pas suffisant voyez-vous.
- C'est bien compliqué de voir ce Monsieur.
- Il est très sollicité et occupé.
- Écoutez, nous sommes croyants, c'est pour cela que nous voulons rencontrer l'archevêque avant d'aller voir la police.

Voyant qu'elle n'en saura pas plus, mais alertée par la gravité de l'affaire qui peut aller jusqu'à un dépôt de plainte, elle accède à lui donner un rendez-vous : dans deux semaines à onze heures du matin le samedi.

Le jour du rendez-vous est arrivé. Claude et Paul montent à l'archevêché. L'attente n'a pas eu l'effet escompté par l'autorité ecclésiale. Ils sont encore plus en colère aujourd'hui. Ils ont le sentiment de ne pas être pris au sérieux. Nicolas lui n'a plus mis les pieds à la paroisse Saint Louis de la Guillotière. Il a commencé à voir un psychologue et n'est toujours pas bien dans sa peau. Ses études s'en ressentent. Il est triste et a des sautes d'humeur qui inquiètent Paul et Claude. C'est donc bien décidé à réclamer justice qu'ils entrent ce samedi à l'archevêché.
- Veuillez entrer dans ce salon, Monsieur l'Archevêque arrive.

La secrétaire les fait entrer dans un salon du rez-de-chaussée où sont accrochés d'énormes tableaux d'anciens évêques de Lyon. Ils se regardent et trouvent cela de très mauvais goût. Un homme de taille moyenne habillé en noir, en col romain et la main droite tenant une croix pectorale sur le cœur entre dans la pièce.
- Bonjour Monseigneur, saluent l'un après l'autre Claude et Paul.

- Bonjour mes enfants. Alors, qu'est-ce qui vous amène ? On me dit que cela concerne le Père Moulins.
- Oui Monseigneur, répond Paul.

Il informe le monseigneur de ce qui s'est passé dans le bureau du Père Moulins.
- Vous ne croyez pas que votre fils exagère ce qui s'est passé ?

Claude et Paul se regardent sans pouvoir en croire leurs oreilles. Ce serait la faute de Nicolas.
- Vous savez, j'ai interrogé le Père Moulins. Celui-ci m'a dit qu'il n'avait fait qu'encourager votre fils dans son rôle d'enfant de chœur. Il m'a dit aussi s'être confessé et repenti de ses gestes qui auraient pu être mal interprétés. Je crois que votre fils n'a pas compris ce que lui a dit le Père Moulins. Je crois savoir aussi qu'il est assez instable à l'école selon ce que l'on m'a dit à l'école Notre Dame Saint Joseph.

La colère commence à monter chez Paul et Claude.
- Alors vous ne nous croyez pas, vous soutenez le Père Moulins. Il va s'en sortir blanc comme neige. Vous devriez avoir honte. Vous n'êtes pas digne d'être Monseigneur. Nicolas est une victime et nous ferons tout pour que cela soit reconnu.

Claude se lève suivi de Paul. Elle prend la parole :
- Monsieur vous ne méritez pas notre respect. Je ne vous salue pas.

Ils sortent ensemble avec une colère sourde qui les empêche de parler. Ce n'est qu'en bas de la ficelle, à Saint Jean, que Paul prend la parole :
- Maintenant nous allons déposer plainte à la police.
- Il faut le faire tout de suite, dit Claude.

Les voilà en route pour le commissariat de leur quartier. Ils déposent plainte. Convaincre les policiers du bien-fondé de la démarche n'a pas été facile. Cependant le Père Moulins sera arrêté quelques semaines plus tard après l'enquête qui révélera d'autres victimes.

Wara.

La pluie a cessé au petit matin. Le soleil se lève derrière les collines de la péninsule. La place rectangulaire de Santiago de Ojje est maintenant sous les rayons de soleil. La maison de Pedro et Wilma s'éveille. Wara traverse la cour pour aller chercher un seau d'eau au robinet pour le petit déjeuner. Elle est contente : il ne pleut plus et elle va pouvoir aller courir avec ses amies sur la place pour profiter des danseurs du carnaval. Elle esquisse quelques pas de danse avec son seau d'eau qui manque de se renverser.

Elle entre dans la cuisine. Les cochons d'Inde, *cuys*, se réfugient sous le lit alors qu'elle avance dans la pièce. Elle remplit une bouilloire depuis son seau et la place sur le fourneau de terre cuite. Sa mère remet une bûche dans le foyer. Les cochons d'Inde sont ressortis pour venir manger les épluchures de pomme de terre que sa mère est train de peler pour la soupe de midi. L'eau ne tarde pas à bouillir sur le feu de bois. Wara sort les tasses en métal émaillé, prend quelques peaux de grains de café, *sultana*, les jette dans les tasses et ajoute l'eau bouillante. La cuillère en aluminium plonge dans le pot de plastique qui fut, il y a longtemps, bleu. Le sucre est ajouté dans la tasse. Il ne manque plus que le pain qui est arrivé la veille de la ville. Wilma sort les petits pains du sac plastique et distribue le petit déjeuner aux membres de la famille présents.

- Aujourd'hui arrive Dionisio et sa famille de La Paz.

Pedro confirme ainsi ce que Wilma savait depuis quelques jours.

- Tu sais à quelle heure ils pensent venir ? Demande-t-elle.
- Ils doivent déjà être en route. Ils devaient prendre le bus depuis Rio Seco à El Alto. Celui qui part à cinq heures du matin. Ils devraient être à Tiquina en ce moment.

- Cela veut dire qu'ils ne vont plus tarder. Pedro, tu pourrais arranger la chambre où ils doivent dormir.
- Je finis mon petit déjeuner et je m'y mets.
- Combien viennent-ils ?
- Ils devraient être cinq. Dionisio, sa femme, Basilia et trois enfants : Washington, Lucia et Petrona.
- Tu leur mettras deux paillasses et des couvertures.

Wilma remet une bûche dans le feu tout en pensant que cela fera un peu plus de travail mais Basilia, sa belle-sœur, ne craint pas de donner un coup de main. Finalement elle est contente de sa venue.

Le bruit du klaxon enroué du bus se fait entendre jusque sur la place. Le bus vient de passer le dernier virage. Celui-ci, d'une couleur bleue délavée par le soleil, entre sur la place. Il lance un dernier coup de klaxon et s'arrête à la hauteur des premières maisons de la place. La porte s'ouvre et les voyageurs descendent peu à peu sur la place, contents de pouvoir se dégourdir les jambes. Le jeune homme qui aide le chauffeur va derrière le bus pour monter à l'échelle qui va sur le toit. L'arrière du bus est peint d'un portrait de Jésus et un autre du Che Guevara.

Sur le toit sont entassés tous les paquets que les passagers ont amenés pour le carnaval à Santiago de Ojje. Le chauffeur est en bas et perçoit le montant correspondant aux paquets de chaque passager en fonction du nombre et de son encombrement.

Dionisio, sa femme et ses trois enfants se dirigent alors vers la maison de Pedro et Wilma. Ils ont apporté une caisse de bière et ce qui fait défaut dans le village : sucre, riz, pâtes… Ils entrent dans la cour. Le chien vient les saluer. Ce qui fait sortir de la maison Wara et son frère Juan de trois ans son cadet. Ils sont tout contents de retrouver leurs cousins. Wara et Lucia ont le même âge. Les voilà parties toutes les deux au fond de la cour. Pedro et Dionisio se saluent et commentent les nouvelles de La Paz et de

Santiago de Ojje. Pedro va chercher une couverture en laine de mouton fabriquée par Wilma. Il la dispose sur une pierre située à l'entrée de la cuisine au soleil levant. Tous deux s'assoient sur la couverture tout en continuant de parler.

Wilma sort de la cuisine en portant deux tasses de *sultana* qu'elle donne à chacun des deux hommes. Wara tend un pain à son oncle et à son père. Dionisio remarque que sa nièce est une petite bien jolie. Wilma est retournée dans sa cuisine pour servir le petit déjeuner à Basilia et ses enfants. Wara attend que ses cousins, surtout sa cousine Lucia, aient fini pour pouvoir aller courir sur la place et découvrir ce que les *paceños* ont apporté pour le carnaval.

Pedro et Dionisio ont fini leur petit déjeuner. Pedro emmène les tasses à la cuisine et ressort avec un sac de plastique vert et un tissage, *tari*. Celui-ci est étendu sur le sol et Pedro dispose sur le *tari* des feuilles de coca et un paquet de cigarettes non sans auparavant l'avoir ouvert. Il présente à Dionisio quelques feuilles de coca soigneusement choisies par lui. Dionisio les accepte et choisit lui aussi des feuilles pour les offrir à son frère. Tout en continuant la conversation ils remplissent leurs joues avec les feuilles de coca. Dionisio se lève et va chercher deux bières dans la caisse qu'il a amenée de La Paz. Il les offre à Pedro. Celui-ci va chercher un verre et tous les deux commencent à boire, ce qui se poursuivra tout le carnaval.

Wara et ses cousins sont partis depuis longtemps sur la place retrouver les autres enfants laissés libres de leurs mouvements pendant le carnaval, les adultes n'ayant pas le temps de s'en occuper.

Cette année il y aura deux groupes de danse, *comparsas*, à Santiago de Oje : un groupe dansera la *morenada*. Pedro commente :

- Si l'on veut qu'un carnaval ait quelque prestige, il faut au moins une *comparsa* de *morenada*. Cette année on est gâté, nous avons notre *morenada*.
- Tu as raison Pedro, pas de carnaval sans *morenada*.
- Mais nous aurons aussi une *comparsa* de *wacawaca*.
- La *morenada* est ce que l'on fait de mieux, c'est sûr, dit Dionisio.

Il ajoute :
- Santé.

Tous les deux boivent une gorgée de bière.
- Cette année à Tiquina ils ne sont pas assurés d'avoir une *morenada*, tu te rends compte.
- Ils sont tombés bien bas, affirme Dionisio. Mais, en son for intérieur, il savoure que Tiquina soit contraint d'affronter l'adversité de cette situation.

Et ils continuent de commenter les malheurs des uns et la bonne fortune des autres. Entre "santé" et "santé" ils ont vidé plusieurs verres, plusieurs bouteilles. L'heure passant, il est temps de se rendre sur la place pour voir le spectacle offert pas les danseurs. Ils vont ainsi chercher leurs femmes, les enfants étant depuis longtemps à observer le harnachement des membres de la *morenada* et admirer les vaches en carton que vont enfiler ceux de la *wacawaca*. Ils emmènent avec eux un banc sur lequel ils vont s'asseoir pour le défilé des danseurs.

Ils trouvent une place pour leur banc à peu près au milieu de la place. Ils saluent les gens qu'ils croisent.
- Bonjour *compadre*, bonjour *comadre*.

On vient les inviter qui deux bouteilles de bière, qui six bouteilles. Et ils continuent de partager la boisson avec leurs *compadres*. Les musiciens commencent aussi à se faire entendre. Et les danseurs se mettent en place. Pendant cela Pedro et son frère Dionisio continuent de trinquer avec leurs voisins de banc.

Les *comparsas* commencent la danse qui va faire le tour de la place par la droite, dans le sens inverse des aiguilles d'une montre. Ce sont les *wacawaca,* ridiculisant les corridas importées par les espagnols au temps de la colonisation, qui ouvrent le bal. Les "vaches" se balancent au rythme de la musique comme un bateau ivre pendant que les femmes font tourner les jupes multicolores.

Pedro, son frère Dionisio, les voisins de banc sur la place sont bien soûls. Les femmes ne sont pas en reste. Le ton des voix est monté et les sons se sont faits plus sourds et on sent qu'ils articulent avec difficulté.

La *comparsa* de la *morenada* commence le tour de la place. Ce sont les femmes qui ouvrent le bal, suivies par les hommes dont le costume est d'un poids non négligeable. Ils avancent d'un pas chaloupé, tous en même temps. La danse remonte à l'époque coloniale et s'inspire de la traite des esclaves noirs qui vont travailler dans les mines. Le masque attire l'attention, les yeux sont énormes et exorbités, la langue est sortie de façon démesurée. C'est pour manifester la fatigue de la longue marche et le mal des montagnes. Les danseurs sont munis d'une crécelle qui veut imiter le bruit des chaînes des esclaves.

Lorsqu'ils font une pause, des "garçons" sont chargés de leur offrir un verre de bière ou un verre de cocktail local. L'alcool aidant, les pas deviennent plus lourds et parfois les pieds ont du mal à coordonner leurs mouvements, ce qui provoque l'hilarité dans l'assistance. Après le premier tour de la place, une longue pause est offerte aux acteurs qui en profitent pour trinquer maintes et maintes fois. Tout ceci rend périlleux le deuxième tour de la place. Les spectateurs et les danseurs communient dans la musique, la danse et l'alcool.

Lorsque le soir pointe le bout de son nez, rentrer chez soi devient problématique. Les adolescents se chargent des parents. Wilma secoue Pedro et tente de le mettre sur pied pour rejoindre la maison. Basilia fait de même avec Dionisio. Washington, lui, se charge du banc. Les femmes étant plus conscientes que les hommes, ce sont elles qui prennent la direction des opérations. Le chemin pour la maison est court mais il prendra pas mal de temps. Les femmes engueulent les hommes pour les faire avancer.

Pendant ce temps, c'est Wara qui a mis la soupe en route sur le petit fourneau en terre cuite. Dès leur arrivée elle la servira et ils pourront dormir. Pedro entre et demande :
- La soupe est cuite ?
- Oui papa, je te sers tout de suite. Répond Wara.

Pendant que Pedro, Wilma, Dionisio et Basilia s'affalent tant bien que mal où ils peuvent, Wara sert la soupe dans des assiettes en fer et les réparties à chacun des parents. Elle sert aussi les enfants. Tout le monde mange en silence. Une fois le souper fini, les adultes vont chercher un lit, le plus près sera le mieux. Les enfants peuvent commenter leur journée.
- Ils en tiennent une bonne, commente Lucia.
- Oui mais pas autant que les danseurs de la *morenada*, lui répond Washington.
- On a bien rigolé de voir comment ils ne pouvaient plus se relever après être tombés.
- Moi j'ai bien aimé la barbe à papa, dit Petrona. Juan aussi.
- Ce n'est pas vrai, je préfère les bonbons, lui répond Juan.

La journée a été riche en rebondissements et ils sont tous fatigués. Ils ne tardent pas à s'endormir.

Le carnaval commencé le samedi avec les danses touche à sa fin ce mardi. Le matin, ils ont rendu hommage à la maison et aux esprits de la maison, ils ont fait le rite de la *ch'alla*. Puis ils ont mangé et bu. C'est le quatrième jour qu'ils partagent les verres de bière, la nourriture entre membres de la communauté. Ils ont dansé, ils ont ri et certains se sont bagarrés. Ils ont passé un beau carnaval, mais les voilà bien fatigués. Très tôt dans l'après-midi, ils sont partis dormir et dissiper leur ivresse.

Wara est dans sa chambre. Elle vient de se réveiller d'une sieste et commence à jouer avec sa poupée en laine. Elle lui raconte son carnaval.

- Tu sais, il était bien ce carnaval. Avec les cousins on a bien joué et bien ri. Le samedi il y a eu plein de danses avec de la belle musique. Le dimanche, nous avons pris la barque et nous sommes allés faire un tour sur le lac. Le lundi, nous sommes montés sur la colline avec les moutons et nous avons joué à cache-cache. Et ce matin, nous avons fait la *ch'alla*. On a bien mangé aussi, du mouton, du porc, plein de soupe...

Elle s'interrompt car elle vient d'entendre un bruit de pas. Ils se rapprochent de la chambre. Elle se demande qui cela peut-il bien être car tout le monde dort profondément. Finalement la porte s'ouvre et Dionisio apparaît. Il est encore soûl. Il avance dans sa direction.

- Comme tu as grandi Wara, prononce-t-il.

Étonnée Wara se demande ce qu'il vient faire ici dans sa chambre.

- Tu es bien jolie aussi.

Il est maintenant tout proche de Wara et celle-ci ressent comme une alarme dans son corps, une crainte dans son esprit. Il vient s'asseoir à coté de Wara sur le lit où elle joue avec sa poupée.

- Viens ma jolie.

Et il commence à la caresser et à l'embrasser. Elle ne comprend pas mais ressent un affolement qui s'empare d'elle. Il lui caresse le bras, la joue. Son visage se rapproche du sien et ses lèvres viennent embrasser les siennes. Un immense dégoût la submerge. Elle est saisie d'effroi. L'haleine de Dionisio sent l'alcool et elle a envie de vomir. La langue de Dionisio entre dans son oreille puis force sa bouche. Elle est paralysée. Alors il lui arrache son pantalon et son slip, puis il essaie de baisser son pantalon. L'entreprise s'avère plus difficile que prévue. Il tient fermement Wara qui ne peut s'échapper. Elle est trop épouvantée pour pouvoir crier. En pleine érection il force la vulve pour entrer dans le vagin. Sous le coup de la douleur Wara crie. Il la gifle pour la faire taire et commence son va et vient. Wara essaie d'échapper à son haleine fétide. Elle sent un liquide qui entre en elle. Elle panique, sa frayeur est immense. Dionisio se retire, satisfait. Il se reculotte.

- Tu ne dis rien à personne sinon je t'assure que tu auras à faire à moi et tu mourras.

Il la gifle de nouveau.

- Tu as bien compris petite garce ?

Incapable de prononcer le moindre son, Wara hoche la tête en signe d'assentiment.

Dionisio repasse la porte et retourne cuver son alcool.

Wara ne comprend pas ce qui vient de se passer. Elle est tétanisée. Elle se recroqueville sur elle-même, ne bouge plus. Cela dure, elle n'a pas conscience du temps qui passe. Elle a mal, elle sait qu'elle a mal. Puis elle commence à pleurer, à pleurer toutes les larmes de son corps. Elle voudrait le dire à sa mère mais celle-ci dort.

Le soleil va bientôt se coucher. Elle se lève et se rhabille comme elle peut. Elle arrange le lit et sort de sa chambre. Elle ne veut pas voir Dionisio, de fait elle ne veut voir personne. Elle va vers l'enclos des moutons. Elle ouvre la porte, entre puis la referme. Elle s'avance doucement vers les moutons et va s'asseoir au milieu d'eux. Personne ne la verra et personne ne la cherchera. Elle pleure de nouveau. La chaleur des moutons lui tient chaud car la nuit est tombée et le froid avec. Elle passera la nuit avec eux enroulée dans la couverture qu'elle avait amenée avec elle.

Au petit matin, comme elle ne peut toujours pas voir quelqu'un, elle part pour la colline, son chien la suit.

Dans la maison, peu à peu, les habitants se réveillent avec la gueule de bois pour les adultes. Wilma est la première debout

pour préparer le petit déjeuner. Elle allume le feu dans son fourneau de terre cuite. Puis elle emplit une bouilloire d'eau. Pedro entre dans la cuisine :
- Tu devrais aller préparer des pommes de terre pour ton frère pour La Paz, lui dit-elle.
- C'est bon j'y vais, répond-t-il de mauvaise grâce.
Le voilà parti vers la réserve de pommes de terre. On ne peut pas laisser partir les visiteurs les mains vides.
Basilia entre à son tour dans la cuisine.
- Bonjour Wilma.
- Bonjour Basilia.
- Tu veux que je t'aide ?
- Si tu pouvais peler des pommes de terre pour la soupe, je veux bien.
Les deux femmes s'affairent, à préparer qui le petit déjeuner, qui la soupe qu'ils vont manger avant de repartir à La Paz.
- As-tu bien dormi, demande Wilma.
- Pas très bien. Comment veux-tu avec tout ce que l'on a bu. Pedro n'a pas arrêté de ronfler en plus.
- Oui c'est le prix à payer pour faire la fête. Mais vous allez repartir contents de votre carnaval.
- Tu penses bien que oui.
Dionisio entre lui aussi dans la cuisine. Wilma lui tend sa tasse de thé avec un pain.
- Tu dois avoir faim, lui dit-elle.
- Merci répond celui-ci.
Puis Wilma donne le petit déjeuner à sa belle-sœur et se sert elle-même. Pedro arrive avec un sac plein de pommes de terre. Il le donne à son frère qui le remercie. La soupe bout dans la marmite. Le car repart pour La Paz à neuf heures ce matin. Dionisio est allé chercher les places. Basilia fait les paquets pour le départ pendant que les enfants prennent leur petit déjeuner.

Voilà tout le monde prêt pour le départ. Wilma sert la soupe tout en demandant :
- Quelqu'un a vu Wara ce matin ? Où a-t-elle bien pu aller ?
Tout le monde mange la soupe. Un énorme coup de klaxon se fait entendre, le car est prêt pour le départ et appelle les voyageurs. Dionisio et sa famille prennent congé en promettant de revenir bientôt. Pedro demande :
- Mais où est passé Wara ? Elle aurait pu venir dire au revoir.
- Laisse la tranquille, ne va pas la réprimander, lui dit Dionisio avec un grand sourire.
Ils prennent alors la direction du car.
Wara est toujours épouvantée et ne peut pas encore descendre de la colline.

Nicolas.

Nicolas sort de chez lui. Aujourd'hui c'est la rentrée au séminaire Saint Irénée. Il y a dix ans il avait eu à faire avec le Père Moulins. Malgré cela il a approfondi sa foi. Paul, son père, n'arrive pas à comprendre qu'il puisse toujours croire et encore moins qu'il veuille entrer au séminaire. Claude, sa mère, a aussi du mal à comprendre. Cependant elle soutient Nicolas dans sa démarche.
Nicolas a décidé de marcher jusqu'à l'arrêt de bus pour Francheville. C'est une belle journée d'automne. Les feuilles des arbres sont de toutes les couleurs et ne sont pas encore tombées. La marche lui permet de mettre en ordre ses idées et ses pensées. Bien sûr il y a eu le Père Moulins, mais il se sent attiré par une vie au service des autres, il sent aussi une attraction pour suivre les pas du Christ. Et puis, dans son cheminement vers le séminaire, il n'a pas rencontré d'autre prêtre pédophile.

Le bus emprunte maintenant la montée de Choulans. Il traverse le quartier Saint Irénée. Cet homme aura marqué la ville de sa présence et par son œuvre. Avant que l'avenue commandant Charcot ne descende vers Francheville, Nicolas descend pour prendre le chemin des Fonts. Puis il emprunte l'allée sur la droite qui mène au séminaire. Il aperçoit une monumentale bâtisse en pierre dorée. C'est l'énorme dôme de la chapelle que l'on voit en premier. Il demande à la première personne qu'il rencontre :
- Je cherche le Père Bonard. Où est-ce que je peux le trouver ?
- Il est sûrement dans son bureau au premier étage, au milieu du couloir.

Nicolas entre dans le bâtiment et monte au premier étage. Il arrive dans un couloir très large. En fait, c'est comme si la largeur du bâtiment avait été divisée en trois, chambre, couloir, chambre de la même longueur. Le plafond est très haut et tout cela est impressionnant et intimidant. Nicolas frappe à la porte du supérieur.
- Entrez.

Il pousse la porte et se retrouve dans un vaste bureau dans lequel un petit personnage nerveux vient à sa rencontre, c'est le Père Bonard, le supérieur du séminaire.
- Bonjour Nicolas. Bienvenu au séminaire.
- Bonjour Père, lui répond Nicolas.
- J'espère que tu te plairas en notre compagnie. Je vais te donner la clef de ta chambre, tu la trouveras à cet étage sur la gauche en sortant. Nous nous retrouverons tous à la chapelle, pas la grande, trop froide, la petite, à 11 h pour la messe. Je te laisse t'installer.

Nicolas sort du bureau et cherche sa chambre. Il ouvre la porte et entre. Il y a là un lit, une armoire, une table et c'est tout. Une grande fenêtre donne sur la cour d'entrée. Plus loin se trouve le terrain de foot. Une belle vue s'étend jusqu'aux Monts du Lyonnais. Il entreprend alors de s'installer. Il fait son lit et range le peu d'affaires qu'il a apportées avec lui. L'heure de la messe approchant, il sort de sa chambre pour aller à la recherche de la chapelle. Elle se trouve à côté de l'entrée du réfectoire.

Il entre et trouve une pièce toute en longueur avec un autel au milieu et des chaises disposées en demi-cercle autour. Il y a là une quinzaine de chaises, ce qui indique le nombre de séminaristes. Les effectifs sont maigres : douze séminaristes pour cinq années d'études et trois diocèses qui envoient leurs séminaristes ici. La notion de "crise des vocations" n'est pas vide de sens. Il y a aussi quatre prêtres à demeure pour accompagner les séminaristes. S'agissant de la messe de rentrée du séminaire, c'est le supérieur qui est le célébrant principal. Le chant d'entrée est entonné par l'ensemble des présents. A la fin de la messe, le supérieur prend la parole :

- Nous sommes tous heureux de nous retrouver pour cette nouvelle année qui commence aujourd'hui. J'accueille au nom de tous Nicolas qui nous vient de Lyon et Guillaume qui arrive de Saint Etienne. Après le repas, nous nous retrouverons tous dans la salle commune à 14h pour l'organisation de l'année. Je vous invite à passer au réfectoire.

Ils n'ont que le vestibule à traverser. Le réfectoire est une grande salle, haute de plafond comme tout le séminaire, avec quatre tables de quatre. Chacun prend place en silence derrière une chaise. Un séminariste de dernière année récite le bénédicité. Chacun peut alors s'asseoir et parler à ses voisins de table. Nicolas est assis avec Guillaume le nouveau comme lui et Thomas de Valence qui est en troisième année, ainsi que Cédric de Grenoble en quatrième année.

Le temps a passé, prendre ses marques, faire connaissance avec les autres séminaristes, suivre les cours. Nicolas a pu trouver un équilibre dans tout ça. Mais cela fait un moment qu'il n'est pas allé rendre visite à ses parents. Ce dimanche il est allé à la Guillotière. Ils sont à table.

- Alors Nicolas, comment ça va à Saint Irénée ? Demande sa mère.
- Tu sais, ça va. Je suis maintenant habitué au rythme. Ça fait maintenant six mois que je suis là-bas. Les profs sont intéressants.
- Et avec les autres séminaristes, tu t'entends bien ? Demande Paul.
- Je suis bien copain avec Guillaume qui est arrivé avec moi. C'est bien, on peut travailler les cours ensemble.

Paul insiste :
- Tu n'as d'ennui avec personne au moins ?

Il est inquiet après ce qui s'est passé avec le Père Moulins.
- Cédric me cherche un peu, mais ça va, je gère. Dans les profs il y en a un qui est un peu bizarre, le Père Martin. Il enseigne le droit canon. Je n'accroche pas bien avec lui.
- Tu fais attention, lui dit son père. Tu sais ce que l'on a convenu, pas de cachotteries. Tu nous informes de tout assez vite s'il y a un problème.
- Je sais papa, ne t'en fais pas, en ce moment ça va bien.
- Qu'est-ce que tu veux dire quand tu dis que Cédric te cherche un peu ? demande Claude
- Il tourne autour de moi. Il a des attitudes pas toujours claires. Il me prend par le bras pour discuter. Enfin des trucs comme ça.
- Fais bien attention, lui dit son père.
- Je te promets papa.

Plus ou moins rassuré Paul, change de sujet.

On est à la mi-mai. Nicolas est parti se dégourdir les jambes dans le parc en cette fin de journée. Il arrive au fond du parc après le terrain de foot. Il s'assied sur le banc et regarde le paysage de Francheville et des Monts du Lyonnais. Cédric le rejoint et s'assied à côté de lui.

- Alors Nicolas la tête est pleine ?
- Oui j'avais besoin de prendre l'air et comme il fait un temps magnifique j'en profite.
- Tu as besoin d'un coup de main pour tes cours ? Tu sais je suis disponible pour aider.
- Je sais mais ça va, merci.
Cédric lui prend le bras et insiste. Mais Nicolas n'en démord pas. La nuit est maintenant tombée. Ils sont là tous les deux. Nicolas voudrait bien s'en aller mais Cédric lui tient toujours le bras. C'est alors que celui-ci embrasse Nicolas sur la bouche. Nicolas se lève d'un bond.
- Ça ne va pas. Qu'est-ce qui te prend ?
- J'avais envie, tu me plais, dit Cédric.
- Tu sais je ne suis pas homosexuel.
- Je pensais que c'était ton cas après ce que tu as vécu avec le Père Moulins.
- Comment tu es au courant ?
- Nicolas tout le monde est au courant et pense que tu es homosexuel.
- Eh bien je ne le suis pas et je te prie de me laisser tranquille.
- Oh ça va, ne te prends pas la tête avec ça. Tu sais, plusieurs ici le sont.
- Eh bien pas moi. Foutez-moi la paix.
Il repart vers le bâtiment d'un pas rapide. Ça se bouscule dans sa tête. Comment ont-ils su ? Est-ce que cette affaire va me poursuivre toute ma vie ? Qu'est-ce que je vais faire maintenant ? Avec qui en parler ? Cette nuit-là il ne dort pas beaucoup. Il fait cauchemars sur cauchemars. Le lendemain, il n'arrive pas à prier et s'absente de la messe quitte à avoir une engueulade du supérieur. Il va marcher dans le parc. Pendant les cours il est comme absent, absorbé dans ses pensées. Guillaume lui demande si ça va, il ne lui répond pas. Il ne va pas souper, il est parti dans sa chambre. Il tourne en rond.

Un peu plus tard dans la soirée, on frappe à sa porte. Il se demande qui cela peut bien être, il n'a envie de voir personne.

- Qui est là ? Demande-t-il.
- C'est le Père Martin, je veux parler de ton dernier devoir de droit canon.

Nicolas ouvre la porte qu'il avait fermée à clef.

- Ça ne peut pas attendre demain Père ?
- Non demain je dois aller en ville. Alors faisons cela ce soir, allons dans mon bureau.

Ils sortent tous les deux. Nicolas referme sa porte. Ils parcourent le long couloir éclairé d'une lumière blafarde. C'est au tour du Père Martin d'ouvrir sa porte. Il fait entrer Nicolas et referme la porte à clef. Nicolas découvre la présence de Cédric dans le bureau du Père Martin. Il est furieux. Il sait qu'il est tombé dans un piège. Il se dirige rapidement vers la porte et tente de l'ouvrir, mais il découvre qu'elle est fermée à clef. Il se retourne.

- J'exige que vous me laissiez sortir.

Mais Cédric vient l'immobiliser pendant que le Père Martin lui met du scotch sur la bouche.

- Calme-toi, tu veux bien. Sinon Cédric sera obligé de t'attacher.
- Tu sais cela ne sert à rien de te mettre dans des états pareils. Tu n'es peut-être pas homosexuel mais tu n'as pas encore essayé. Peut-être qu'après ce soir tu y prendras goût.

Pendant que Cédric continue d'immobiliser Nicolas, le Père Martin lui enlève son pantalon et baisse son slip. Ils obligent Nicolas à se coucher sur le dos. Ils commencent alors à le masturber, sans succès. Cédric baisse son pantalon pour le sodomiser.

On frappe à la porte. Cédric s'arrête net. Le Père Martin s'approche de sa porte pour l'ouvrir. Nicolas se lève d'un bond, remet son pantalon en quatrième vitesse, prend son slip, arrache son bâillon et la porte à peine ouverte, il sort en courant laissant le visiteur bouche bée. Il s'enferme à double tour dans sa chambre jusqu'au petit matin. Il ne trouvera pas le sommeil de toute la nuit. Sachant que le Père Bonard se lève tôt dès sept heures du matin, Nicolas frappe à sa porte.

- Eh bien, en voilà un qui est matinal ce matin. Qu'est-ce qu'il y a qui ne peut attendre le petit déjeuner ?

Nicolas dans un récit entrecoupé de sanglots lui raconte sa nuit.

- Nicolas, essaie de te calmer. Je comprends que tu sois choqué. Mais pour l'amour du ciel calme-toi.

Il lui sert un verre d'eau ce qui a pour effet de faire retomber quelque peu la tension de Nicolas.

- Écoute Nicolas, je vais mener mon enquête et le conseil se réunira pour analyser la situation. Aujourd'hui nous sommes vendredi. Rentre chez toi dès maintenant pour le week-end. Reviens lundi, nous verrons où nous en sommes. Tu viens chez moi directement. Tu es d'accord ?

Nicolas n'est pas état d'analyser les tenants et les aboutissants.

- Oui d'accord, lundi, ici directement.
- Tache de te calmer d'ici là.
- Au revoir mon Père.
- Au revoir Nicolas, à Lundi.

Nicolas va dans sa chambre prendre quelques affaires. Il est perdu. Voilà que ça recommence. Il sort du séminaire et va prendre le bus pour rentrer chez lui. Il ne sait pas ce qu'il va devenir. Il a bien conscience que rester au séminaire dans ces conditions est impossible. Il tourne et retourne tout ça dans sa tête. Le voilà devant la porte d'entrée de son immeuble. Il monte les escaliers d'un pas lourd et fatigué. Il sonne à la porte. Sa mère vient lui ouvrir. En le voyant elle s'exclame :

- Mon dieu qu'est-ce qui s'est encore passé ?

Nicolas entre en silence. Il va s'asseoir dans la salle à manger. Il ne sait pas par ou commencer. Il regarde sa mère qui a du mal

à cacher son angoisse. Il préférerait attendre que son père soit là pour ne pas avoir à recommencer le récit de son cauchemar, mais celui-ci ne rentre que le soir. Il demande un verre d'apéritif à sa mère. Celle-ci lui sert un grand kir. Lentement Nicolas le boit. Enfin il prend la parole :
- Hier soir cela a recommencé. Ils ont voulu me sodomiser.
Devant le silence qui s'installe elle demande :
- Qui ça mon chéri ?
- Cédric et le Père Martin.
Justement les deux qu'avait cités Nicolas l'autre dimanche.
- Comment c'est arrivé ? Demande-t-elle.
Nicolas commence alors à raconter ce qui s'est passé depuis la tentative de Cédric de l'embrasser puis le stratagème du Père Martin pour l'attirer dans sa chambre, la lutte avec Cédric puis finalement la tentative de masturbation et comment il a échappé à la sodomisation. Il est blafard. Sa mère inquiète lui demande s'il veut boire, manger. Il refuse. Il demande à aller dans sa chambre pour se coucher. Il sait qu'il lui faudra tout raconter de nouveau à son père. Dès qu'il se couche, il s'endort. Il a peu dormi ces dernières nuits et rien la dernière.

Claude veut essayer de prévenir Paul pour qu'il n'explose pas en apprenant, en rentrant du travail, ce qui est arrivé à son fils. Elle arrive à le joindre au téléphone et lui fait un résumé de la situation. Elle insiste pour que Paul se calme avant de rentrer à la maison.

Le soir arrive sans que Nicolas se soit réveillé. Paul arrive et il dort encore. Paul est nerveux mais il ne veut pas réveiller son fils. Demain c'est samedi et il ne travaille pas.
- Pourquoi cela recommence-t-il ? Pourquoi le sort s'acharne sur nous ? Qu'est-ce que Nicolas a de particulier pour que ça lui arrive tout le temps ?
- Je ne sais pas quoi dire. Je n'arrive pas à comprendre comment l'Église a pu en arriver là.

- En ce qui me concerne c'est fini, je ne mets plus les pieds dans une église.
- Je suis d'accord avec toi. Je ne peux pas, moi non plus, continuer à cautionner des agissements pareils. Moi aussi je ne mettrai plus jamais un pied dans une église.
- Est-ce que Nicolas va déposer plainte ? Il est majeur, nous, aujourd'hui on ne peut rien faire.
- Je crois que c'est trop tôt pour le savoir. Attendons d'en parler demain avec lui.
- Je vais me renseigner pour savoir s'il n'y a pas un groupe de victimes de ces agissements de la part des curés.

Le temps passe et la discussion tourne en rond. Ils décident d'aller se coucher.

Le lendemain ils se retrouvent en famille pour le petit déjeuner. Nicolas a pu dormir et il a faim maintenant avec le ventre vide depuis plus de 24h. Claude lui prépare une omelette au lard et au fromage pour son petit déjeuner avec un bon bol de café. Lorsqu'il a fini de manger son père lui dit :

- Je n'ai pas tous les détails mais je ne veux pas que tu recommences à raconter ce qui est arrivé. Je sais le principal de l'histoire. Maintenant qu'est-ce qui va se passer ? Ils t'ont viré ?
- Non. Je ne sais pas ce qui va se passer mais le Père Bonard m'a dit de revenir le voir lundi, qu'il va enquêter. Je n'en sais pas plus.
- Mais toi est-ce que tu sais ce que tu veux faire ?
- Tu sais, je n'ai pas encore eu le temps d'assimiler tout ce qui s'est passé. Laisse-moi un peu de temps.
- D'accord je comprends.

Ils passeront la journée à parler des souvenirs du bon temps et à essayer de comprendre ce qui leur arrive. Pour Nicolas c'est bon de se retrouver en famille et de pouvoir parler.

Le dimanche, ils ont décidé d'aller au parc de Parilly. Ils prennent la ligne 2 du tramway et reviendront par le métro. Ils passent la journée dans le parc au milieu de la nature et ils sont heureux d'être en famille. Cela leur permet de prendre un peu de recul sur les événements de Nicolas. Ils rentrent à la maison fatigués de leur marche mais de cette bonne fatigue qui fait bien dormir.

Lundi est arrivé et Nicolas remonte au séminaire. Sa mère voulait venir aussi. Mais Nicolas lui a demandé de ne pas le faire. Il faut qu'il assume lui-même la situation. Il a promis de téléphoner dès que possible.

Il laisse le bus et se dirige vers le bâtiment du séminaire. Il n'est pas tranquille. Est-ce qu'il va rencontrer Cédric et le Père Martin ? Qu'est-ce qu'aura découvert la Père Bonard ? Et enfin qu'est-ce que va dire le conseil du séminaire ? Beaucoup de questions, pas beaucoup de réponse. Tous les couloirs du séminaire sont vides et il arrive sans encombre devant la porte du supérieur. Il frappe.

- Entrez.

Il entre dans le bureau.

- Te voilà Nicolas. Assieds-toi.

Nicolas prend place sur une chaise devant le bureau occupé par le Père Bonard.

- J'ai pu recueillir la version des faits de Cédric et du Père Martin. Il y a de substantielles différences d'avec ta version. C'est toi qui serais allé dans la chambre du Père Martin alors qu'il était en conversation avec Cédric. C'est encore toi qui aurais pris l'initiative d'embrasser Cédric. Le Père Martin a reconnu avoir voulu te masturber, mais rien n'indique dans leur version une tentative de te sodomiser.

- C'est un tissu de mensonges.

- Je dois te dire aussi que le conseil du séminaire s'est réuni et a pris sa décision.

- Quelle est-elle ?

- Dans notre analyse nous avons pris en compte ton passé avec le Père Moulins, nous avons analysé ta version avec celles de Cédric et du Père Martin. Nous avons considéré que tu avais eu une attitude ambiguë et peu conforme avec le statut de séminariste. Tu es donc prié de quitter le séminaire séance tenante.

- Bref vous me virez.

- Si tu le prends ainsi...

- C'est toujours pareil avec l'Église, le coupe Nicolas, ce sont les victimes qui payent les pots cassés. Vous êtes écœurants tous autant que vous êtes.

- Pour ton information le Père Martin a quitté le séminaire ce matin. Il est muté.

- En Afrique sans doute. Et Cédric ?

- Il ne dépend pas du diocèse de Lyon, c'est son évêque qui prendra la décision.

- J'ai compris, il va s'en tirer. Bande de salauds.

- Je crois que nous n'avons plus rien à nous dire. Ramasse tes affaires et ramène-moi ta clef.

Nicolas sort rageusement du bureau et va vider sa chambre. Il ouvre la porte du supérieur sans frapper et lui lance la clef dans le bureau. Il part sans le saluer.

Wara.

Wara demande au minibus de s'arrêter.
- Je vais descendre, dit-elle.
Elle est venue au cimetière de Ventilla. Aujourd'hui c'est l'anniversaire de la mort de sa mère. Il y a huit ans Wilma était venue rendre visite à son frère qui vit à Senkata à El Alto. C'est là qu'elle surprend une conversation entre son frère et sa belle-sœur qui font des commentaires sur un viol. Elle ne comprend pas tout de suite, puis n'en croit pas ses oreilles. Elle finit par se rendre compte qu'ils parlent du viol de Wara. Elle veut en avoir le cœur net, elle demande directement de quoi ils parlent. Au début son frère essaie d'esquiver la question. Mais Wilma insiste. Ils finissent par lui dire que Wara a été violée par Dionisio pendant le carnaval. Comment ont-ils su pour Wara, elle ne sait pas. C'est finalement sa belle-sœur qui lui explique que lors d'un mariage auquel elle était invitée, comme Dionisio, celui-ci dans sa saoulerie racontera le viol de Wara. Pour Wilma c'est un choc terrible. Elle va dehors pour essayer de reprendre son souffle et ses esprits. Elle se sent coupable de n'avoir pas su protéger sa fille. Elle a le sentiment que tout s'écroule autour d'elle. Elle sent qu'elle perd pied. Elle s'assoit pour ne pas s'évanouir. Elle pleure encore et encore. Tout est de sa faute. Le froid de la nuit la fait trembler, elle ne s'est pas couverte de sa *manta,* que portent toutes les femmes sur l'altiplano. Son frère vient la chercher pour qu'elle se mette au chaud. Elle ne veut rien manger. Elle se couche, mais ne dort pas. Elle continue de s'accuser de tous les maux. Au milieu de la nuit, alors que son frère et sa belle-sœur dorment profondément, elle se lève pour attraper la mort aux rats que son frère garde dans le placard de la cuisine. Elle prend un verre d'eau. Met une bonne quantité du poison dans le verre. D'un coup

sec elle vide le verre. Elle retourne se coucher. Des douleurs atroces envahissent de son ventre. Elle a envie de crier de toutes ses forces. Elle arrive cependant à ne pas faire de bruit pour ne pas réveiller ceux qui dorment. Puis les forces l'abandonnent. Ses yeux se renversent. Ils deviennent blancs. Puis retrouvent leur couleur noire. Soudain ils restent fixes. C'est fini pour elle.

Wara se souvient que l'on est venu à Santiago de Ojje annoncer la nouvelle. Sans bien comprendre, tout le monde est parti pour El Alto. Il y a eu l'enterrement dans le cimetière de Ventilla. Elle se souvient de sa douleur lorsque le cercueil est descendu en terre et a été recouvert de terre. Puis tout le monde est reparti pour Ojje. Ce n'est que plus tard qu'elle saura que Wilma s'est suicidée en apprenant son viol par son oncle. Tous ces souvenirs remontent à sa mémoire, comme chaque année à sa visite au cimetière, face à la tombe de sa mère. Elle reste là en silence un bon moment, puis prend le chemin du retour. Elle met un point d'honneur à faire cette visite au cimetière, une fois l'an, pour l'anniversaire de sa mort.

En sortant du cimetière elle attend un minibus un bon quart d'heure sur le chemin de terre qui passe à l'entrée. Celui-ci la dépose à la Ceja, passage obligé de pratiquement tous les véhicules sur El Alto. Tout cela à cause de l'aéroport qui coupe la ville en deux. C'est aussi un immense bouchon que personne ne peut éviter sauf à faire le tour de l'aéroport par le sud.

Elle traverse l'avenue Jean Paul II en se faufilant entre les minibus qui sortent de partout. Sur le trottoir d'en face elle attend l'un d'eux pour Villa Tunari. Tous klaxonnent pour attirer les passagers. Parfois un gamin pendu à la porte crie les destinations du véhicule. En voilà un qui arrive et Wara sera obligée de jouer des coudes pour pouvoir monter. Elle arrive à avoir une place sur le dernier strapontin. Et le minibus plein se faufile pour trouver sa place dans le flot des véhicules.

Après avoir parcouru l'avenue tout droit jusqu'au pont de Rio Seco, le minibus tourne à gauche pour aller vers le quartier de Villa Tunari. Wara, devant l'église du quartier, lance au chauffeur :
- *"Voy a bajar"*, Je vais descendre.
Sans se ranger le long du trottoir, le minibus s'arrête au beau milieu de la rue bloquant ainsi toute la circulation. Wara descend en prenant garde qu'aucune voiture ne passe par la droite du minibus. Elle emprunte la petite rue qui est en face de l'église. Elle arrive à la maison des sœurs, les Franciscaines de la Divine Providence.
Elle entre dans la maison et sœur Raquel, avec sa robe de bure de couleur brun clair et son gros crucifix à la ceinture, l'interpelle :
- Wara tu dois nettoyer les toilettes, c'est ton jour, tu le sais. Dépêche-toi.
Cette peau de vache sait donner la bienvenue pense Wara. Elle prend le couloir vers le dortoir qu'elle partage avec cinq autres filles. Elle laisse son sac qu'elle avait pris pour aller au cimetière. Sonia est là aussi et lui demande :
- Wara comment cela s'est-il passé ta visite au cimetière ?
- Tu sais Sonia, c'est chaque fois la même chose. Je reviens toujours avec le moral en berne.
- Bon, viens, on va aller manger, c'est l'heure du repas de midi.
- Je ne peux pas Sonia. La Raquel m'a dit de nettoyer les toilettes tout de suite.
- La garce, dit Sonia. Je vais te garder ton repas.
- Merci, je viendrai dès que j'ai fini.
Wara se dirige vers les toilettes. Elle prend le nécessaire pour faire le nettoyage et se met au travail. La sœur Raquel arrive.
- Je vois que tu ne t'es pas encore mise au travail. Tu ne mangeras pas aujourd'hui.
- Je sais ma sœur lui répond Wara.

- Je reviens voir où tu en es après avoir mangé.

Et elle sort en direction du réfectoire des sœurs. Elles sont trois sœurs ici, toutes du Brésil. Elles accueillent chez elles des jeunes filles en danger de se retrouver dans la rue. C'est ainsi que Wara est arrivée chez elles.

Il y a sept ans elle était chargée de garder les moutons en train de paître sur la colline au-dessus de Santiago de Ojje. Elle était allée ce jour-là jusqu'au cimetière et était montée sur la hauteur avec les moutons. Elle avait rencontré son amie Jeanne et elles avaient joué toute la journée. Les moutons s'étaient éparpillés aux alentours. Elles eurent du mal pour les rassembler et les trier. Jeanne avait son troupeau au complet, mais il en manquait une pour Wara. Elles partirent à sa recherche mais sans succès. Elles furent obliger de sélectionner de nouveau de leurs brebis et se mirent en route pour la maison. Wara était préoccupée car elle avait peur de la réaction de son père.

De fait elle avait raison de se préoccuper. Depuis la mort de sa femme il était devenu violent. Il se rendit compte tout de suite qu'il manquait un mouton dans le troupeau. Il se mit à crier :

- Tu es une bonne à rien, une inutile. Comment tu peux perdre un mouton ?

Furieux il est parti chercher son fouet et commence à frapper Wara de toutes ses forces tout en criant encore.

- Espèce de fainéante, tu es une bouche à nourrir inutile, un parasite. Tu es juste bonne à me faire perdre mon temps. Il va falloir maintenant que j'aille à sa recherche.

Les coups pleuvaient à une cadence infernale. Wara protégeait tant bien que mal sa figure. Mais son père était habile au fouet, il ne visait ni ne touchait le visage. Ce n'est que lorsque Wara s'évanouit qu'il arrêta de manier le fouet. Sans plus se préoccuper de sa fille, il partit à la recherche du mouton perdu.

Avant que son père ne revienne à la maison avec le mouton perdu, elle reprit ses esprits. Elle se leva et trouva la force de se traîner jusqu'à son lit. Le lendemain elle avait pris la décision de fuir la maison et partir pour la ville.

Pendant que Wara se remémore cet épisode douloureux de sa vie, elle récure les toilettes. La sœur Raquel en entrant dans les toilettes, coupe court à ses pensées.

- Je vois que tu as fini ici, aussi maintenant tu vas me nettoyer la chapelle.

- Mais ma sœur, lui dit Wara, j'ai des devoirs pour le collège demain.

- Tu les feras après. Ce soir nous avons la messe et la chapelle doit être propre. Je ne veux pas que le Père Leonardo fasse des réflexions qui donnent une mauvaise image de nous. Alors à la chapelle, vite.

Wara est furieuse. Elle va devoir encore travailler pour les sœurs et avec la messe plus tard elle ne pourra faire ses devoirs que cette nuit. Mais peut-être est-ce le but recherché par la sœur Raquel. Après avoir rangé les instruments de nettoyage des toilettes, Wara décide de chercher Sonia pour savoir si elle a pu sauver son repas. Elle la trouve dans la salle où les filles font leurs devoirs.

- Sonia, est-ce que tu as pu me garder à manger ?

- Oui, avec l'aide de la sœur Livia. Elle est à la cuisine. Elle te donnera ton repas. Vas-y.

- Merci Sonia.

Wara prend la direction de la cuisine. Là se trouve la sœur Livia.

- Bonjour Wara. Viens je vais te donner ton repas. C'est encore sœur Raquel qui fait des siennes ?

- Oui ma sœur, elle m'a fait nettoyer les toilettes pendant le repas et maintenant il faut que je nettoie la chapelle.

Sœur Livia la sert et pendant que celle-ci mange, elle demande :
- Comment s'est passée ta visite au cimetière ?
- Comme chaque année ma sœur. Je reviens toujours triste.

Sœur Livia essaie de lui remonter le moral. C'est elle qui rend supportable le séjour dans cette maison. Toujours attentive, elle permet aux filles d'aller de l'avant et les encourage dans leurs études. Wara est une bonne élève et est douée pour les études. Sœur Livia fait tout ce qu'elle peut pour que Wara réussisse.

- Avec le nettoyage de la chapelle, puis la messe tu ne vas pas avoir beaucoup de temps pour faire tes devoirs.
- C'est vrai ma sœur. Je les ferai cette nuit.
- Tu sais que sœur Raquel et sœur Marcela se couchent de bonne heure. Viens à la salle des études après huit heures et demie, tu ne seras pas dérangée.
- Merci ma sœur, dit Wara reconnaissante de l'attention de sœur Livia.

Wara a maintenant fini de manger. Elle se dirige vers la chapelle avant que l'une des deux autres sœurs s'aperçoivent de son absence. La chapelle est d'une taille démesurée pour une communauté aussi petite : trois sœurs et six filles. Wara se met au travail. C'est pour elle une routine que le nettoyage. Pendant qu'elle astique la chapelle elle continue de se plonger dans sa mémoire. C'est en quelque sorte une journée du souvenir pour elle.

Wara avait pris la décision de s'enfuir de la maison, mais elle ne pouvait pas partir sans préparer sa fuite. Le plus dur fut d'économiser un peu d'argent pour aller à El Alto et avoir quelques renseignements sur la ville. Elle pense aller d'abord chez son oncle, le frère de sa mère. Il lui faut attendre presque un an pour avoir l'occasion de mettre son plan à exécution. Cette année-là, son père assume la responsabilité de secrétaire général de la communauté. C'est son tour d'avoir cette responsabilité. Une assemblée générale des dirigeants de la province est convoquée à Copacabana et son père est parti deux jours là-bas.

Elle range dans son sac quelques affaires le soir avant de s'endormir. Elle prend soin de mettre l'argent économisé dans la poche de son pantalon. Au petit matin elle déjeune de bonne heure et lorsque le bus klaxonne elle se dirige vers lui, monte et prend un siège. Le bus s'ébranle dans un bruit de ferraille. Ce n'est qu'après avoir passé le détroit de Tiquina qu'elle se sent rassurée. Elle s'endort sur son siège jusqu'à Rio Seco.

Elle descend du bus à Rio Seco pour prendre le minibus, un jusqu'à la Ceja et un autre pour Senkata. Son oncle est au boulot et sa tante vend sur le marché. Elle patiente alors jusqu'au soir qu'ils reviennent à la maison.

- Que fais-tu là lui demande sa tante qui fut la première à arriver.

Wara lui explique qu'elle a fui la maison pour les mauvais traitements de son père. Elle redit la même chose lorsque son oncle fut rentré de son travail. Le couple analysa la situation de Wara pendant la nuit. Le lendemain, un samedi, son oncle lui fait part de leur décision :

- Wara, je suis désolé mais tu ne peux pas rester chez nous. Ton père va te chercher et il va finir par te trouver ici et nous ne voulons pas d'histoire avec lui. S'il te trouve ici il fera un scandale. Tu peux rester la fin de semaine ici mais lundi tu partiras en même temps que moi.

Ce n'est pas ce qu'avait prévu Wara. Elle ne sait quoi faire. Le lundi, comme prévu par son oncle, elle part de la maison en même temps que lui. Ils se disent au revoir à la Ceja.

- Tu sais Wara le mieux c'est que tu prennes le bus pour Ojje.

Mais Wara était décidée à rester en ville. Elle erre dans les rues de la Ceja toute la journée. Le soir elle a repéré un abri à côté de l'église "Amour de Dieu". Elle s'y fait une place au milieu de ceux qui y dormaient aussi. Elle passe ainsi trois longs jours sans trouver de solution satisfaisante pour elle. Elle essaie de ne pas paniquer à l'idée de finir ses jours dans la rue.

Le quatrième jour elle fait la connaissance de la sœur Livia. Celle-ci porte sa robe de bure. Elle est jeune et a un visage avenant, elle lui paraît sympathique. Sœur Livia traîne à la Ceja pour repérer les jeunes qui vivent dans la rue. Elle est maintenant connue de tous. Elle engage la conversation avec Wara.

- Tu viens d'arriver. Je ne te connais pas. D'où viens-tu ?
- Je viens de Santiago de Ojje, au bord du lac, sur la presqu'île de Copacabana. Je suis arrivée il y a peu.

Assises sur le trottoir elles continuent la conversation. Wara lui raconte brièvement pourquoi elle est ici, qu'elle a fui de chez elle car son père la battait. Sœur Livia lui explique ce que sa communauté fait, recueillant des jeunes filles sur le point de basculer dans la rue. Elle lui propose de l'accompagner jusque chez elle et de voir si cela lui convient. C'est ainsi que Wara se retrouvera à vivre à Villa Tunari chez les sœurs.

La nuit est tombée depuis deux bonnes heures maintenant. Les sœurs dorment et les autres filles aussi. Wara se relève, prend son journal qu'elle tient depuis cinq ans déjà. Elle va vers la table qui est au fond du dortoir et s'assied pour écrire ce qu'elle a en tête et veut mettre dans son journal.

La semaine prochaine je serais bachelière. Ce bout de carton est un passeport pour l'université mais pour moi c'est aussi mon passeport pour partir de cette maison. Depuis que sœur Livia est partie et a été remplacée par sœur Rafaela, la maison est devenue un enfer. Je crois d'ailleurs que si l'enfer existe c'est une communauté de religieuses. C'est horrible ce qu'elles peuvent être méchantes entre elles. Elles ne s'entendent que pour nous faire du mal.

Je me souviens en arrivant ici, Matilde avait cassé le robinet de nos toilettes. Pour nous punir elles nous avaient laissées sans pouvoir nous laver durant une semaine. Cela nous avait valu des réflexions désobligeantes au collège pour une odeur trop forte. Elles n'avaient rien voulu savoir. Ça vous apprendra qu'elles disaient ; elles en riaient ouvertement devant nous.

Sonia avait manqué l'école pour avoir des nouvelles de sa maman hospitalisée. Elle dit qu'elle avait été au collège mais ce n'était pas vrai. Les sœurs ne tardèrent pas à savoir que Sonia avait menti. La punition fut collective, car on ne l'avait pas dénoncée. Nous étions restées toute une après-midi agenouillées dans la chapelle, jusqu'à ce que sœur Livia vienne nous délivrer.

Une année elles décidèrent de faire le pèlerinage à Copacabana. Elles nous obligèrent à faire l'aller-retour à pied, et non pas, comme le veut la tradition, l'aller seulement. Les sœurs pendant ce temps firent le voyage en bus. Jamais cela ne se reproduit car nous avons mis dix jours à nous en remettre, dix jours sans pouvoir rien faire à la maison.

Quand l'argent a manqué pour la maison elles trouvèrent un contrat pour du tricotage et nous avons été obligées de tricoter un mois entier jusqu'à une heure du matin tous les jours. Nous nous faisions insulter car nous n'allions pas assez vite à leur goût.

Ce qui m'a le plus coûté ce fut l'obligation d'aller à la messe le dimanche à la paroisse et encore les trois jours de la semaine à la chapelle de la maison. Et aussi la confession obligatoire tous les quinze jours.

Vous pensez bien que je ne regretterai pas cette maison ni les sœurs. Elles avaient trouvé le moyen d'avoir des servantes bon marché avec nous. Heureusement sœur Livia nous avait trouvé, à Sonia et à moi des "parrains", qui envoient de l'argent pour les études. Grâce à internet nous sommes en contact avec eux sans passer par les sœurs. Nous allons pouvoir étudier à l'université, Sonia et moi. Sonia veut étudier pour être ingénieur, moi je veux faire médecine. Cet argent va nous permettre de prendre une chambre ensemble.

Samedi on me remettra mon "passeport" pour l'université et pour le départ de la maison. La semaine dernière nous avons trouvé une chambre à côté de la place Libertad. Je suis majeure depuis le mois de Juillet, Sonia depuis le mois d'août, plus rien ne nous empêche, Sonia et moi, de voler de nos propres ailes. Nous avons décidé de partir le soir de notre remise de diplôme.

Wara et Sonia rentrent du collège où on leur a remis le diplôme du bac. Elles vont au dortoir et rassemblent leurs affaires dans un sac à dos. Elles descendent les escaliers et vont trouver la supérieure, sœur Raquel.
- Et bien où allez-vous ainsi ? Vous devez maintenant nettoyer la chapelle.
- Ma sœur nous partons et au plaisir de ne jamais vous revoir.
Elles laissent la clef de la maison en leur possession sur le bureau de sœur Raquel qui reste bouche bée et elles sortent en claquant la porte.

Nicolas.

En partant du séminaire Nicolas a vu sa vie bousillée. Il a le sentiment que tout est fini, rien n'a de sens. Le noir complet. Il tombe alors dans une sévère dépression qui l'oblige à un long séjour en hôpital. Il entre aujourd'hui à la clinique "Mon Repos" à Ecully pour finir de se soigner. Son père et sa mère sont venus l'accompagner. Ils ont pris le métro à Saxe Gambetta jusqu'à Gorge de Loup, puis le bus jusqu'à la clinique Mon Repos, juste à côté du gros échangeur de La Demi-Lune.

Ils descendent du bus et se dirigent vers l'entrée de la clinique. Ils traversent une petite route d'accès aux immeubles voisins et se retrouvent devant le portail d'entrée de la clinique. Un beau portail vert avec une petite porte sur la gauche. Ils sonnent à l'interphone pour s'annoncer. Un petit clic indique que la porte vient de s'ouvrir. Ils montent dans l'allée pour rejoindre le bureau d'accueil dans l'ancienne maison du parc, les autres édifices étant neufs et en béton. Il y a pas mal de verdure et de beaux arbres dans le parc qui entoure la clinique.

- Bonjour Messieurs, Madame.

La secrétaire pose son téléphone pour accueillir les arrivants.

- Bonjour, dit Paul. Nous venons pour l'entrée de Nicolas Gay dans votre clinique.

- Tout à fait, il est attendu, répond la secrétaire qui prend un dossier.

- Voici les documents que vous devez remplir, continue-t-elle en remettant le dossier à Nicolas.

Tous les trois vont s'asseoir à une petite table disposée dans un coin de la salle d'accueil. Ils remplissent les papiers nécessaires à l'entrée dans la clinique. Une fois terminé de remplir les papiers ils retournent vers la secrétaire qui vérifie que tout est en ordre.

- C'est parfait. Je vais maintenant appeler le Docteur Boulos qui va le prendre en charge. Vous pouvez dire au revoir à votre fils.

Le Docteur Boulos ne tarde pas à arriver et salue la famille :

- Bonjour Monsieur et Madame Gay. Bonjour Nicolas. Ne vous inquiétez pas, nous allons prendre soin de lui. Peux-tu venir avec moi Nicolas ?

Celui-ci embrasse sa mère qui a les larmes aux yeux puis son père et il emboîte le pas du docteur Boulos. Celui-ci conduit Nicolas à son bureau. Il l'invite à s'asseoir.

- Bienvenu chez nous. Tu sais, cela va très bien se passer. Je serai le psychiatre qui t'accompagnera durant ton séjour. Nous

nous verrons tous les jours pour savoir comment tu as passé la nuit et comment tu vas. Ce sera rapide. Puis nous aurons une fois par semaine une séance plus longue. Tu auras la possibilité de participer à des ateliers avec d'autres patients de la clinique. J'attire ton attention sur la nécessité du calme et du silence pour ne pas gêner les autres et profiter à plein du traitement.

Il prend son téléphone pour appeler l'infirmière. Lorsque celle-ci est dans le bureau, il lui confie Nicolas.

- Sonia, voici Nicolas. Vous pouvez le conduire jusqu'à sa chambre.
- Au revoir Nicolas, à demain.
- Au revoir docteur.

Madame Sonia Gomez entraîne Nicolas dans les couloirs de la clinique et finalement ouvre la porte d'une chambre.

- Entrez, vous serez ici chez vous durant tout votre séjour. Je vous laisse vous installer et je reviendrai vous chercher pour le repas de midi et vous indiquer le réfectoire.
- Merci Madame, à tout à l'heure.
- Vous savez, ici on appelle les infirmières par leur prénom. Donc pour moi ce sera Sonia.
- D'accord, dit Nicolas. Merci Sonia et à tout à l'heure.

Nicolas prend la mesure de l'espace qui lui est proposé. La chambre n'est pas très grande : un lit d'une place, une table avec une chaise et une armoire complètent le mobilier. Une porte conduit aux toilettes. Ce n'est finalement pas si différent du séminaire, mais un peu plus gai de par les couleurs. Nicolas défait sa valise et range ses affaires.

Il pense à ce qu'il va vivre pendant les deux petits mois qui vont suivre. Il se sent perdu. Il se demande comment vont se passer les contacts avec les autres patients de la clinique. Il va les connaître dès le repas de midi. Les repas sont pris ensemble. Ce n'est pas de la peur, mais plutôt une certaine insécurité du fait qu'il ne sait pas où il met les pieds.

Pendant les quinze premiers jours il sera "enfermé" ici, sans possibilité de sortir, sans avoir l'occasion d'avoir une visite. C'est un sentiment tout neuf pour lui. Il ressent combien c'est difficile à accepter d'être privé de sa liberté, de ne plus avoir la jouissance d'aller et venir comme bon lui semble. Ce n'est pas très agréable. Il prend un cahier qu'il a amené avec lui et qui sera son confident pendant son séjour. Il s'assied à la table et commence à écrire.

Sonia revient chercher Nicolas pour le repas de midi. Elle sent que Nicolas est désemparé par son arrivée dans la clinique.

- Ne vous inquiétez pas. Ça va bien se passer. Vous ferez connaissance peu à peu. Vous n'êtes pas là pour vous faire des amis, mais vous trouverez des affinités avec l'un ou l'autre des autres patients. Vous aurez la possibilité d'avoir des activités comme de la course à pied, des groupes de parole et d'autres activités. Prenez le temps de voir et de connaître.

- Je vous remercie Sonia.

Ils arrivent au réfectoire et Sonia entraîne Nicolas vers une table où sont déjà là trois patients de la clinique.

Finalement les quinze premiers jours se sont écoulés. Nicolas va pouvoir participer à une sortie organisée par la clinique au Parc de la Tête d'Or. Cela marque une étape dans son traitement. Il a réussi à élaborer une représentation mentale de ce qu'il a vécu.

Les voilà donc au Parc. Ils profitent de l'endroit. Sonia est venue les accompagner dans leur sortie.

- Madame Gomez, c'est joli vous ne trouvez pas ce Parc ? demande Nicolas.

- El pourquoi tu ne me dis pas Sonia aujourd'hui ?

- D'habitude au travail on appelle les gens par leur nom de famille et en promenade par leur prénom. Comme c'est inversé à "Mon repos", en promenade j'inverse aussi.

Sonia a un beau sourire en voyant que Nicolas a de l'humour.

Le temps passe à la clinique, des jours plus vite que d'autres. Nicolas participe aux activités qui lui sont proposées. Il fait de la course à pied, il participe au groupe de parole, il continue d'écrire dans son journal. Les certitudes avec lesquelles il est arrivé sont démolies et il travaille à en construire d'autres. Peu à peu un nouvel équilibre apparaît.

Dans le courant de sa dernière semaine à "Mon repos" il relit son journal.

... Je suis arrivé à la clinique. J'ai bien cru que je ne pourrai pas à sortir de l'hôpital. C'est un peu comme si je sortais enfin la tête de l'eau. Finalement je suis content d'être ici. C'est une étape nouvelle dans mon traitement. Ça montre que j'avance...

... Oui j'ai pensé au suicide. J'ai même failli passer à l'acte. J'en avait tellement marre que je voulais mettre fin aux souffrances que j'endurai. Je me sentais tellement coupable de tout ce qui m'arrivait. La culpabilité ne mène à rien, c'est vraiment une voie sans issue. Elle a fait que j'ai été à deux doigt de me foutre en l'air. J'avais le sentiment de me taper la tête contre le mur à force de me sentir coupable. À cause d'elle la vie n'avait plus aucun sens pour moi...

... Aujourd'hui je suis en colère. L'église a foutu ma vie en l'air. Cette institution ne fonctionne qu'à base d'abus. Et tout est fait pour dissimuler les abus. Je me suis retrouvé sans défense car tout le système mis en place par l'église laisse la victime sans protection. Je me suis senti vulnérable. J'ai en moi une énorme frustration. J'ai bien failli être broyé par son système : silence, secret et dissimulation des abus. L'évêque a soutenu le père Moulins, le supérieur du séminaire, le père Martin et Cédric...

... L'institution cléricale use et abuse de la manipulation des consciences de la masse des fidèles grâce au péché et une invention perverse vicieuse et diabolique : la confession. Ceux

qui m'ont abusé sexuellement se sont sortis d'affaire grâce à la confession : avec l'absolution on efface tout et on recommence.

Le péché intervient comme une menace. Si je commets un péché je vais en enfer, pas d'entrée au ciel pour moi. C'est le principal abus spirituel de l'église. Et dieu sait si elle en a abusé de cette manipulation des consciences. Grâce au péché elle a pu développer en nous un sentiment de culpabilité qui lui a permis de maintenir son pouvoir sur les masses des fidèles. Grâce à la confession elle a pu faire le contraire de ce qu'elle pêche.

Comme victime je n'ai jamais été reconnu et pris en compte par l'église. Celle-ci a toujours considéré que nous étions des victimes collatérales acceptables pour maintenir son pouvoir, sa renommée, son prestige. Dans l'abus il y a toujours une violence qui s'exerce contre une personne qui est la victime. Ma vie a été détruite. J'avais une honte immense et une douleur incommensurable...

... Toute l'action de l'église est centrée sur la protection et la survie de l'institution. Elle n'a jamais fait une place aux victimes, encore moins défendu les victimes. Elle a développé un système qui lui permet de réduire au silence, de nier, de relativiser les abus. Sortir du closet pour la victime est mission impossible. L'église a toujours recouvert d'un manteau de silence, comme une chape de béton, le cri des victimes. J'ai manqué de peu d'en crever, j'aurai pu me suicider.

Mais que dire de toutes les victimes de l'institution, celle de l'inquisition qui ont attendu l'an 2000 pour que le pape demande pardon ! Le système c'est silence, secret, obéissance, marginalisation des gens qui critiquent de l'intérieur, etc. Tout cela au nom de Dieu. Et surtout ce n'est jamais la faute ou de la responsabilité de l'institution. C'est la faute des individus...

... Avec le fait de me sentir pécheur, cet abus spirituel, j'ai perdu ma liberté intérieure et je me suis retrouvé dans l'impossibilité de rejeter l'ordre déguisé en conseil du prêtre qui me guidait. Quand celui qui m'accompagnait, mis au courant des abus sexuels, me conseillait de garder le silence, de pardonner et de laisser l'ensemble entre les mains de dieu, c'est de l'abus spirituel. Il ne cherchait pas à ce que je grandisse mais à ce que je m'humilie.

L'insistance sur le fait que nous sommes soi-disant des 'serviteurs inutiles' est une destruction de l'humanité de la personne. Cette insistance sur le serviteur inutile est une manipulation des subalternes dans l'église sans considérer les dégâts faits aux personnes. Ce qui compte c'est d'être humble au possible, souffrir le plus possible et surtout se sentir coupable...

... On m'a souvent demandé pourquoi je suis entré au séminaire. La réponse première est "pour suivre le Christ". Il y a un fameux verset dans l'évangile qui prône cela : "Si quelqu'un veut me suivre, qu'il se renie lui-même, qu'il prenne sa croix de tous les jours et qu'il me suive". Avec ça on justifie tout engagement dans l'église. Mais se renier soi-même est absolument destructeur. De plus on enseigne à suivre mais cela est une manière perverse et efficace pour accéder aux premiers postes. Il y en a un qui va devant, en général l'évêque, qui enseigne à se mettre derrière lui, à le suivre vu que lui-même suit le Christ. Avec cela on justifie tous les abus spirituels et tous les abus de pouvoir.

En fait, je prends conscience qu'il peut y avoir une traduction différente et qui est à l'inverse de la traduction imposée par la doctrine de l'église : "si quelqu'un veut me suivre, qu'il dise non à ce désir de me suivre, qu'il prenne sa croix de tous les jours et qu'il m'accompagne". C'est l'inverse. Il ne faut suivre personne, pas même le Christ, il faut être soi-même. Seulement voilà, l'institution ne te laisse pas le choix de la traduction...

... J'ai rencontré des homosexuels actifs. De par les commentaires j'ai su que de nombreux prêtres ont des aventures ou carrément femme et enfants. J'ai lu le livre Sodoma qui livre *l'enquête faite au Vatican établissant que c'est un lupanar pour homosexuel. Les scandales d'abus sexuel dans l'église n'arrêtent pas d'éclater au grand jour. Et malgré tout cela la règle du célibat continue d'être en vigueur. Mais quelle hypocrisie ! J'ai la rage. Et comme toujours le silence et le secret...*

... Je suis une victime des pédophiles qu'il y a dans l'église. Mais je prends conscience qu'eux-mêmes sont un pur produit du système de l'église. Ils sont de fidèles serviteurs de l'église, humbles et qui ne font qu'être actifs sexuellement comme beaucoup dans l'église. Le système ne permet pas qu'ils prennent conscience que ce sont de grands malades qui détruisent des vies entières. Quel système pourri !...

... La pratique des abus dans l'église catholique est quelque chose d'institutionnalisé. Je crois qu'on dit aujourd'hui systémique. Je suis convaincu, pour l'avoir vécu dans ma chair, que c'est le système et pas seulement les personnes qui abuse. Grâce au secret et au silence, l'église arrive à dissimuler ces abus. Je suis frappé de voir comment le commun des mortels ne remet jamais en cause les pratiques de l'institution. L'église a inventé un discours pour couvrir ces abus, discours qui tourne autour du péché et de la confession. Ce discours fait que beaucoup dans l'église sont prêts à défendre l'église coûte que coûte, aux dépens des victimes des abus. Ce discours établit un lien social, un sentiment de communauté, d'appartenance dont il est difficile de s'affranchir...

... Le système de l'église est intrinsèquement mauvais, complètement pourri, avec un pouvoir sacralisé, un pouvoir sans aucun contre-pouvoir. Je suis maintenant convaincu que l'église est incapable de changer, incapable de faire grandir les personnes, incapable de respecter la dignité humaine, incapable de reconnaître que la seule chose sacrée c'est l'être humain...

... Aujourd'hui je me sens fier d'avoir échappé à devenir un cadre d'une institution pareille et de ne pas avoir à cautionner

tous ces abus en restant dans l'église. Le Père Bonard et le conseil m'ont finalement rendu service et je leur dois une fière chandelle de m'avoir foutu dehors...

... Ce qui m'est arrivé, ces abus sexuels dont je suis une victime, ne sont en fait que la conséquence des abus spirituels, abus de pouvoir, abus idéologiques de l'église.

La frontière entre l'abus spirituel et l'abus de pouvoir n'est pas clairement définie. Il existe une zone obscure qui permet de confondre l'un avec l'autre. L'abus de pouvoir vient renforcer l'abus spirituel. Il agit comme un chantage pour obliger à l'obéissance ou comme une pression pour faire ce qu'ordonne l'autorité. Pour justifier le tout il y a l'abus idéologique. Pour moi la théologie et la doctrine ne sont que de l'idéologie...

... Je suis une victime et reste une victime pour toute ma vie. Il me faudra apprendre, sur le tas, à gérer cet état de victime. M'être libéré du sentiment de culpabilité, avoir accepté le fait que je suis une victime, le fait que plus rien ne me relie à l'église, sont une chance pour continuer à vivre. Il me faut poursuivre ce travail de reconstruction de moi-même. Je continue le chemin qui va vers la liberté. Je suis convaincu aujourd'hui que l'homme libre est l'homme qui s'est libéré de la religion...

Le Docteur Boulos reçoit Nicolas dans son bureau.

- Bonjour Nicolas. Je vois que tu es prêt pour sortir de la clinique.

- Oui Docteur et je vous remercie de tout le travail que vous avez permis que je fasse sur moi-même.

- C'est vrai Nicolas que tu as pas mal progressé. Tout n'est pas fini, mais tu en es conscient et tu sais qu'il te faudra batailler pour continuer à te reconstruire. Je suis fier du chemin que tu as parcouru.

- Merci Docteur, moi aussi j'en suis fier.

- Qu'est-ce que tu comptes faire maintenant ?

- Je voudrais faire des études d'infirmier pour avoir un boulot au service des autres. Je vais habiter chez mes parents, puis, dès que je pourrais, je prendrai une chambre à part.
- Je voudrais aussi que tu reviennes me voir pour un suivi. Que penses-tu de venir une fois par mois au début ?
- Cela me paraît bien Docteur.

Ils fixent une première date et Nicolas prend congé.
- Au revoir Docteur. À dans un mois donc. Et encore merci.
- Au revoir Nicolas. Que tout se passe bien pour toi.

Nicolas sort de chez le Docteur Boulos, salue la secrétaire en partant et retrouve ses parents qui attendent dehors. Ils s'embrassent. Et les voilà en route pour la Guillotière.

Dans l'appartement, ils apprécient de se retrouver tous ensemble après tant d'épreuves et ce moment de séparation. Paul sert l'apéritif. Claude a cuisiné des quenelles que Nicolas aime bien. Ils se mettent à table.
- Alors tu as des projets maintenant ? demande Paul.
- J'aimerais aller quelques jours à la campagne pour apprécier ce moment de liberté retrouvée.
- C'est une très bonne idée dit Claude tout en servant les quenelles.
- Après je voudrais étudier pour être infirmier.

Paul et Claude se regardent et sont contents de voir qu'il a un objectif. Ils l'encouragent.
- C'est formidable. Je suis sûr que tu seras un très bon infirmier. Paul est fier de son fils.
- Je voudrais aussi essayer de trouver une chambre en cité universitaire.
- Pourquoi tu ne peux pas rester ici ? Demande sa mère.
- Tu sais maman, il faut que je sache si je peux construire ma vie comme un adulte que je suis. Et puis je viendrai souvent.
- Tu as raison Nicolas, c'est ce qu'il faut faire.

- Ce ne sera pas trop pour le budget, demande Nicolas.
- Ne t'en fais pas pour ça, on se débrouillera.
- J'ai encore une question, dit Claude. Est-ce que tu as pris une décision en ce qui concerne le dépôt de plainte.
- Pour le moment je ne veux pas porter plainte. Je voudrais faire un procès à l'église mais ce n'est pas possible. Pour le moment rien. Je verrai plus tard, il n'y a pas encore prescription.

Ils finissent de déjeuner en se mettant à jour des nouvelles.

Suma Uta

Wara attend son minibus devant le poste de police de l'avenue Jean Paul II, près du carrefour où se trouve une grande croix en béton qui rappelle la visite du pape en 1988. Dans la meute des minibus qui empruntent l'avenue, elle aperçoit un de ceux qui vont jusqu'au quartier 'Seigneur de la lagune'. Elle fait un signe au chauffeur qui devine que c'est pour lui. Il fait une manœuvre risquée pour se rapprocher du trottoir en se faufilant entre trois autres minibus qui cherchent aussi des passagers. Wara ouvre la porte et monte dans le véhicule. Elle ferme tant bien que mal la porte en étant courbée en deux et finit par s'asseoir sur un siège vide à côté d'une fenêtre. Le minibus repart à la recherche d'autres passagers.

Elle a déjeuné avec Sonia. Elle est restée en contact avec elle. Elles se connaissent depuis si longtemps, la maison des sœurs de Villa Tunari, la chambre de la place Ballivian pendant leurs études de fac. Sonia est maintenant ingénieure et travaille dans une entreprise de construction de routes. C'est un travail précaire avec des contrats d'un an à peine. Mais, c'est tout ce qu'elle peut trouver. Depuis quelques mois, elle vit en concubinage avec José, un jeune homme ingénieur systèmes qui vit de petits boulots.

Le minibus finit par trouver le passage au milieu du bouchon permanent de Rio Seco pour continuer sa route. Il file à bonne allure. Sur ce tronçon il ne trouvera pas beaucoup de passagers et il ne lui reste plus qu'à livrer au plus vite ceux qui sont à l'intérieur pour pouvoir repartir dans l'autre sens. Au bout de quelques minutes, il tourne à gauche dans la rue pavée qui mène à l'église du Seigneur de la lagune. C'est là que Wara descend pour finir à pied.

Elle traverse la place devant l'église en diagonale, puis continue par la rue qui prolonge la place. Lorsque la rue s'arrête, Wara tourne à gauche et continue sur deux cents mètres. Le portail, fait de bois et de métal est maintenant devant elle. Elle est arrivée au centre Suma Uta. Elle sonne pour que José vienne lui ouvrir.

Elle traverse le terrain vague qui est devant le portail. Des gamins courent vers elle pour la saluer. Affectueusement, elle les sert dans ses bras, leur fait des *abrazos*. Sur la droite du portail se trouve une petite maison avec une salle à l'entrée, une cuisine et une chambre. C'est là qu'elle vit depuis qu'elle a fini ses études.

Le centre Suma Uta est installé sur un grand terrain de plus de cinq hectares. Il est tout en longueur avec un mur d'enceinte en briques rouges. Sur la droite, en prolongement de la maison occupée par Wara se trouve le bureau du directeur, Enzo, puis vient l'internat avec la salle d'études, les dortoirs à l'étage, la salle avec la télévision, une bibliothèque et une salle de jeux. Suivent ensuite les toilettes, indépendantes du bâtiment de l'internat et la laverie où les habitants du centre lavent leur linge et le font sécher.

Comme c'est l'heure du goûter, Wara sort de chez elle pour aller en face au réfectoire. C'est une grande salle avec des tables, sept au total, pour permettre à tout le monde de s'asseoir pour manger. Les enfants sont répartis en groupe de six avec un éducateur pour chaque groupe. Il y a une table pour les autres

membres du centre. Wara va s'asseoir à cette table où le père Enzo, le directeur est déjà là.
- Bonjour Enzo, salue Wara.
- Bonjour Wara. Comment s'est passée ta visite à Sonia ?
- Bien, d'ailleurs elle te donne le bonjour. Et ici quoi de neuf ?
- Il faudra que tu passes au centre de santé. Il est arrivé une femme enceinte, mais on ne peut pas la garder pour la nuit.
- D'accord j'y vais une fois bu mon thé.
Un des enfants s'approche de Wara.
- Il faut que tu viennes voir ce que j'ai fait en poterie. Tu viendras dis ?
- Mais oui Alex je vais venir dès que j'aurai fini au centre de santé.
Tout content Alex va se rasseoir pour finir son goûter.
Wara se lève pour aller au centre de santé. Elle sort du réfectoire et prend sur la droite et pousse la porte du centre.
- Bonjour Docteure.
- Bonjour Juana, comment ça va ?
- Bien merci. Mais il y a cette femme enceinte, vous pouvez la voir ?
- Bien sûr où est-elle ?
- On l'a installée dans la salle de consultation sur la table d'auscultation.
Wara se dirige vers ce local. Elle entre dans la petite pièce.
- Bonjour Madame, dit Wara. Alors comment ça va ?
- Bonjour Docteure. J'ai des contractions.
- Vous permettez que je vous examine ?
- Oui Docteure.
Wara prend des gants dans la boîte et examine la femme. Le travail d'accouchement est commencé, mais va demander encore plusieurs heures.
- Vous avez commencé le travail. C'est votre premier enfant ?
- Oui Docteure.

- Ce travail va durer encore un bon moment. Nous ne sommes pas équipés ici pour vous garder la nuit. Je vais devoir vous transférer à l'hôpital. L'hôpital du nord ça vous va ?
- Si je ne peux pas rester ici, d'accord pour l'hôpital du nord.

Wara va téléphoner à l'hôpital, aux urgences et leur demande d'envoyer une ambulance au centre pour transporter la femme. Ceci étant réglé, les infirmières pouvant se charger du transfert, Wara sort du centre et va vers l'atelier de poterie.

Le centre a plusieurs ateliers, poterie, mais aussi couture, menuiserie, soudure, des serres. C'est une façon de donner une formation technique aux enfants et financer une partie, maigre il est vrai, des frais du centre en vendant les productions de ces ateliers.

Wara pousse la porte de l'atelier de poterie. Alex est là, attendant qu'elle vienne et tout fier il lui montre son œuvre. Il s'agit d'une carafe pour environ un litre de liquide. Alex l'a faite au tour de potier, puis il l'a peinte et enfin cuite au four. C'est bien réussi et il est tout fier. Wara le félicite.

- Qu'est-ce que c'est joli Alex, je suis fière de toi, c'est très bien.

Un large sourire éclaire le visage d'Alex.

Wara retourne chez elle. Elle passe à côté du puits qui est en face de l'atelier de poterie. Les gamins jouent un match de foot sur le terrain de basket et futsal. Il est couvert d'un toit en tôle ondulée. Une croix andine est dessinée avec les tôles de différentes couleurs. Elle s'arrête pour les regarder jouer un moment. Puis elle reprend son chemin jusque chez elle.

Aujourd'hui Wara doit se réunir avec Enzo comme chaque mois pour faire le point des activités du centre dont elle est responsable. Enzo Neri est un prêtre italien venu en coopération, dans le jargon de l'institution on dit *fidei donum*. Cela fait déjà quinze ans qu'il est en Bolivie, à La Paz. Il a commencé dans une paroisse puis a fondé Suma Uta. Il s'est bien adapté en Bolivie car cela lui permet de satisfaire ses goûts de luxe par le financement de Suma Uta et aussi de vivre sa sexualité sans trop de problèmes.

Wara prend son petit déjeuner chez elle et se rend au bureau d'Enzo. Elle frappe à la porte et entre.

Enzo est assis derrière son bureau. Il lit sur son ordinateur portable ses messages.

- Bonjour Wara, bien dormi ?
- Bonjour Enzo, oui merci j'ai bien dormi, et toi ?
- Moi aussi. Alors on se met au boulot.
- Chez les enfants il y a le petit Andres qui me préoccupe. Sa toux continue et j'aimerais lui faire un examen pour être sûr que ce n'est pas la tuberculose.

Le centre de santé n'a pas de laboratoire et il faut s'adresser à un laboratoire extérieur, ce qui entraîne des frais supplémentaires. Wara veut l'accord d'Enzo pour tout ce qui concerne les frais supplémentaires.

- Tu sais bien Wara que tu es responsable du centre de santé et si tu penses qu'il faut faire l'examen et bien fais le. Tu n'as pas besoin de mon accord à chaque fois.
- Tu sais bien que je veux ton accord, pour que tu sois au courant.

C'est toujours la même discussion qu'ils ont pour engager des frais au centre de santé. On dirait qu'Enzo se moque des dépenses.

- Il faudrait aussi un nettoyage complet des toilettes des enfants, dit Wara. Ce serait bien de demander aux éducateurs qu'ils organisent cette activité.
- D'accord acquiesce Enzo, je verrai cela avec les éducateurs.
- Au centre nous devons renouveler notre stock de médicaments. J'ai fait une liste. Les médicaments ont augmenté terriblement, il y en a cette fois pour huit cents dollars.

Enzo prend la liste et la regarde. Il sait qu'il n'aura rien à redire, ce sont des médicaments indispensables au bon fonctionnement du centre.

- C'est d'accord, fais l'achat.
- Nous allons avoir la campagne de vaccination des petits enfants la semaine prochaine. Ce sera alors le défilé de tout le quartier, nous serons bien occupés.
- Comment ça va avec le Docteur Condori ?

Il vient d'arriver dans l'équipe du centre.

- Il s'intègre bien et je n'ai rien à redire de son travail. Mais ce n'est pas son boulot de vacciner.
- Oui je sais qu'il faudrait une infirmière de plus et pas seulement pour les vaccinations. Puisqu'on en parle je veux te demander ton avis sur une possibilité. J'avais cherché à avoir un volontaire pour le centre. Il y a la possibilité d'un français qui viendrait au centre comme infirmier. Il faudrait le loger, le nourrir et lui donner une indemnité de deux cents dollars par mois, soit la moitié du salaire minimum ici. Est-ce que tu serais d'accord pour travailler avec un étranger ?
- Je n'ai pas de problème avec les gringos. Quand est-ce qu'il serait ici ?
- Il pourrait arriver dans quatre mois. Il lui faut apprendre la langue avant de partir.
- Il peut le faire ici.
- Oui mais l'organisation veut que leurs volontaires aient les bases de la langue avant de partir.
- D'accord pour moi il n'y a pas de problème. Tu me diras quand ce sera officiel.
- C'est fait. J'ai signé.

Alors pourquoi tu me demandes mon avis pense Wara en silence.

- Bon à moi maintenant. La semaine prochaine je vais à Coripata dans les Yungas pour deux jours.

Wara se demande à chaque fois ce qu'Enzo peut bien aller faire à Coripata. Elle sait très bien quelle est la préférence sexuelle d'Enzo. Elle l'avait surpris un jour en train d'embrasser un des éducateurs. Alors Coripata ce n'est pas pour aller voir une femme. C'est par contre un centre du narcotrafic des Yungas. C'est une idée qui lui a traversé l'esprit mais elle n'a aucune preuve de cela.

Le financement de Suma Uta est un énorme mystère. Enzo ne regarde pas à la dépense. Il pourrait bien embaucher une infirmière de plus mais cela fera bonne impression d'avoir un volontaire étranger. Wara est impressionnée de voir comment, dans ce pays pauvre, il jette l'argent par les fenêtres. Il y a parfois des mystères qu'il vaut mieux garder comme mystères.

- Après mon séjour à Coripata j'irai à Santa Cruz une semaine.

Un gamin frappe à la porte et fait le tour du bureau pour remettre à Enzo une enveloppe que l'on a laissée au portail. Celui-ci le remercie d'une petite tape sur les fesses. Wara a cessé d'être étonnée par les gestes ambigus d'Enzo avec les garçons. Mais elle continue d'en être préoccupée.

Ayant fait le tour de ce qu'ils avaient à régler, Wara prend congé pour aller au centre de santé.

Enzo ne vit pas à Suma Uta. Il a un appartement à Miraflores. Au début Enzo vivait dans une des paroisses attribuées aux italiens, du côté de El Tejar. Peu à peu il a pris ses distances avec la paroisse et a fondé Suma Uta. Il en a profité pour prendre son indépendance au niveau logement. Comme Suma Uta est situé à El Alto il a d'abord pris un logement dans cette ville. Peu à peu les financements sont arrivés, sans que l'on sache très bien d'où provient tout l'argent. Dans l'église, les financements sont toujours opaques et comme on ne rend jamais de comptes publiquement, cela arrange bien Enzo.

Mais quand il a acheté un appartement de cent vingt mètres carrés à Miraflores, sur l'avenue Busch, au cinquième étage de l'immeuble Boston, ceux qui le connaissent ont commencé à se poser des questions, sans être pour autant étonnés. Enzo avait toujours manifesté son désir d'indépendance et son goût pour le confort, voire le luxe.

Enzo en descendant de El Alto gare sa jeep Toyota au parking de l'immeuble et il prend l'ascenseur et appuie sur le bouton marqué d'un cinq. Les portes s'ouvrent à l'étage. Enzo déverrouille sa porte palière et entre dans son appartement. Il se retrouve directement dans le salon. Celui-ci est vaste avec un grand canapé de cuir installé devant une télévision Sony de 65 pouces. Un meuble bar occupe un des côtés du salon et une table basse est devant le canapé.

Enzo se dirige vers sa chambre. Il traverse la salle à manger avec une table en bois sculpté du projet du Mato Grosso d'Escoma avec six chaises en bois sculptées de la même provenance. Dans sa chambre les meubles proviennent aussi d'Escoma : lit, tables de nuit, armoire… Il ya dans sa chambre une télévision Sony de 55 pouces. La salle de bain est attenante, avec une baignoire. Il laisse son anorak et met des pantoufles.

Il peut alors aller vers la cuisine pour prendre dans le réfrigérateur de deux portes, des glaçons qu'il place dans un seau prévu à cet effet. Il retourne au salon, prend un verre en cristal dans le meuble bar et se sert sur les glaçons un Whisky Johnnie Walker gold. Il allume la télé pour regarder un film sur Netflix.

L'appartement comporte aussi une chambre pour des invités et un bureau, le tout meublé de ces meubles en bois sculpté d'Escoma. Les visiteurs sont toujours impressionnés par le luxe dont s'est entouré Enzo dans son appartement.

Enzo prend sa voiture au garage de l'immeuble et remonte l'avenue Busch. Il va en direction de sortie de la ville pour les

Yungas. Le trafic est toujours dense. Avant d'arriver au poste de contrôle des voyageurs qui sortent de la ville, Enzo fait le plein d'essence. Deux camions sont garés devant le poste d'essence et un peu plus loin un bus, mais personne pour faire le plein. Enzo n'est pas obligé de faire la queue. Puis il rejoint le point de contrôle et de péage.

Pendant qu'il attend son tour, il est assailli par une multitude de femmes ou jeunes filles qui essaient de vendre des boissons ou de la nourriture à ceux qui vont s'enfoncer dans les Yungas. La police examine son permis de conduire et vérifie si sa jeep est équipée de la trousse de secours, l'extincteur et le cric. Une fois confirmé que tout est en ordre, Enzo peut avancer jusqu'au péage trente mètres plus loin. Là, il s'acquitte de la somme demandée pour aller jusqu'à Coripata.

Il peut maintenant repartir, la route est libre. Avant de descendre, il faut monter jusqu'au col à 4660 m. Plus la voiture monte, plus le paysage est sauvage, la végétation pauvre, seule une herbe rare pousse. Une fois passé le col, c'est la plongée dans la vallée. Ça descend encore et encore. Quelques kilomètres plus bas, il lui faut passer le barrage de la police anti narcotique. Enfin il passe le contrôle du péage d'Unduavi.

À ce moment-là, la route se divise. La route goudronnée continue sur Coroico. Enzo prend sur la droite la route en terre. La végétation se fait plus dense à mesure que la jeep descend. Il fait aussi plus chaud. Il arrive à Puente Villa, le point le plus bas pour son parcours d'aujourd'hui, 1200m. Il franchit le pont et la route remonte de l'autre côté en direction de Coripata. Le précipice passe de la gauche à la droite de la jeep. La route est étroite et le précipice profond. Les accidents sont monnaie courante sur cette route.

Avant d'arriver à Coripata sur la droite de la route se trouve l'hôtel Auquisamaña. C'est là que l'on lui a réservé une chambre, de fait une cabane, *cabaña*, tout ce qu'il y a de plus confortable.

Il prend un bain de verdure dans ce coin à 1600 m d'altitude. Il est encore tôt. Il s'installe dans la chambre, prend une douche et s'assoit à l'ombre. Un garçon vient lui proposer un cocktail des Yungas. Il accepte et commence à boire lentement le breuvage à base de jus d'orange et de *singani*. Il se détend au milieu de cette nature généreuse. Il adore venir ici.

Il a rendez-vous pour déjeuner avec Don Pablo. C'est toujours Don Pablo qui prend l'initiative de la rencontre. Don Pablo arrive sans qu'Enzo sache comment. Pas de voiture à l'horizon. C'est un homme de petite taille, la cinquantaine passée, la peau brune, un chapeau vissé sur le crâne, en jean et baskets. Il y a derrière lui deux hommes qui se font discrets, mais qui en imposent toujours à Enzo.

- *Padre* ! Dit d'une voix forte Don Pablo.
- Bonjour Don Pablo lui répond Enzo qui s'est levé.
- Alors content de la chambre que l'on t'a donnée ?
- Comme toujours Don Pablo. Vous me gâtez.
- Allez, viens, nous allons manger.

Les deux hommes se dirigent vers une petite pièce qui est la salle à manger de Don Pablo. Deux couverts sont mis sur une table qui pourrait accueillir six ou huit personnes. Deux pots de fleurs garnissent les côtés de la table.

- Une grillade ça te va, demande Don Pablo qui affirme plus qu'il ne pose une question.

Enzo ne peut qu'acquiescer.

- Tu nous sers deux grillades avec un Syrah de chez Kholberg.

Pendant que la table se recouvre des salades, des pommes de terre frites, du riz au fromage, les deux hommes parlent pour passer le temps tout en buvant leur verre de vin. Les grillades arrivent et sont dégustées en silence.

Le ventre plein et le cœur attendri par le vin, ils peuvent maintenant passer aux choses sérieuses.

- Je vais avoir une livraison à faire et j'ai besoin de toi, commence Don Pablo.
- Comme d'habitude ? demande Enzo.
- Non, justement, ce sera deux fois plus.
- Cela va me poser des problèmes, on ne pourra pas tout mettre avec l'artisanat.
- C'est vrai, mais j'avais pensé aux sculptures en bois et aux poteries.
- Il faut du temps pour les produire et les charger.
- De combien de temps as-tu besoin ?
- Un mois je pense.
- Il faudra que tu fasses en quinze jours.
- Je ne peux pas m'engager sur ce délai.
- Il faudra bien pourtant, sinon…
Le silence s'installe, Enzo fait un peu de calcul mental.
- On fera tout notre possible, dit Enzo.
- Il faut que la marchandise soit livrée, le 20 dernier délai.
- On devrait y arriver si on avait une petite prime d'encouragement, dit Enzo.
- Tu es bien gourmand mon ami, dit Don Pablo. Enfin pour l'ensemble, je te propose cent grandes coupures.
- Je vais avoir des frais supplémentaires. On pourrait se mettre d'accord sur cent vingt grandes coupures.
C'est au tour de Don Pablo de faire un peu de calcul mental en silence.
- Bon, c'est d'accord, mais tu es responsable de la livraison pour le 20. Je vais envoyer la marchandise demain. Elle sera à Suma Uta demain soir.
- Entendu, on fait comme ça, dit Enzo.
Ils se serrent la main et le contrat est scellé.
- Bon j'y vais, dit Don Pablo. Profite bien de la piscine et de la nuit ici. Tout est arrangé, tu peux demander ce que tu veux.
Enzo passera un après-midi dans la piscine et une bonne nuit.

Trois jours plus tard, Enzo monte à l'aéroport pour prendre l'avion pour Santa Cruz. Il laisse sa jeep au parking longue durée et va directement à la salle d'embarquement ayant fait son "*check in*" chez lui et voyageant avec seulement une petite valise.

Une heure après, il atterrit à Viru Viru. La chaleur lui frappe le visage en descendant de l'avion. Il se dirige d'un bon pas vers la sortie. Il est attendu.

- Bonjour Dante, dit Enzo en souriant au jeune homme.
- Bonjour Enzo dit celui-ci.

Dante lui prend sa valise et le dirige vers sa voiture. C'est une Mitsubishi Lancer. Dante ouvre les portes, met le moteur en marche et la climatisation se fait sentir tout de suite.

Dante fait le tour du parking pour trouver la sortie et le voilà dans la longue ligne droite qui lui fera rejoindre la route qui va à Montero et La paz. Mais il tourne à gauche pour aller à Santa Cruz, au quartier Equipetrol, où il a un appartement dans l'immeuble Suant Residences.

Dante fait le commerce de son corps, mais il est aussi entremetteur. Enzo est venu jusqu'à Santa Cruz pour profiter de Dante. Celui-ci lui a annoncé aussi qu'il pourrait avoir avec lui un garçonnet de huit ans. Les voilà s'embrassant sur le canapé avant d'aller dans la chambre. Le gamin, c'est pour demain.

Le lendemain soir, Dante raccompagne Enzo à l'aéroport avec sa Lancer. Enzo prend l'avion de huit heures du soir. Il est satisfait de son escapade à Santa Cruz. Avant de prendre congé il donne une enveloppe à Dante pour ses services. En arrivant à El Alto, il prend sa voiture au parking et descend à son appartement de Miraflores.

Enzo est venu jusqu'à Suma Uta avec sa jeep pour prendre Wara. C'est aujourd'hui qu'arrive Nicolas et ils ont décidé d'aller le chercher tous les deux. Wara a préparé la pancarte avec le nom de Nicolas. Les voilà partis, pas très en avance. Les bouchons font qu'ils auront du mal à être à l'heure. Une heure plus tard, Enzo se gare sur le parking de l'aéroport. Ils sortent en courant de la jeep pour aller à l'arrivée des vols. Wara brandit sa pancarte et Nicolas s'approche et se fait connaître.

Deuxième partie

Le centre de santé.

Nicolas se réveille dans la chambre mise à sa disposition à Suma Uta. Il a froid dans ses draps. Il en sort et rapidement il est transi. Il fait un brin de toilette et s'habille promptement. Il fait son lit avant d'ouvrir le rideau. Un ciel bleu et un beau soleil lui souhaitent une bonne journée.

La chambre est occupée par un lit d'une place. Il a utilisé cette nuit cinq couvertures. Il s'y trouve aussi une table, une chaise, une armoire ainsi qu'une étagère. Il y a un petit coin toilette qu'il n'a pas beaucoup utilisé. Il ouvre la porte qui donne directement sur l'extérieur et il descend les escaliers. Ceux-ci arrivent sur le grand terrain occupé par une herbe jaunie, qui a du mal à pousser.

Il est arrivé il y a cinq jours et il commence à s'habituer à l'altitude. Il a toujours le souffle court, mais beaucoup moins mal à la tête. Il traverse le terrain pour rejoindre le réfectoire où tous ceux qui vivent au centre prennent ensemble le petit déjeuner à sept heures moins le quart, avant que les enfants ne rejoignent leur collège où ils étudient.

Il rejoint Wara à la table où elle est assise. Enzo n'est pas encore arrivé de chez lui.

- Bonjour Wara, bien dormi ?
- Bonjour Nicolas. Oui j'ai bien dormi. Et toi ? Est-ce que tu as encore manqué d'air cette nuit ?
- Il me semble que je m'y habitue. Je ne me suis pas réveillé cette nuit.
- En voilà une bonne nouvelle, tu t'habitues à l'altitude.

Il prend le pot de Nescafé et met une cuillère de la poudre dans une tasse, puis il verse de l'eau chaude. Wara, elle, a mis du lait sur la poudre de Nescafé. Ils mangent chacun un petit pain avec un peu de confiture.

- Aujourd'hui c'est lundi, commence Wara. Nous allons avoir les conséquences de la fin de semaine : indigestions pour avoir trop mangé ou trop bu, les bobos pour les bagarres, etc. Pour ton premier jour rien de bien méchant.

- Je suis impatient de commencer et de faire connaissance avec le reste du personnel soignant.

Quand ils ont fini, tout le monde remercie tout le monde et débarrasse sa tasse. Wara et Nicolas se dirigent vers le centre de santé à côté du réfectoire. À la porte de la rue, une queue a été formée par les gens qui veulent se faire soigner. Wara ouvre la porte du centre qui donne sur Suma Uta. Dès l'accès on aperçoit deux salles de consultation, une salle de soins, un bureau pour les entrées et un local pour la pharmacie. Dans le couloir, il y a des bancs pour s'asseoir et attendre son tour.

- Ce sont les infirmières qui font les entrées. Aujourd'hui, tu observeras comment cela se passe et tu prendras ton tour plus tard.

- D'accord dit Nicolas.

- Voilà, c'est là que je fais mes consultations.

Elle ouvre la porte de sa salle et lui montre : un bureau, deux chaises qui se font face à face de part et d'autre du bureau et un brancard pour que les patients puissent s'allonger.

- À côté, c'est la même chose pour le Docteur Condori. Je vais te montrer où travaillent les infirmières.

Ils ont vite fait de finir le tour du centre. Les infirmières arrivent maintenant.

- Je te présente Ruth et Laura.

- Enchanté dit Nicolas

- Enchantées disent aussi Ruth et Laura chacune à leur tour.

- Martha ne devrait plus tarder maintenant. Aujourd'hui, c'est au tour de Laura de faire les entrées. Tu seras avec elle un moment. Les entrées se font en général au début, jusqu'à neuf heures, après c'est plus calme.
Le docteur Condori vient d'arriver.
- Bonjour Docteur.
- Bonjour, tu dois être Nicolas, dit le Docteur Condori. Enchanté.
- Enchanté Docteur, dit Nicolas à son tour.
Tout le monde met sa blouse pour commencer la journée. Laura ouvre la porte d'entrée et les gens se bousculent à l'entrée pour ne pas perdre leurs places dans la queue. Laura commence à donner des fiches aux patients, les répartissant entre Wara et le Docteur Condori. Martha arrive en retard et prend son tour à la pharmacie pendant que Ruth répond aux attentes des deux médecins.
Wara a fini avec les patients que Laura lui avait assignés. Elle fait le tour des infirmières pour voir où elles en sont. C'est à ce moment que trois hommes font leur apparition, des maçons. Un des trois, soutenu par les deux autres, saigne abondamment de la tête.
- Docteur, Docteur, vite s'il vous plaît.
Wara les fait entrer dans la salle de soins. Elle fait s'allonger le blessé sur le brancard.
- Que lui est-il arrivé ? demande Wara.
- Il est tombé de l'échelle, dit l'un d'entre eux.
- Est-ce qu'il s'est évanoui ? demande encore Wara.
- Non Docteur, dit l'autre.
- Bien maintenant je vais vous demander de sortir et d'attendre dans le couloir, dit Wara en enfilant des gants en caoutchouc.
Les deux maçons sortent et vont s'asseoir sur des bancs. Wara commence à examiner le blessé.
- Ruth, passe-moi une ampoule d'anesthésique et une seringue.

Pour recoudre la tête du blessé, Wara a besoin de l'anesthésier. Comme c'est une blessure à la tête, il y a beaucoup de sang. Nicolas lui passe du coton. Wara essaie de voir la profondeur de la blessure. Elle prend la seringue et applique l'anesthésique en trois endroits du front. Puis elle entreprend de nettoyer la blessure avec de l'eau oxygénée que lui tend Ruth. Celle-ci prépare une aiguille triangulaire et du fil. Pendant ce temps, Wara a fini de nettoyer la blessure et elle prend l'aiguille préparée par Ruth. Elle commence à faire les points de suture. C'est un travail de précision. Très calme, Wara fait point sur point, sept au total. Le sang finit par arrêter de couler. Elle a fini de suturer.

Nicolas est impressionné par le calme et la précision avec lesquels Wara a travaillé. Elle dégage une autorité naturelle, ce qui fait que tout le monde voit son travail facilité.

Nicolas a repéré un seau et une serpillière dans un coin des toilettes. Il les prend pour nettoyer tout le sang qui a giclé sur le carrelage depuis l'entrée jusqu'à la salle de soins. Les femmes du centre ne sont pas habituées à voir un homme prendre l'initiative du nettoyage.

Wara prend le temps de parler avec le maçon :
- Vous avez perdu beaucoup de sang, je vais vous garder ici un moment, le temps que vous repreniez vos esprits. Je vous demande de revenir dans une semaine pour voir comment va votre blessure et quand on pourra enlever les points de suture. Je vais vous donner des antibiotiques pour éviter une infection. En sortant, rentrez chez vous vous reposer au lit.

Elle sort pour aller voir les maçons qui sont venus avec lui. Mais il n'en reste plus qu'un. Laisser le chantier à l'abandon ne fait pas les affaires des maçons. Celui qui est resté, c'est le contremaître. Wara l'informe :
- C'est arrangé. Il a sept points de suture. Il faut maintenant qu'il aille chez lui se reposer et prendre ses cachets. Ce serait bien

qu'il se repose un jour ou deux, il a quand même eu un choc à la tête.
- D'accord Docteure. Combien je vous dois ?
- Tu passes à l'entrée et vois ça avec Laura. Elle va te dire combien cela fait.
- Merci Docteure.

Laura encaisse le montant dû par le maçon. Ruth entraîne Nicolas dans la pharmacie et ouvre l'armoire où sont les médicaments et montre à Nicolas le rangement de ceux-ci ; puis elle ouvre avec la clef un réfrigérateur de pharmacie directement arrivé d'Italie. À l'intérieur se trouvent les vaccins qui vont être utilisés pendant la prochaine campagne de vaccination. Nicolas fait remarquer à Laura :
- Vous êtes bien équipés quand même.
- Tout ça c'est ici parce qu'Enzo l'a fait venir d'Italie. C'est les avantages ou bien les inconvénients de travailler dans une ONG qui a beaucoup de fric.
- Tu n'as pas l'air convaincue que c'est un avantage.
- Non Nicolas. Cela nous rend trop dépendant de ce qui vient de l'extérieur. On devrait pouvoir se débrouiller par nous-mêmes.
- Tu penses que l'argent d'Enzo fait que Suma Uta est dépendant de l'extérieur ?
- Bien sûr. On a beaucoup trop de choses qui font que nous sommes habitués à notre confort et que tout nous tombe tout cuit de l'extérieur. Mais nous ne sommes pas libres de penser et de faire par nous-mêmes. Nous ne pouvons pas critiquer la main qui nous nourrit.
- Mais si tu penses ainsi, pourquoi travailles-tu ici ?
- Tu sais la vie est pleine de contradictions. Trouver du boulot dans un hôpital ou centre de santé publique est quasi mission impossible. Les places sont peu nombreuses et là-bas on dépend de la politique. Si on est militant d'un parti politique au pouvoir

on a une chance de trouver du travail, sinon c'est impossible. Je n'ai pu trouver du travail que dans cette ONG.

Nicolas prend conscience qu'il est maintenant dans une autre réalité où la sécurité de l'emploi n'est pas garantie.

C'est l'heure du repas de midi. Laura ferme les portes du centre. Tous les salariés de Suma Uta mangent au centre à midi. Dans le quartier, il n'y a pas beaucoup de possibilités de manger en dehors du centre. Tout le monde présent à Suma Uta se dirige vers le réfectoire. Les tables des enfants sont déjà occupées. Ils vont s'asseoir à une table qui leur est réservée. La soupe est déjà sur la table.

- Alors Nicolas comment tu trouves la Bolivie ? Dit le Docteur Condori en se servant de la soupe.

- C'est évidemment très différent de là où je viens.

- Mais comment te sens-tu ?

- Je trouve que vous êtes très accueillants et cela me met tout à fait à l'aise. C'est sympa.

- Mais pourquoi es-tu venu ici ? demande Wara.

- C'est compliqué. Mais je voulais connaître une autre réalité et être utile.

- Tu sais que puisque tu es là, tu prends la place d'une infirmière locale qui n'a pas de travail, dit Ruth.

- Non je ne savais pas, dit Nicolas qui se retrouve d'un coup mal à l'aise.

- Enzo avec son fric se permet de tout acheter ici et toi par dessus le marché tu viens prendre la place d'un chômeur car Enzo préfère un volontaire à une bolivienne. On est vraiment exploité par les gringos.

Nicolas en prend plein la gueule d'un coup et il sait maintenant qu'il va devoir faire ses preuves pour être accepté par ses collègues du centre de santé. Laura lui envoie un sourire avec un clin d'œil comme pour dire "ne fais pas attention à ce qu'elle dit".

- Ruth est une militante féministe acharnée. Ne la prends pas trop au sérieux, dit Wara qui essaie de désamorcer la dynamite de Ruth.

L'arrivée du second plat du repas permet de changer de sujet. Il s'agit d'un plat *"paceño"*, plat typique de La Paz. La discussion se fait alors sur les bontés culinaires de chaque pays.

Après le repas, Nicolas est invité par les enfants à jouer une partie de futsal. Le voilà donc entraîné sous le hangar où se trouve le terrain mixte : basket et futsal. Nicolas découvre le sport à haute altitude, tout de suite il ressent les effets du manque d'oxygène, mais piqué au vif il continue à jouer. C'est l'attraction d'après repas que ce match. Il marque un but et est alors considéré comme un footballeur valable pour le centre. Le match fini, il est entouré par les enfants qui lui posent plein de questions. Son souffle ne lui permet pas de répondre sur le moment. Mais il sent bien qu'il est accepté par les gamins. C'est toujours ça de gagné se dit-il. Il marche pour reprendre son souffle.

Il est l'heure de rouvrir le centre de santé. Tout le monde reprend sa place. L'après-midi est en général plus calme que le matin. C'est le cas de ce lundi jusqu'à ce qu'une femme pousse la porte du centre de santé et s'évanouisse dans le couloir. Nicolas est le premier à arriver jusqu'à elle. Il prend son pouls et la met sur le dos. Wara sort et vient aider Nicolas à porter la femme jusqu'à sa salle de consultation. La femme est enceinte. Ils prennent la femme l'un par les pieds l'autre par les épaules et l'installent sur le brancard. Wara lui prend la tension, trop basse. Elle constate que la femme perd beaucoup de sang.

- Nicolas, pose-lui un sérum physiologique.

Nicolas trouve la veine tout de suite et met le sérum en route. Son habilité dans ses gestes professionnels convainc Wara que c'est un bon infirmier. Elle apprécie aussi que Nicolas n'hésite pas à faire ce qu'il y a à faire sans se préoccuper de savoir si c'est une tâche pour les femmes ou pour les hommes comme ce matin pour nettoyer le sang du maçon. Ruth passe dans le coin et Wara en profite pour l'interpeller :

- Ruth, tu as vu comment se comporte Nicolas ? Il est compétent dans son travail d'infirmier et il n'hésite à prendre des initiatives au-delà de son boulot, comme nettoyer le couloir plein de sang. Alors, s'il te plaît, lâche-le un peu et attends de voir avant de l'accuser de tous les maux de la colonisation.
- Oh ça va, tu ne vas pas en faire ton chouchou des fois.

La journée de travail est finie, le centre de santé est maintenant fermé. Nicolas traverse la cour pour aller dans sa chambre. Andres, un gamin qui était dans son équipe à midi s'approche de lui :

- Nico tu ne peux pas m'aider pour mes devoirs ?
- C'est quoi comme devoirs ?
- Ce sont des maths.
- D'accord, voyons cela.

Andres l'entraîne dans la salle où les enfants font les devoirs. Il prend son cahier et le montre à Nicolas qui prend connaissance des problèmes à résoudre. Il commence à expliquer à Andres comment faire. Au bout d'un moment, Nicolas demande :

- Andres, tu es de El Alto ?
- Oui, répond laconiquement Andres.
- Tu as des parents ?
- Oui mes parents sont à Tilata.
- Pourquoi tu ne vis pas avec eux ?
- Tu sais, ce sont des alcooliques, ils sont toujours soûls. Et ils sont méchants. J'ai un petit frère et une petite sœur. Ils nous battaient tout le temps et on n'avait rien à manger. La Protection de l'enfance est venue et nous a placés dans des foyers ; moi je suis venu ici.

Nicolas prend conscience que chaque enfant du centre a une douloureuse histoire pleine de drames.

- Tu revois ton frère et ta sœur ?
- Non, je ne sais même pas où ils sont placés.
- Ils te manquent ?
- Oui, j'aimerais bien les revoir, pouvoir leur rendre visite.
- Et tes parents ?
- Eux ? Non, sûrement pas !

Nicolas sent son cœur fondre au récit d'Andres.

- Andres, si un autre jour tu as besoin d'aide pour tes devoirs, tu me demandes. D'accord ?
- D'accord Nico, répond Andres.

Nicolas est en train de monter les escaliers pour aller à sa chambre lorsque Wara l'interpelle :

- Nicolas, dimanche, si tu veux, on peut aller se promener pour que tu connaisses un peu la ville.
- Volontiers, je te remercie.

Le dimanche, Wara veut faire découvrir à Nicolas l'ensemble de la ville en la survolant avec les téléphériques. Ils prennent un mini bus sur la place du Seigneur de la lagune pour rejoindre le téléphérique bleu à Rio Seco. Nicolas s'est courbé en deux pour monter dans le minibus. Et ils n'ont pas de place l'un à côté de l'autre. Nicolas est content de pouvoir descendre pour prendre le téléphérique. Ils montent dans une cabine. Il y a pas mal de monde car le dimanche il y a le plus grand marché de Bolivie et un des plus grands d'Amérique latine dans le quartier du 16 Juillet.

- Tu sais, Nicolas, on va passer au-dessus du grand marché. Dès la station de l'université de El Alto, on voit des étals. Mais à partir de la station place La Paz, tu verras, il n'y a que des morceaux de plastiques. Tout cela est très dense jusqu'au terminus du téléphérique bleu.
- Toutes les lignes ont des noms de couleurs ?
- Oui, toutes. Après le bleu, nous allons prendre le rouge, l'orange puis le blanc, un morceau du bleu ciel et enfin le vert. On

va ainsi descendre de plus de quatre mille mètres d'altitude à moins de trois mille trois cents mètres.

- On va en avoir pour un moment je suppose.
- Oui, ça va durer près de deux heures. Mais tu verras l'ensemble de la ville.

Une fois dans le rouge, dès le départ, la cabine plonge dans la ville de La Paz. C'est un paysage magnifique.

- Tu es née à La Paz ? Demande Nicolas.
- Non, je suis née à Santiago de Ojje, dans la presqu'île de Copacabana, au bord du lac Titicaca. C'est la campagne.
- Ça fait longtemps que tu vis à El Alto ?
- J'avais onze ans lorsque je suis venue à El Alto. Et toi tu viens d'où ?
- Je suis né à Lyon, en France.

Ils continuent de s'interroger sur le lieu de leur naissance pour continuer de faire connaissance.

La ligne orange dévoile un beau paysage sur le centre de La Paz avec une vue sur la place Murillo ainsi que le palais présidentiel, le parlement et la cathédrale.

- Alors, comme cela, tu es volontaire pour la Bolivie ?
- Oui c'est moi qui ai demandé à venir.
- L'autre jour tu disais que tu voulais connaître une autre réalité.
- Oui il y a pas mal de choses que j'ai vécues et avec lesquelles j'ai besoin de mettre de la distance.

Wara soupçonne que Nicolas a vécu des moments difficiles. Elle évite de creuser.

- Je pense que tu dois être servi comme autre réalité.
- Je suis totalement dépaysé. Je n'ai plus beaucoup de points de repères pour ne pas dire aucun. C'est brutal, sans transition.

La ligne blanche est celle qui a le moins de passagers. Ils se retrouvent seuls dans une cabine.

- Wara comment as-tu atterri à Suma Uta ?

- Après mes études de médecine, j'ai cherché du boulot. Il n'y a pas beaucoup d'opportunités et quand il y en a une, il ne faut pas la laisser passer. Suma Uta cherchait un médecin, je me suis présentée. Ce n'était pas ce qu'Enzo cherchait au départ. Mais j'ai réussi à le convaincre que j'étais faite pour le travail au centre.
- Mais en fait, tu ne cherchais pas un travail dans un centre comme celui-là.
- Non c'est vrai. Mais en Bolivie et sur El Alto en particulier, tu trouves des conditions de vie extrêmes de partout. Je veux dire que derrière chaque patient il y a un drame humain.
- Je voulais connaître une autre réalité et rendre service. Je crois qu'il y a pas mal à faire dans ce domaine.
- Rendre service ça fait un peu celui qui apparaît comme le héros de l'histoire, celui par qui la solution arrive et si c'est dans des conditions sévères, alors, c'est en plus, héroïque.
- Je sais que je dois apprendre beaucoup de choses.
- C'est bien mais tu dois surtout être honnête avec toi même. Tu n'es pas venu sauver les gens de Bolivie, tu es venu te sauver toi, de toute la merde qu'il y a dans ta vie.
- Tu veux dire que c'est vous qui me rendez service plus que moi je ne vous rends service ?
- C'est un peu ça.

Nicolas reste un moment silencieux pour ingurgiter ce qu'il vient de prendre en pleine poire.

- Tu as sans doute raison. Il va falloir que je change ma perspective.
- On va t'y aider, sois sans crainte.
- Je crois. J'ai eu un exemple, l'autre jour, avec Ruth.
- C'est ça.

Après la ligne bleu ciel, qui n'a qu'une station dans ce sens, les voilà dans la dernière étape, la verte.

- On arrive au bas de la ville. Là, on va continuer avec un minibus jusqu'à Mallasa et le zoo.

La circulation est dense les dimanches et il y a pas mal de queue. Pour arriver à Mallasa, ils passent devant la Vallée de La lune, site touristique par excellence, mais que l'on retrouve dans pas mal d'endroits en Bolivie, car le terrain est souvent fait pour ce genre d'érosion. Wara n'a pas envie de lui montrer ça. Plus bas, dans la ville, ils s'arrêtent pour manger un *Chicharrón* dans un des innombrables restaurants le long de la route.

- Tu verras, lui dit Wara, c'est des morceaux de cochon frits. C'est une spécialité du coin.
- C'est très bon, répond Nicolas.
- Comment as-tu connu Suma Uta ?
- En arrivant l'autre jour de l'aéroport.
- Te fous pas de moi.
- Non, bien sûr. Ce que je veux dire, c'est que je ne connaissais rien de Suma Uta avant d'arriver. Ce sont les organismes qui se mettent d'accord entre eux. Il y en a un, dans ce cas Suma Uta, qui cherche un volontaire. Et de l'autre côté, il y a un organisme qui a des volontaires à placer. Ils se mettent d'accord entre eux. Puis l'organisme en France te propose ce qu'ils ont cuisiné entre eux. On a un choix tout relatif.
- Donc si je comprends bien, vous êtes des esclaves aussi.
- Je n'irai pas jusque-là. On a une petite vie tranquille en France, mais on fait le choix de chercher à partir.
- Ce que je trouve sympa dans ta démarche c'est de vouloir connaître d'autres gens, une autre culture, une autre mentalité. Mais ce n'est pas sympa si c'est pour vouloir sauver le monde.
- Ne t'en fais pas Wara, je ne cherche pas à sauver le monde et si ça m'arrive, je compte sur vous pour me le faire savoir.
- C'est dommage que les ONG aient une autre finalité.
- Comment ça ?
- Oh tu sais les ONG, elles cherchent souvent à sauver le monde. Et la plupart du temps sans tenir compte de ce que veulent les populations locales. Trop souvent elles arrivent avec la

solution pour les problèmes sur place. Seulement voilà, c'est leur solution en fonction de leur approche du problème, en fonction de leur culture, en fonction des intérêts de ceux qui les financent. Et ça c'est le plus grave car cela renforce notre dépendance.

- Je peux comprendre la question de la dépendance, mais je ne vois pas bien la question du financement.

- Tu sais il y a des modes pour les financements. Les gamins de la rue, c'est porteur, tu trouves du financement. Comme d'ailleurs les questions de genre. Mais si tu cherches un financement pour un élevage de cochons d'Inde, tu ne trouveras pas.

- Donc les ONG locales sont dépendantes des sources de financement. Si leur activité n'est pas dans un des créneaux porteurs, elles ne trouvent pas de financement.

- Exactement. Et puis les très grosses ONG sont la plupart du temps les représentants des gouvernements qui les financent plus ou moins discrètement.

Le serveur vient débarrasser la table des assiettes vides. Il laisse les verres de bière qu'ils vont finir à petites gorgées.

- C'est sur ce modèle qu'Enzo a lancé son ONG ici. Comme je te disais, les gamins de la rue c'est toujours porteur et tu trouves du financement. Alors il s'est lancé là-dedans. Il avait au départ la ferme intention de venir en aide aux enfants de la rue. Et puis la tentation est venue. Tu as toujours la tentation de te servir peu ou prou sur les financements. Lui a fini par exagérer et n'en avoir jamais assez.

- Je vois dit Nicolas.

- Je ne sais pas ce que tu vois, mais, toutes ces ONG, sont une prolongation du système colonial. Comme pendant la colonisation, le développement du pays n'est pas assuré. Ça ne permet que la survie.

Bien mangé, bien bu et bien discuté. Ils se lèvent pour payer la note et prendre la direction du zoo un peu plus bas dans la rue. Ils entrent et commencent par une allée. Ils marchent pour se promener. Ils se laissent aller à une détente. Il y a plus de sept cent mètres de différence avec Suma Uta. Il fait une chaleur agréable. Ils sont entourés d'une multitude qui cherche la même chose : détente et chaleur. Cela les mène sur un terrain plus personnel.

- Je sais que cela ne se fait pas, mais quel âge as-tu ? Demande Nicolas.
- Je vais avoir trente ans dans deux mois, répond Wara. Et toi ?
- J'ai eu trente ans le mois passé.

Ils se sentent plus proches tout d'un coup, même s'ils n'en disent rien.

- J'ai constaté que les femmes en Bolivie se marient jeunes, dit Nicolas.
- Pas toutes, il faut croire, dit Wara.
- Tu as toujours été célibataire ?
- Il y a eu quelques amourettes sur le chemin mais rien de bien sérieux. Et toi ?
- J'ai eu deux aventures à Lyon avec des filles mais cela n'a pas duré.
- J'ai envie de te demander pourquoi ? Si cela avait continué, tu ne serais sans doute jamais venu jusqu'ici ?
- Oui sans doute. J'avoue que j'ai vécu certaines situations qui me bloquent encore. Mais toi qu'est-ce qui a fait que tu es toujours célibataire ?
- Je suppose qu'il y a en moi un blocage dû aussi à un vécu compliqué.

Ils n'iront pas plus loin aujourd'hui dans l'explication de leur intimité. L'un comme l'autre ne veut pas forcer l'autre ce qui l'obligerait alors à se dévoiler. Ils laisseront le temps au temps.

Les voilà sur le chemin du retour. Après le minibus de Mallasa, ils reprennent le téléphérique dans l'autre sens et par un autre chemin, vert, jaune, gris, bleu, pour arriver au point de départ à

Rio Seco. Nicolas ressent un peu de fatigue. Descendre puis remonter fait qu'il a mal au crâne. Il est content d'arriver.
- Je te remercie Wara, j'ai passé une très bonne journée. Je t'en suis reconnaissant.
- J'ai été très contente moi aussi. Merci Nicolas.
Les voilà tous les deux allongés dans leurs chambres.

Dorado Grande.

Enzo est arrivé de bonne heure ce matin. Il est à peine huit heures trente lorsqu'il passe le portail de Suma Uta. Il se gare près de son bureau où il entre pour prendre quelques papiers. Il a convoqué pour ce matin une réunion des employés du centre de santé ainsi que les éducateurs des enfants.

Dès que sa voiture est entrée, les personnes concernées par la réunion ont commencé à se rendre à la salle de réunion située au-dessus des ateliers. Tous prennent une chaise autour de la table. Six employés du centre de santé et six éducateurs, il ne reste plus qu'une chaise pour Enzo. Il arrive le dernier. Il aime voir que tout le monde soit installé quand il entre pour une réunion. Il se dirige vers sa chaise en bout de table pour bien marquer qui dirige la réunion. Il s'assoit et salue l'assemblée :
- Bonjour à tous. J'espère que vous avez passé une bonne nuit et que vous êtes tous en forme ce matin.
- Bonjour, reprennent en chœur plusieurs voix.
- J'aimerais commencer par vous montrer une vidéo.
Il prend son ordinateur, cherche sur le bureau de celui-ci la vidéo et met en route la grande télévision sur laquelle il va la projeter. La vidéo montre un coin des Yungas du côté d'Arapata à quelques kilomètres de Coripata. La route qui vient de Coripata arrive sur une petite place et continue vers la sortie en direction

d'Arapata. Avant la dernière maison du village la vidéo montre une maison de taille moyenne. La vidéo entre dans la maison et montre une grande salle avec des tables et des chaises. Plus loin se trouvent deux pièces qui servent d'entrepôt et au fond de la maison une pièce de taille moyenne avec des paillasses pour dormir.

Enzo est tout fier de montrer la maison avec sa vidéo.

- Voilà ce que je voulais vous montrer. Nous allons installer une annexe de Suma Uta dans les Yungas à Dorado Grande.

Les participants à la réunion se regardent avec un air surpris.

- Je suppose que vous allez nous expliquer ce que signifie cette annonce, dit le Docteur Condori, qui apprécie moyennement la surprise.

- Suma Uta va s'agrandir et avoir une annexe là-bas ce qui permettra aux enfants de profiter de la campagne.

- Qu'est-ce que les enfants feront là-bas ? Demande Luis, un éducateur.

Enzo voit que sa présentation a semé plus de confusion qu'autre chose.

- Laissez-moi vous expliquer. Nous allons enseigner l'artisanat que nous confectionnons ici à Suma Uta aux habitants de Dorado Grande. Quatre jours par mois, cinq ou six enfants maximums seront envoyés là-bas pour apprendre l'artisanat. Mais ce n'est pas tout. Nous allons aussi faire en sorte que la population soit suivie au niveau santé. Dorado Grande n'a pas de centre de santé, nous allons donc une fois par mois leur assurer un suivi médical. Les deux activités que nous avons ici à El Alto seront reproduites sur place. Nous allons faire bénéficier de notre savoir-faire aux habitants de ce coin des Yungas.

Le silence s'installe dans la salle de réunion.

- Voyons les choses dans l'ordre. Prenons pour commencer les enfants. Je sélectionnerai moi-même quatre enfants parmi ceux

que nous avons ici. Ils partiront le vendredi matin et reviendront le lundi soir.
- Mais et leurs études ? s'inquiète Marcos un autre éducateur.
- Je ne crois pas qu'une fois par mois, la première fin de semaine de chaque mois, cela soit bien important. Bien sûr, il faudra en informer leur collège pour qu'ils n'aient pas d'ennuis, mais cela ne doit pas leur porter préjudice.
- La plupart des enfants qui sont ici sont en retard scolaire important, je ne suis pas d'accord pour dire que ce n'est pas important, s'exclame Juana une autre éducatrice.
- Vous n'aurez qu'à leur faire rattraper les cours qu'ils auront sautés.
- Évidemment cela fera une charge de travail supplémentaire pour nous, reprend Luis.

L'opposition de la part des éducateurs se renforce plus le temps passe. Wara se demande bien où veut en venir Enzo, le pourquoi de cette activité dans les Yungas.
- Et pour le centre de santé qu'est-ce que cela va nous demander, poursuit Wara ?
- Chaque mois un médecin et une infirmière iront avec les enfants et feront une permanence là-bas avec des visites si nécessaire.
- Donc un mois sur deux il y aura une fin de semaine dans les Yungas, s'inquiète le Docteur Condori pour sa vie de famille. On voit bien que vous êtes célibataire, ajoute-t-il, manifestement en colère.
- Nous allons faire une pause pour prendre un café. Cela vous permettra de prendre un peu de recul et de parler entre vous de ce projet. Je vous rappelle qu'il s'agit de quatre jours par mois, la première fin de semaine de chaque mois.
- Est-ce que nous aurons droit à des frais de voyage ? demande Ruth.

- Cela n'est pas prévu pour le moment, répond sèchement Enzo. La moutarde commence à lui monter au nez. Il poursuit : faisons cette pause.

Il se lève et part vers son bureau se servir un café à l'italienne. Les autres participants à la réunion se lèvent et vont au réfectoire tout en ronchonnant. Le moins que l'on puisse dire c'est que l'idée a du mal à faire son chemin.

- Moi, dit le Docteur Condori, je n'irai pas.
- Il faudrait qu'il lâche au moins la prime de voyage, dit Ruth
- Combien cela ferait ? Demande Juana.
- Au moins cent boliviens par jour sinon cela ne vaut pas le coup.
- Mais est-ce que vous savez au moins le but de ce projet ? Demande Wara.

Personne n'a de réponse à la question.

- Est-ce que les gens ont été consultés sur place, demande Nicolas qui se souvient de sa discussion sur les ONG et le colonialisme.
- Oui il faut demander si cela a été fait, dit Laura. On va encore arriver avec le projet tout mâché pour l'imposer aux gens.

Ils finissent de boire leur café et retournent à la réunion. Enzo est déjà là à les attendre. Il ronge son frein. Une fois que tout le monde est assis, Nicolas se lance.

- Je voudrais te demander si les habitants de Dorado Grande ont été consultés pour savoir si ce projet est leur projet ?

En voilà une idée pense Enzo, il faudrait en plus demander leur avis aux gens.

- Bien sûr répond-t-il avec aplomb. Tu penses bien que je ne me serai pas cassé la tête à chercher un financement pour ça.
- Au fait il est financé comment ce projet ? Demande Ruth.

Enzo se mord la lèvre en se maudissant d'avoir lancé le sujet.

- Comme d'habitude, dit-il pour noyer le poisson.

- Combien y aura-t-il de frais de voyage ? Demande le Docteur Condori qui commence à faire des calculs.
- Mais cela n'est pas prévu. Ce n'est que partie de votre travail au centre. Lance Enzo.
- Dans ce cas, je crois que personne n'ira, s'avance Juana.

Et merde, pense Enzo, qui commence à en avoir plus qu'assez de cette équipe de bras cassés qui conteste tout ce qu'il fait.

- On va faire une nouvelle pause. Il faut que je fasse quelques calculs pour voir ce que je peux vous proposer comme frais de voyage.

Il se lève et repart dans son bureau. Mais au lieu de prendre sa calculette, il prend son portable et appelle Don Pablo. C'est lui qui tire les ficelles sur ce coup, c'est son idée, la police des Yungas il la contrôle et il finance l'ensemble de l'opération, Enzo ne fait que fournir son personnel.

- Bonjour Don Pablo. Nous sommes en pleine réunion pour ce que nous avons pensé pour la marchandise. Mais ils se font tirer l'oreille, ils veulent les frais de voyage.
- De combien de personnes s'agit-il ?
- Un médecin, un infirmier et un éducateur. Trois en tout, quatre jours chacun, une fois par mois.
- Et de combien parle-t-on ?
- En général les frais de voyage c'est vingt dollars par jour.
- Pas question, c'est trop. Propose quatre-vingt boliviens par jour ; pas plus de cent.
- D'accord Don Pablo, je vous tiens au courant.

Enzo revient dans la salle de réunion et les conversations cessent brusquement dès qu'il ouvre la porte.

- Après avoir fait des calculs, je vous propose quatre-vingt boliviens par jour.
- Ce n'est pas assez, dit Ruth, approuvée par les autres.
- Mais combien vous voulez ?
- Plus, c'est tout.

- Je peux aller jusqu'à cent par jour mais c'est tout.

Ils se regardent entre eux, finalement ils pensent que c'est bien.

- Logés nourris, dit Ruth, alors que cela est censé être pour se loger et se nourrir.
- D'accord, dit Enzo de guerre lasse.
- Bon, nous allons donc commencer le mois prochain. Je vous donnerai la liste de ceux qui iront, adultes et enfants, une semaine avant.

Tous se retirent pour aller à leur poste de travail. Enzo pense, "Nicolas sera du voyage, cela fera ça de moins à payer, il n'est pas sur la liste des employés lui, il est volontaire." Il est content de son idée, cela le réconforte après ce mauvais moment passé en réunion.

Wara vient pour la première fois à Dorado Grande. Le Docteur Condori avait pris les deux premiers mois car ce mois-ci il est parrain pour un mariage prévu de longue date et donc Wara a changé avec lui. Nicolas va pour la troisième fois à Dorado Grande. Il commence à bien connaître la route. Ils sont accompagnés par Juana et trois enfants : Jaime, Pascual et Hipolito. Pour eux aussi, c'est la première fois qu'ils viennent. Tout ce monde-là est entassé dans la jeep Toyota Land Cruiser de couleur rouge que conduit Enzo d'une seule main. Ils viennent de passer Puente Villa et remontent de l'autre coté sur Coripata.

- C'est encore loin ? demande Juana qui trouve le temps long.
- Encore quarante-cinq minutes, répond Enzo.

Ils sont partis à cinq heures du matin et ils commencent à avoir faim.

- Nous prendrons un petit déjeuner en arrivant, continue Enzo.

Et la jeep continue d'enfiler virages sur virages en soulevant un gros nuage de poussière. Ils passent Coripata et foncent vers Dorado Grande. Comme annoncé par Enzo, quarante-cinq minutes après Puente Villa, ils arrivent. Nicolas qui connaît les lieux, sort pour ouvrir le portail et permettre à la jeep d'entrer dans la cour de la maison où ils vont passer la fin de semaine.

Tout le monde sort de la voiture et est content de se dégourdir les jambes. Doña Elena, qui sera la cuisinière durant la fin de semaine, les salue :

- Bonjour. Le petit déjeuner est prêt. Passez, entrez.

Ils entrent dans la maison et s'assoient autour de la table. Il y a du pain et du fromage. Doña Elena leur sert du chocolat chaud.

- Il faut vous mettre au boulot dit Enzo. Don Pablo va arriver.
- Qui est Don Pablo ? demande Wara.
- C'est le propriétaire de la maison et c'est lui qui coordonne le travail d'artisanat.

Ils débarrassent la table et la recouvrent de ces tissus aux couleurs chatoyantes dont ils vont faire l'artisanat, les *aguayos*. Ils ont été préparés dans la semaine par les femmes du club de mères. Ils sont coupés, il faut les coudre et, pour cela, ils ont besoin de petites mains d'enfants pour que les petits doigts puissent passer là où des doigts d'adulte ne passeront pas. L'éducateur est là pour orienter les enfants et aussi pour surveiller qu'ils fassent du bon travail. Ils commencent à coudre.

- Et nous qu'est-ce que l'on fait ? demande Wara.
- Tu vois ça avec Nicolas lui répond Enzo.
- Viens avec moi, lui dit Nicolas.

Les voilà partis dans une petite pièce qui donne sur la rue et qui leur servira de salle de consultation.

- Est-ce qu'il y a du monde qui vient ? demande Wara.
- Tu verras, il n'y a pas de queue mais il y a toujours quelqu'un dans la salle de consultation.

Ils sont venus avec tout ce qu'il leur faut et aussi des vaccins au cas où se présenteraient des personnes à vacciner. Les gens se succèdent et Wara constate qu'il y a peu de malades sérieux. Ils présentent tous des petits bobos. Elle fait part de sa constatation à Nicolas et demande :

- Est-ce que c'est chaque fois pareil ?
- Oui c'est toujours comme ça. Je me demande pourquoi on vient. Les enfants, pour l'artisanat, d'accord, mais nous, pour la santé, je ne comprends pas notre utilité, surtout qu'il y a un poste de santé à Arapata.
- Oui c'est bizarre, appuie Wara.

Comme il se fait une pause dans l'arrivée des patients, Wara en profite pour demander à Nicolas :
- Je crois savoir que tu viens bosser gratis ici.
- Tu veux dire qu'Enzo ne me donne pas les frais de voyage, les cent boliviens par jour. Oui c'est vrai. Lorsque je les ai réclamés il m'a dit que comme j'étais volontaire je n'y avais pas droit.
- C'est dégueulasse, dit Wara. Surtout qu'il doit se les mettre dans la poche.
- Ça, je n'en sais rien.
- Tu peux en être sûr. Il va falloir faire en sorte qu'il te les donne.

Comme un nouveau patient entre, la discussion s'arrête. Ils continuent de soigner ceux qui se présentent. À midi moins dix, comme il n'y a personne, ils en profitent pour fermer la salle de consultation. Ils vont voir ce que font les enfants. Ceux-ci sont occupés à coudre et c'est vraiment un travail de précision. Wara se demande à quoi cela peut servir. Il n'y a personne pour apprendre comme l'avait dit Enzo au départ. En fait, ce sont les enfants qui font le travail. Une fois la pièce d'artisanat cousue, elle est emmenée par l'éducateur dans la pièce suivante. Ils ne savent pas ce qu'elles deviennent. Puis, à midi, ils vont déjeuner.
- Alors comment ça va ? Demande Nicolas à l'un des enfants.
- Ça va, on a vite appris. Ce n'est pas si difficile que ça.
- Qu'est-ce que vous cousez ? Demande Wara.
- On doit coudre toute la pièce d'artisanat, mais on doit laisser un tout petit trou exprès.

- Et il sert à quoi ton tout petit trou ?
- Ben ça, on n'en sait rien. On ne revoit plus la pièce d'artisanat une fois qu'elle est sortie de la pièce.
- Ah bon, se contente de dire Wara.
- Oui, c'est bizarre, ajoute Juana.

Une fois le repas terminé, les enfants peuvent aller jouer au ballon un moment et Nicolas les rejoint ainsi que Juana et Wara. Un match de foot s'organise. C'est un grand moment de défoulement. Puis le travail reprend pour les deux équipes jusqu'au soir. Ce n'est qu'à sept heures du soir que tout le monde arrête. La journée a été longue, ils sont partis ce matin à cinq heures. Une fois la soupe mangée, ils filent se coucher car, surtout les enfants, ils tombent de sommeil. Alors qu'ils vont au lit, plusieurs personnes, jeunes en général, viennent dans la salle où sont entassées les pièces d'artisanat cousues dans la journée. Au petit matin il n'y a plus personne.

Pendant ce temps, Enzo est allé une nouvelle fois à l'hôtel Auquisamaña. Là il rencontre Don Pablo.
- Padre ! Comment ça va ?
- Bien, je vous remercie, et vous Don Pablo ? dit Enzo.
- Ça va, ça va.

Il prend son verre empli du cocktail des Yungas.
- Santé.
- Santé, reprend Enzo.
- Je t'ai demandé de venir pour voir cette question du lavage. J'ai cette fois dix briques à laver.
- Comment voulez-vous faire ?
- Je te fais un don pour ta fondation. Tu achètes un immeuble à La Paz que tu revends en appartements. Tu verses l'argent sur un compte à l'IOR, qui l'enverra à Dubaï sur le compte d'une banque que je te communiquerai.

- Est-ce que vous avez en tête les immeubles qu'il faut acheter ?
- Non, tu te débrouilles pour ça.
- Pour le compte à l'IOR, pas de problème, j'utilise le mien et je vous transfère l'argent à Dubaï. Combien vous voulez récupérer à Dubaï ?
- Il me faut douze briques. Le reste c'est pour toi.
- Le problème, c'est que c'est un gros montant. Cela fait plusieurs immeubles. Et cela va prendre du temps.
- Je sais, c'est pour cela que je fais appel à toi.
- Si vous voulez douze briques à Dubaï, il faut que cela rapporte plus de treize briques, treize briques et demie ici. Une brique pour moi et le reste pour les intermédiaires qui vont s'occuper de l'opération.
- Bon alors est-ce que tu prends l'opération ?

Enzo sait que s'il refuse, il y aura des répercussions pour lui. Don Pablo commencera à le faire chanter. Il n'est pas à l'aise quand il doit parler de cela avec Don Pablo.

- Je devrais pouvoir faire l'investissement en dehors du pays, en Italie par exemple.
- Je te remets l'argent ici. Si tu veux faire tout ou partie de l'opération à l'étranger, c'est ton affaire.

C'est la première fois que Enzo doit traiter une telle somme avec Don Pablo. Il est nerveux et Don Pablo s'en rend compte.

- Il va falloir que tu prennes ta décision, lui dit Don Pablo.

Enzo se sent coincé. Il ne peut reculer. La coopération avec Don Pablo devient de plus en plus compromettante. Il sait par ailleurs qu'il ne doit pas trop traîner pour l'opération. Enzo sent le stress monter en lui.

-D'accord dit-il enfin.

Don Pablo fait un signe à un homme devant l'entrée de la pièce. Celui-ci va chercher un sac qu'il dépose devant Don Pablo. Il ouvre la fermeture éclair du sac.

- Voilà les dix briques, montre Don Pablo en écartant l'ouverture du sac. Tu veux recompter ?
- Non, dit Enzo qui referme le sac.

Il a hâte maintenant de rentrer à La Paz et de mettre l'argent sur son compte en banque. Mais il doit attendre qu'à Dorado Grande, ils aient fini le travail.

- Tu peux rester ici en attendant, dit Don Pablo.
- Je vous remercie, dit Enzo.

Il se lève et prend congé de Don Pablo. Il soulève le sac et se dirige vers sa chambre. Il a deux jours à rien faire qu'à attendre. Il va lire, voir un film sur internet. Il cherchera un peu de compagnie aussi.

Lundi est arrivé. Enzo range ses affaires, les met avec le sac dans la jeep et part rejoindre Dorado Grande. Il arrive pour le repas de midi.

- Alors comment va le travail ?

Juan prend la parole :

- Ça va, ils vont finir avant l'heure. Ils devraient avoir terminé vers quatre heures.
- J'aimerais partir assez vite, presse Enzo. Ils pourraient se mettre au travail dès la fin du repas et on pourrait partir à trois heures.
- Mais ils ne pourront pas jouer au foot.
- Ils se rattraperont demain à Suma Uta.
- Ils ont cependant bien mérité de se détendre un peu en jouant au foot.
- Allez, c'est décidé. Finissez votre repas et mettez-vous au boulot.

Effectivement, le repas terminé, les enfants et Juana vont dans la salle se mettre au boulot. Pendant ce temps Wara et Nicolas ferment la salle de soins et mettent le matériel dans la jeep. Vers deux heures et demie, les enfants ont fini le travail de couture. Ils rassemblent les affaires et les rangent dans la jeep.

Enzo, content de pouvoir enfin repartir, se glisse au volant de sa jeep, met le moteur en route et demande :
- Tout le monde est là ? On peut partir ?
- Oui, on est tous là.
Enzo lance la jeep sur le chemin du retour. De virages en virages, il n'y a pas beaucoup de ligne droite avant le goudron, la jeep monte en altitude après Puente Villa. Tout le monde est content d'arriver sur le goudron après cette course sur la piste de terre. Après le col, à quatre mille six cents mètres d'altitude, la voiture descend sur La Paz.
- Je vous laisse au téléphérique, vous le prendrez pour renter à Suma Uta, lance Enzo à ses passagers. Lui sera presque arrivé à son appartement.
Juana demande à Nicolas et Wara :
- Vous pourriez vous charger des enfants. Vous vivez à Suma Uta, alors que moi je devrai redescendre en ville si je vais jusqu'au centre.
- Pas de problème, répond Wara.
- Rentre chez toi, dit Nicolas.
- Merci, je vous accompagne jusqu'au rouge dit Juana.
Arrivé à la place Villarroel, Enzo laisse descendre tout son monde.
- On laisse le matériel dans la voiture, dit Nicolas. Tu l'amèneras quand tu viendras à Suma Uta.
- D'accord dit Enzo, mais pas demain. Je n'irai pas, j'ai à faire à La Paz.
- Bon et bien à un autre jour. Chao, dit Wara.
Tout le monde va vers l'entrée de la station de métro pendant que Enzo descend l'avenue Busch en direction de son appartement. Arrivé chez lui, il donnera quelques coups de fil pour organiser sa journée de demain. Il ira chez son banquier lui remettre le liquide, qui ne le prendra que moyennant une commission pour éviter le suivi de l'argent liquide. Il fera les

comptes avec un architecte et son avocat. Ils prendront la décision de faire une partie de l'opération ici à La Paz et le reste en Italie. Enfin Enzo demandera de faire un virement à son compte de l'IOR pour la partie à réaliser en Italie. Il contribuera ainsi à la mauvaise réputation de l'IOR.

Wara, Nicolas et les enfants sont arrivés à Suma Uta. Ils vont manger le souper laissé au chaud pour eux, puis ils vont se coucher.

- Heureusement que ce n'est pas toutes les semaines comme cela, remarque Wara.
- Oui maintenant on a trois fins de semaine tranquilles, renchérit Nicolas.
- Si tu veux, le week-end prochain, on peut aller à Copacabana pour que tu connaisses le coin et le lac.
- Je veux bien répond Nicolas.
- En attendant, bonne nuit et à demain.
- À demain Wara, bonne nuit.

Ils entrent chez eux.

La semaine suivante, Wara et Nicolas se préparent pour aller à Copacabana. Wara connaît un jeune de Ojje qui vient d'acheter un minibus et qui doit aller le faire bénir à Copacabana. Elle lui a demandé s'il pouvait les emmener avec eux. Cela leur évite d'avoir à aller au quartier du cimetière pour prendre un bus et de refaire tout le trajet en sens inverse, Suma Uta est proche de la sortie vers Copacabana. José a accepté.

- On prend un mini bus jusqu'à la route et on attend que José vienne nous chercher, indique Wara à Nicolas.

Le minibus les laisse au carrefour avec la grande route à Copacabana. Ils traversent la route à quatre voies en se faufilant entre les véhicules qui arrivent à toute vitesse. Les voilà, sains et saufs, de l'autre côté de la route.

- Et maintenant on attend, dit Wara.

Ils prennent leur mal en patience. Au bout d'une bonne demi-heure, le minibus de José s'arrête devant eux.

- Bonjour Wara, dit José.
- Bonjour José, dit Wara. Je suis contente de te revoir. Je te présente Nicolas qui ne connaît pas Copacabana.
- Enchanté, lui dit José. Montez, installez-vous.

Il y a déjà dans le minibus Martha, la femme de José, son fils Antonio de cinq ans et sa fille Genoveva de deux ans, ainsi que sa mère, son frère, sa belle-sœur et leur fils. Nicolas et Wara s'installent au fond du minibus.

- Comment vas-tu ? Quoi de neuf ? Demande Wara à José.
- Comme tu vois, je viens d'acheter ce minibus. Je vais faire une ligne qui va aller de Rio Seco jusqu'à Minasa. J'ai eu de la chance de trouver une bonne occasion pour ce minibus, il est en bon état. On va à Copacabana pour la bénédiction.

C'est toujours un moment de fête que la bénédiction d'un véhicule à Copacabana. C'est pour ça qu'une bonne partie de la famille fait aussi le voyage.

- Et toi comment vas-tu Wara ?
- Je suis toujours à Suma Uta, au centre de santé.
- Tu es de celles d'Ojje qui ont réussi. On est fier de toi.

Martha qui était descendue pour aller acheter du pain et des fruits pour le voyage, reprend sa place à côté du chauffeur. José met le minibus en route et reprend sa place dans la circulation.

Nicolas regarde le paysage qui défile. Il en a plein les yeux. Lorsqu'ils arrivent au lac, cela devient magnifique. Ils vont longer le petit lac jusqu'à Tiquina. La route serpente au milieu des eucalyptus, monte, descend puis finalement plonge sur le détroit de Tiquina.

- On se retrouve de l'autre côté, annonce José en laissant descendre ses passagers pour mettre son minibus sur la barge qui le fera passer sur l'autre rive. Les passagers iront en barque.

Une fois de l'autre côté, avant de reprendre la route pour Copacabana, ils mangeront le casse-croûte qu'ils ont amené.
- Wara, on le détour par Ojje avant ?
- Je ne le souhaite pas vraiment, dit Wara.
- Comme tu veux.

Une demi-heure plus tard, ils seront à Copacabana. Wara et Nicolas laissent José et sa famille pour chercher un endroit pour dormir le soir venu. Puis Wara fait connaître à Nicolas la ville. Ils commencent par la basilique et finissent par se retrouver sur la plage, au bord du lac Titicaca.
- Tu es ici chez toi, lui dit Nicolas.
- C'est vrai que je suis née pas très loin. Dans la presqu'île, tout le monde vit grâce à Copacabana.
- Tu es venue souvent ici je suppose.
- Oui bien sûr et ce que j'aime le plus c'est finalement le calvaire qui est là, au-dessus de nous. C'est toute notre culture et l'esprit de nos ancêtres qui sont là pour nous accompagner.
- Il faudra que tu m'expliques plus en détail tout cela.
- Demain si tu veux on pourra monter au sommet.

Ils continuent de se promener au bord du lac et de parler. Ils s'interrogent sur eux, ce qui les a marqués, ce qu'ils pensent de la vie. Le soir tombe et la fraîcheur puis le froid aussi. Après avoir mangé dans un des nombreux restaurants de la ville, ils rentrent pour dormir.

Ils se retrouvent pour le petit déjeuner.
- Wara ce qui serait bien c'est qu'aujourd'hui on aille à Ojje. Je voudrais connaître ton village.
- Pas question, répond sèchement Wara.

Nicolas est surpris. Il ne s'attendait pas à cette réponse et surtout à ce ton.
- J'ai dit quelque chose qu'il ne fallait pas ?
- Je ne veux pas y aller.

- Je m'excuse d'avoir posé la question, ajoute timidement Nicolas.

Le silence s'installe pendant qu'ils continuent de manger leur petit déjeuner.

- Écoute Nicolas, cela fait des années que je n'ai pas mis les pieds à Ojje, trop de mauvais souvenirs là-bas.

- Tu as dû vivre des moments très difficiles, je comprends. Excuse-moi encore.

Un nouveau silence, mais d'une certaine façon plus léger, s'installe de nouveau. Nicolas regarde Wara avec des yeux neufs. Son visage est fermé et dur, son regard perdu au loin. Il a de la peine rien qu'à la regarder.

- J'aimerais tellement t'aider mais je ne sais ni quoi dire ni quoi faire, dit Nicolas pour rompre ce silence.

Le visage de Wara se détend un peu, comme pour dire qu'elle apprécie ce que lui dit Nicolas. Ils finissent de manger.

- Allez, dit Wara, on monte au calvaire.

Ils se lèvent et prennent la direction du sommet. La montée est rude et Nicolas a du mal à garder son souffle. Pas question de parler. Wara l'attend plusieurs fois au cours de la montée. Le sommet atteint, ils se dirigent au bout du terre-plein rempli d'autels pour les sacrifices aymaras. Ils s'assoient sur les marches et contemplent la vue magnifique sur le lac. Ils regardent, ils sentent monter en eux des sentiments de calme, de tranquillité, de quiétude. Leurs épaules se touchent, ils se sentent proches. Wara commence à parler doucement :

- Nicolas je ne veux pas aller à Ojje car mon père, un jour que j'avais perdu un mouton, m'a battu jusqu'à ce que je m'évanouisse. C'est pour cela que je suis partie d'Ojje.

Ils restent en silence encore un bon moment. Nicolas a du mal à comprendre que l'on puisse battre à mort une enfant pour un mouton.

- Tu avais quel âge ? finit-il par demander.

- Je devais avoir dix ou onze ans.
Après un nouveau silence :
- Mais mon père avait changé terriblement après le suicide de ma mère.
Nicolas reçoit la nouvelle comme un coup. Le suicide de sa mère. Qu'a-t-il bien pu se passer pour en arriver là ? Mais il n'ose pas poser la question. Wara reprend :
- Ce n'est pas sans motifs que l'on se suicide. Lorsque ma mère a appris que mon oncle m'avait violée elle avait une bonne raison de le faire.
Nicolas se dit "Mon dieu que lui est-il encore arrivé ?" Il lui prit le bras dans sa main pour qu'elle le sente près d'elle, expression de sa solidarité et de sa proximité. Elle se met à pleurer en silence. Nicolas lui passe le bras autour des épaules et ils restent un long moment ainsi.

En signe de réciprocité peut être, un très long moment plus tard, Nicolas commença à l'informer par bribes, ce que la pudeur lui permet, ce qu'il avait vécu avec le Père Moulins et au séminaire.

Ils n'en dirent pas plus ce jour-là. Le reste de la journée ils restèrent en silence la plupart du temps, puis ils prirent un bus pour retourner à El Alto. Ils se sentaient proches l'un de l'autre et pourtant le mystère de leurs vies restait entier.

Le carnaval.

Depuis leur visite à Copacabana, Wara et Nicolas se sentent bien plus proches. S'ils n'ont pas encore reparlé de ce qu'ils se sont confiés là-bas, ils passent plus de temps ensemble et apprennent à mieux se connaître. Ils vont retourner à Dorado Grande, mais cette fois, ce sera pour le carnaval. Ils ont été invités

par Doña Elena. Ils vont profiter de la jeep de Enzo qui, lui, a été invité pour le carnaval par Don Pablo à l'hôtel Auquisamaña.
Le départ est proche, les passagers de la jeep sont à l'intérieur. Nicolas et Wara sont installés sur les sièges arrière. Devant se trouve l'invité de Enzo, un jeune homme du nom de Benjamin. Enzo s'installe au volant et la jeep démarre pour les Yungas. L'ambiance est à la fête. Le carnaval est toujours un grand moment de divertissement, de joie, de danse : on oublie les soucis du quotidien.

- Enzo, mets-nous de la musique de *morenada,* demande Benjamin.

La musique envahit la voiture. Derrière, Wara et Nicolas parlent de ce qu'ils vont découvrir et faire à Dorado Grande.

- Je crois que Doña Elena va danser *chutas.* On va se joindre à eux pour danser nous aussi *chutas.*
- Mais je n'y connais rien, s'affole Nicolas.
- Je vais t'apprendre ce soir en arrivant. Ce n'est que dimanche que l'on va danser.
- Mais je crois qu'il y a des costumes et nous n'avons rien.
- T'en fais pas, j'ai dit à Doña Elena de nous prévoir des costumes pour nous aussi.
- Je vois que tu m'entraînes dans un traquenard. Je t'en remercie.

Au fond de lui, il est content de faire l'expérience de ce carnaval.

Ils n'ont pas vu passer le temps et le voyage se termine déjà. Ils viennent de passer Puente Villa. La route remonte. Enzo a la flemme d'aller jusqu'à Dorado Grande et de revenir à Auquisamaña.

- Je vais vous laisser la jeep pour aller à Dorado Grande. Vous viendrez nous chercher à l'hôtel le mardi après-midi.
- D'accord dit Wara.
- Vous nous laissez à l'hôtel en passant.

La jeep entre dans le parking de l'hôtel. Enzo et Benjamin descendent, prennent leur sac et vont vers la réception. Wara se met au volant de la jeep. Ils parcourent rapidement les quelques kilomètres qui les séparent de Dorado Grande.

Wara entre la jeep dans la cour et Nicolas referme le portail. Donna Elena s'approche :

- Bienvenue, j'espère que vous avez fait un bon voyage. Je vous laisse vous installer puis nous irons faire un tour de la place pour voir ce que nous réserve le carnaval.

Wara et Nicolas vont dans la salle où sont installées les paillasses pour dormir. Ils laissent leurs sacs et enlèvent leurs anoraks. Il fait plus chaud ici. Libérés de plusieurs couches de vêtements, ils se sentent plus à l'aise. Ils rejoignent Doña Elena qui les attend pour aller sur la place. Ils flânent un bon moment avant d'aller manger dans un de ces points de vente de nourriture installés autour de la place. Puis ils rentrent à la maison où Wara va essayer d'apprendre à Nicolas les pas de danse de la *chuta*.

- Je n'y arriverai jamais, dit Nicolas.

- Mais si, répond Wara, qui rit aux éclats de voir comment Nicolas danse.

Finalement, il arrive à peu près à assimiler les pas.

Le samedi, après une bonne répétition de danse, ils vont tous les deux se promener autour du village. Ils courent ensemble, ils se bousculent, ils rient. Ils avaient besoin de prendre ce temps pour s'amuser.

Wara s'est couchée et repense à la journée et elle prend peur. Elle se surprend à se trouver bien avec Nicolas. Chaque fois que pour elle s'ouvre la possibilité d'une relation avec un homme, elle est frappée de panique. C'est un blocage dû à son viol, elle le sait, mais c'est plus fort qu'elle. Elle finit par s'endormir.

Le dimanche arrive. Ils mettent le costume prévu pour chacun d'eux.

- Je t'interdis de te foutre de moi, lui dit Nicolas.

- Ça va très bien se passer, lui répond Wara, ne t'en fais pas.

Et les voilà partis pour quelques tours de la place en dansant. Ils acceptent de boire un verre de bière de temps en temps, mais refusent toute autre boisson. Ils n'ont pas l'intention de terminer à se rouler par terre. Ils passent du bon temps.

Mais c'est au tour de Nicolas de paniquer. Il sent bien que la relation avec Wara entre dans une autre dimension. Ses blocages dus à son histoire lui semblent insurmontables. C'est Wara qui le fera se détendre :

- Tu vois, ça s'est très bien passé et tu t'es très bien débrouillé pour danser.

- Oui je suis content d'avoir pu danser tout ce temps avec toi. Merci.

- Mais de rien.

Le soir est tombé, ils rentrent se coucher complètement fourbus et sombrent dans le sommeil tout de suite.

Le lundi ils prennent le temps pour se lever et pour prendre leur petit déjeuner.

- Qu'est-ce que tu veux faire aujourd'hui ? Lui demande Wara.

- On peut aller se promener jusqu'à Arapata, propose Nicolas.

- Bonne idée, on va manger à Arapata.

Les voilà partis à pied vers le village voisin. Ils marchent sans être pressés.

- Je suis content de découvrir le carnaval avec toi, commence Nicolas.

- C'est vrai que jusqu'à maintenant, je me suis bien amusée.

- Tu sais Wara, je me sens bien avec toi, se risque Nicolas.

- Moi aussi je me sens bien avec toi. Mais je ne voudrais pas que ça dérape.

- Je suis conscient qu'avec ce que nous avons vécu l'un et l'autre, nous avons besoin de prendre beaucoup de temps.

Ils passent un terrain de foot sur la droite et s'arrêtent un moment pour regarder ceux qui jouent. Puis reprennent leur marche. Un peu plus loin sur la gauche ils passent devant un grand collège au toit bleu.

- Ne faisons pas trop de projets pour l'avenir, un jour après l'autre, dit Wara.

- Tu as raison, laissons le temps au temps, dit à son tour Nicolas.

Ils constatent tous les deux que leur relation prend une autre tournure. Mais l'un comme l'autre ne souhaite pas arriver à un blocage qui flanquerait tout en l'air.

Une fois à Arapata, ils trouvent une pension qui fait à manger. Ils prennent place à une table.

- Je crois que le fait de travailler tous les deux dans la santé nous a rapprochés dit Nicolas.

- Oui et aussi le fait de travailler ensemble dans le même centre de santé, ajoute Wara.

- J'espère que cela ne nous perturbera pas trop dans le travail, ajoute Nicolas.

- On est en train de tirer des plans sur la comète, s'inquiète Wara.

- Tu as raison, restons-en là, exprime Nicolas.

Ils changent de sujet et pendant le chemin du retour ils parleront de choses et d'autres. Ce soir-là, ils seront plus longs à s'endormir, chacun sur sa paillasse.

Le téléphone de Wara les réveille, c'est Enzo.

- Je ne voudrais pas rentrer trop tard. Venez déjeuner avec nous à midi, nous partirons d'ici tout de suite après.

Ils se lèvent et prennent le petit déjeuner. Puis ils referment leurs sacs et prennent congé de Doña Elena.

- Un grand merci pour nous avoir invités pour le carnaval.

- Ce fut un plaisir. À la prochaine fois lorsque vous reviendrez travailler ici.

Nicolas prend le volant pour repartir. Wara et Nicolas arrivent à l'hôtel Auquisamaña à midi et quart.

- Bonjour leur dit Enzo. Tout s'est bien passé ?
- Oui, on s'est bien amusé, dit Nicolas.
- Ce fut très agréable, complète Wara.

Enzo sent qu'il y a une certaine complicité entre les deux qu'il n'y avait pas au départ. Ils se mettent à table. Une fois le repas terminé, ils montent dans la jeep et Enzo démarre.

Le soleil joue à cache-cache avec les nuages. On est en plein carnaval. Les motos croisées sur le chemin sont décorées de serpentins et de ballons gonflables. Dans les hameaux traversés il y a de nombreuses voitures garées. Ce sont les résidents, ces gens originaires du hameau qui vivent à La Paz et sont venus pour le carnaval. Les gens qui empruntent la route à pied sont sous l'emprise de l'alcool et se soutiennent l'un l'autre ne sachant qui empêche l'autre de tomber ou qui entraînera l'autre dans sa chute.

La jeep passe Coripata et commence la descente vers Puente Villa. Ils viennent de passer Milluhuaya. Dans un virage, plusieurs voitures sont arrêtées. Enzo est obligé d'en faire autant. Les moteurs sont éteints ce qui n'est pas bon signe, ils risquent d'être immobilisés pour un bout de temps. Enzo sort de la jeep et va aux nouvelles.

- Qu'est-ce qui se passe, demande-t-il à la première personne rencontrée.
- Un minibus vient de tomber dans le ravin.
- Il y a des survivants ?
- C'est trop tôt pour le dire. Quelques personnes essaient de descendre voir, mais le ravin est profond, quelques trois cents mètres.

Enzo retourne à la jeep pour prévenir ses passagers.
- Viens, Nicolas, on va voir si on a besoin de nous.

Wara et Nicolas sortent de la jeep et vont vers le lieu de l'accident. Enzo reste vers la jeep tout en pestant contre ce contretemps. Wara va vouloir rester jusqu'à la fin pour savoir si

on a besoin d'un médecin. On n'est pas près d'arriver à La Paz se dit Enzo.
- Je suis médecin et lui infirmier, si on a besoin de nous, dit Wara à la cantonade.

Nicolas imagine ce à quoi il va assister : sortir des corps mutilés d'un ravin de trois cents mètres particulièrement inaccessibles. Ce n'est pas du tout ce qu'il imaginait pour ce jour.

C'est le moment où l'on sait que l'accident s'est produit, mais on ne sait pas encore si tous les passagers sont morts. Il y a encore un fol espoir de survivants. L'espérance dans ces moments-là repousse les limites de la réalité et empêche la dure et crue vérité de s'imposer. Cependant, tous se préparent à affronter la réalité de l'accident.

Les sauveteurs ont entrepris la descente vers le fond de la vallée, vers le chemin qui en occupe le fond. Le minibus est tombé dans une coulée d'éboulement. Ils ont sous leurs yeux, face à eux, les traces de l'accident : des affaires éparpillées tout le long de la chute du véhicule. Ils cherchent à voir où se trouve le minibus. Peut-être à mi pente, vers les arbres qui ont pu l'arrêter dans sa chute.

Nicolas cherche à voir les hommes qui essaient d'arracher à la montagne les corps. Il les devine plus qu'il ne les voit. Mais en s'approchant il les voit accrochés dans la montagne.

Puis d'entre les broussailles apparaît un curieux cortège. Quatre hommes en sueur portent les quatre coins d'une couverture. Deux pieds, raides dépassent par devant. Le premier mort arrive. Ils vont le déposer sur la route. Personne ne parle. Le silence est lourd et se fera plus pesant à chaque arrivée d'un autre cadavre.

Cinq corps, dont un enfant, se trouvent maintenant sur la route qui sert de chapelle ardente. Peu à peu les hommes commencent à parler. Ils s'assoient sur le sol et s'échangent des feuilles de coca. *L'akulliku* est amorcé. Dans les commentaires, il ressort que, carnaval oblige, personne ne veut donner un coup de main pour sortir les corps, ni prêter une corde. De fait, dans la descente des corps, la seule corde qui servira à attacher un mort sera celle qu'Enzo a fourni.

Le temps passe et personne ne semble se décider à continuer le macabre travail de remonter les corps. Enzo s'approche d'un homme avec son fouet en bandoulière, signe qu'il est une autorité de la communauté. Il lui fait remarquer qu'il est déjà trois heures et quart de l'après-midi et qu'il reste encore neuf corps à remonter. Celui-ci commence à parler aux autres en Aymara pour demander de reprendre le travail.

Un groupe de personnes du service de santé local arrive. Il n'y a rien à faire que constater la mort. Ils vont jusqu'au bord du ravin et prennent des photos. Ils ont amené des bouteilles de l'ersatz local de la Coca Cola : le coca quina. Ils offrent aux présents un verre de ce breuvage qui a l'avantage d'être bien sucré. Une des médecins présents invite aussi les gens à reprendre la remontée des corps.

Personne n'en a envie. L'homme au fouet commence à faire preuve d'autorité et, un par un, les hommes se lèvent. Il faut reprendre les couvertures ou les sacs qui ont été utilisés pour les premiers corps car il n'y en a pas d'autres. Ils commencent à tirer la couverture ou le sac de dessous des corps. Ceux-ci sont retournés sans ménagement. Pudiquement les hommes couvriront avec les vêtements un bout de chair découvert lors de l'opération ou un visage par trop défiguré, mais sans chercher à mieux accommoder les corps. Ils restent dans des positions extravagantes qui, un bras en l'air, qui un pied... Le spectacle devient très lourd.

Nicolas est resté debout tout ce temps. Il contemple les morts. On vit, on meurt et que reste-t-il ? Des corps raides dans des positions invraisemblables et absurdes. Des femmes, des enfants, des hommes, des vieux, des jeunes. La mort ne devrait pas intervenir de cette façon. Elle est l'aboutissement d'une vie, c'est la règle de la vie. Mais elle ne devrait arriver qu'au terme de la vieillesse, à la rigueur de la maladie, mais pas de cette façon, pas dans ces circonstances. Elle est venue faucher des existences sans discernement.

Ce qui rend furieuse Wara, c'est lorsque l'on dit que c'est la faute à pas de chance. C'est le carnaval. C'est à dire que l'ensemble des habitants de ce pays se soûle pendant quatre jours. Toutes les circonstances sont prétextes à ce qu'ils soient bénis des dieux de la prospérité. Plus il y a de gaspillage d'argent et d'alcool, plus on est censé être béni des dieux. Et c'est dans cet état là que l'on reprend la route. L'accident devient alors la faute à pas de chance.

La faute au destin ? Tout en Enzo se révolte contre ce foutu destin qui en fait empêche tout progrès, tout "vivre bien" comme le dit la constitution de la Bolivie. La route n'a jamais été aménagée, ouverte, oui, aménagée, non. Aucune amélioration n'a été faite sur ce tronçon de route ou a eu lieu l'accident. De fait elle n'a jamais été construite dans toute la rigueur du terme. Ni le gouvernement central, ni celui du département, ni la mairie ne se préoccupent de ces détails qui fauchent les vies.

Les hommes sont enfin partis chercher ceux qui restent. Ceux qui ne descendent pas restent vers les corps entassés dans des positions informes. Ils regardent alors dans la direction où doivent arriver les manquants à l'appel. Les branches s'agitent et deux corps arrivent portés par les plus jeunes. Ils vont rejoindre les autres sur la route. "Plus que neuf" est le commentaire qui accueille ces morts. Puis en arrivent d'autres, "plus que sept, plus que trois". Enfin apparaît quelqu'un qui annonce plus qu'un. Et voilà le dernier. Dix-sept cadavres sont là.

Ceux qui sont descendus jusqu'au minibus ont vu un amas de ferraille presque en boule dont on ne distingue ni fenêtre, ni roue, ni moteur. Comment a-t-on pu imaginer qu'il pouvait y avoir des survivants dans cet amas de tôle ?

C'est fini. Les autorités locales prennent en charge les morts. Des gens prévenus par le bouche à oreille arrivent pour chercher d'entre les morts un membre de leur famille.

Il est plus de cinq heures et demie, Enzo presse Nicolas et Wara de rejoindre la jeep. La circulation vient d'être rétablie. Tout le monde dans la jeep reste silencieux. Ce n'est qu'après le col, en arrivant pratiquement à La Paz que Enzo prend la parole :

- Nous voilà presque arrivés. Je ne peux pas vous monter jusqu'à Suma Uta. Je vais vous payer un taxi pour rentrer.

- C'est bien comme ça. Mais on va arriver et on n'aura pas mangé.

- D'accord, dit Enzo, je vais vous donner deux cent boliviens pour le taxi et la nourriture. Ça vous va comme ça ?

- Je crois qu'on est d'accord, dit Wara.

- Tu nous laisses au monument à Busch. On ira au supermarché à côté.

La jeep arrive au terminal Minasa et continue de descendre en direction de l'avenue Busch. La nuit est maintenant tombée. Il est plus de sept heures du soir. Enzo passe le feu rouge de la place et s'arrête pour les laisser descendre. Il leur donne les deux cent boliviens.

- Rentrez bien. Bonne nuit, leur dit-il.

- Au revoir, disent Wara et Nicolas l'un après l'autre.

Ils traversent l'avenue et vont vers le supermarché.

- De quoi as-tu envie, demande Wara.

- Je voudrais une bonne bouteille de vin.

Wara sait maintenant que les français sont des grands amateurs de vin. Et Nicolas sait maintenant que la Bolivie produit du bon vin du côté de Tarija.

- Et pour manger ?

- On ne va pas cuisiner en arrivant, dit Nicolas, si on achetait une pizza ?
- Au supermarché, ils doivent avoir de la pâte à pizza pré cuite. On achète de la garniture et on met tout ça au micro-onde, propose Wara.
- Une pizza on ne peut pas l'acheter ici, on est trop loin et à El Alto on n'aura rien à Rio Seco, ajoute-t-elle.
- Ça me paraît bien, acquiesce Nicolas.

Les voilà dans le supermarché. Nicolas cherche le vin pendant que Wara prend la garniture de pizza. Ils trouvent ensuite la pâte à pizza.

Une fois les achats payés, sans se donner le mot, ils vont vers le téléphérique. Ils ne prendront le taxi qu'une fois arrivés à la dernière station du téléphérique bleu. Ce sera toujours ça de gagné. Ils prendront quatre couleurs différentes. Dans le téléphérique ils repensent à la journée qu'ils ont vécue. Ils ont des images de l'accident, des morts au bord de la route plein la tête. Comment ont-ils pu passer de la fête du carnaval, de la danse, des moments de rires et de tout ce dont ils ont parlé à ces instants horribles de l'accident. C'est en silence qu'ils voyagent en téléphérique. Parfois ils échangent un regard et comprennent qu'ils sont sur la même longueur d'onde dans leurs pensées. À la dernière station, pour descendre les escaliers, Nicolas prend la main de Wara. Celle-ci entrelace ses doigts dans ceux de Nicolas. Ils partent à la recherche d'un taxi pour aller au quartier Seigneur de la lagune. Après négociation du prix avec un chauffeur, ils montent dans le taxi qui part pour leur destination. La soirée est maintenant bien avancée.

Wara ouvre la porte d'entrée avec sa clef.
- On va chez moi, dit-elle.

Les voilà marchant sur la droite du portail en direction de leurs chambres, mais c'est à la porte de Wara qu'ils s'arrêtent. Wara manœuvre une autre clef dans la serrure et ils entrent dans le logement. Elle se dirige vers la chambre pour mettre en route un chauffage au gaz qui permettra d'assainir l'ensemble qui est resté fermé durant quatre jours. Pendant ce temps Nicolas s'affaire dans la cuisine pour mettre les ingrédients sur les pâtes à pizza. Il ouvre la bouteille de vin et sert deux verres. Il en donne un à Wara qui est arrivée dans la cuisine.

- À nous deux, dit Nicolas en levant son verre.

Wara approche le sien de celui de Nicolas et les deux verres s'entrechoquent. Ils boivent une gorgée de vin. Wara pose son verre sur la table et prend le verre de Nicolas qui rejoint le sien sur la table. Puis elle s'approche de Nicolas et en silence lui donne un baiser sur les lèvres. Nicolas savoure le baiser avant de rendre la pareille à Wara. Cette fois leurs lèvres restent collées plus longtemps. Ils passent un bon moment à s'embrasser. Puis Wara entraîne Nicolas dans sa chambre. Ils se déshabillent mutuellement et se mettent au lit. Ils prennent le temps des préliminaires.

Ils restent enlacés un grand moment tout en s'embrassant encore. Finalement Wara prononce :

- Je t'aime Nicolas.

- Cela fait longtemps que je t'aime Wara.

Puis ils s'essaient à le dire en aymara puis en français, puis ils en reviennent à l'espagnol.

- Je t'aime disent-ils ensemble.

La faim commence à les tirailler. Ils se décident à sortir de la chaleur douillette des couvertures. Ils se rhabillent chaudement pour affronter la fraîcheur qui règne dans le logement à cette heure de la nuit. Ils vont à la cuisine et mettent en route le micro-ondes. Pendant la cuisson de la première pizza, ils finissent leur verre. Nicolas en sert un deuxième pendant que Wara sort la pizza du micro-onde. Ils commencent à manger en silence le temps de calmer leur faim.

- Je ne sais pas où on va mais je suis heureux, dit Nicolas.

- Je n'aurai pas cru pouvoir en arriver là, dit Wara. Je te remercie Nicolas.
- J'en ai autant pour toi ; merci aussi.
Ils trinquent de nouveau et la deuxième pizza cuit. Ils lui font le même sort qu'à la première. Rassasiés, ils finissent le vin, puis retournent se coucher. Leurs baisers ne sont interrompus que par leurs caresses. Ils refont l'amour, plein de tendresse l'un pour l'autre. Enfin ils s'endormiront dans les bras l'un de l'autre de très bonne heure le mercredi.

Ensemble.

Les rayons de soleil inondent la cuisine de Wara. Elle et Nicolas sont réveillés et prennent leur petit déjeuner. Ils passent de plus en plus de temps ensemble. Ils ne se cachent même plus. Cela fait deux mois que le carnaval est passé. Parfois ils vont passer la nuit dans la chambre de Nicolas, mais la plupart du temps ils passent la nuit dans le logement de Wara.
- Je crois qu'il serait plus pratique que tu amènes tes affaires ici, lui dit Wara.
- Je me disais à peu près la même chose. Quand veux-tu que je fasse le déménagement ?
Un déménagement qui ne devrait pas prendre beaucoup de temps ni causer beaucoup de fatigue à Nicolas. Sa chambre est dans le bâtiment le plus proche du logement de Wara et il n'a qu'une valise et un sac à dos.
- Ta brosse à dents est déjà chez moi, alors c'est quand tu veux.
- Aujourd'hui je ne sais pas si j'aurai le temps. On va être pas mal occupés avec la campagne de vaccination. Mais je ferai ça dans la semaine.

- Ça me fait tout drôle, on va devenir un couple, tu te rends compte.
- Moi ça me va très bien. Tu es sûre que c'est ce que tu veux ?
- Fais pas l'idiot, tu sais bien que oui.

Ils sortent, traversent la cour et ouvrent le centre de santé. Le Docteur Condori arrive, suivi de Martha, Ruth et Laura. Ils se réunissent dans le bureau des entrées pour se répartir les tâches de la semaine. C'est Ruth qui fera les entrées. Une fois finie la courte réunion, elle prend les clefs et fait entrer les personnes qui attendent dehors.

Ce matin, une adolescente arrive avec sa mère. Wara la fait entrer dans la salle de consultation et demande à Nicolas de venir avec le matériel nécessaire à l'examen de la jeune fille.

- Alors, dis-moi ce qui ne va pas, demande Wara en s'adressant à la gamine.

Au lieu de répondre celle-ci se met à pleurer à chaudes larmes. Wara n'est pas décontenancée. Elle demande :
- Comment tu t'appelles ?

Entre deux sanglots elle répond :
- Rosario.
- Bonjour Rosario. Tu as quel âge ?
- Quatorze ans.
- Tu vas à l'école ?
- Oui je suis en troisième.
- Tu as de bonnes notes ?
- Oui.

La glace étant un peu brisée, Wara redemande à Rosario :
- Tu peux me dire ce qui ne va pas ?

Rosario recommence à pleurer.
- On m'a violée hier soir.

Wara manipule son matériel pour cacher son émotion. Nicolas qui assiste à la scène prend le relais des questions :
- Ils étaient plusieurs ?

- Oui trois.
- Tu les connais ?
- Oui, ils vont au collège avec moi. L'un d'eux est dans ma classe.

Wara a repris ses esprits elle demande à Rosario :
- Je peux t'examiner ?
- Oui.
- Madame il me faut examiner -votre fille. Est-ce que vous êtes d'accord ?
- Alors, Rosario, je vais te demander de te déshabiller.

L'examen se poursuit.
- Il faut que vous alliez voir un médecin légiste.
- Non surtout pas, dit la mère. On ne veut pas d'histoire. Est-ce que tout va bien pour sa santé ?
- Oui je viens de nettoyer ce qu'il y avait à nettoyer. Il n'y a rien de déchiré. Je vais lui donner des antibiotiques. Mais les violeurs ne peuvent pas s'en sortir comme ça.
- Non, non, reprend la mère. Ils vivent dans notre quartier, on ne veut pas d'histoire.
- Ils vous ont menacés ?
- Qu'est-ce que vous croyez, bien sûr. Je suis seule avec trois enfants, je suis veuve. Je n'ai pas les moyens financiers pour aller à la police, ni le temps d'ailleurs.

Wara est en colère. Les violeurs ne vont pas être inquiétés. Elle sait bien que la police ne bougera que si la mère donne de l'argent, avec en plus le risque que les violeurs donnent encore plus d'argent et restent libres. Elle aura perdu son argent. Wara comprend parfaitement que l'intérêt de la famille est de ne pas porter plainte.

- Je ne peux pas vous obliger à aller à la police. Rosario, tu vas prendre ces cachets d'antibiotique puis tu reviendras dans un mois et demi pour finir l'examen. Je veux absolument te revoir dans un mois et demi. C'est promis ?

- C'est promis, dit Rosario.

- C'est d'accord, je vous la ramène dans un mois et demi dit la mère.

Wara fixe la date et la note sur une feuille de papier et elle fait l'ordonnance pour les antibiotiques. La mère et la fille sortent de la salle de consultation.

- Comment te sens-tu ? demande Nicolas.

Il voit bien que Wara est toute retournée par ce qu'elle vient de vivre.

- Wara, viens on fait une pause, on va prendre un café.

Wara fait non de la tête.

- S'il te plaît Wara, viens, on prend un moment.

Elle finit par se lever et les voilà qu'ils se dirigent vers la porte du centre.

- Ruth, on fait une pause, Wara en a besoin.

Ruth a compris que Wara avait eu une consultation pour un viol. Chaque fois qu'elle a à faire à un viol, elle a besoin d'un temps.

- Pas de souci, allez-y, dit Ruth.

Nicolas entraîne Wara vers le logement. Il fait un café en arrivant.

- C'est chaque fois la même chose, commence Wara. Quand vient un cas de viol je revis le mien. C'est un mélange de très forte colère et de peur. C'est horrible.

Nicolas lui prend la main dans la sienne ; Wara continue :

- C'est le frère de mon père qui m'a violée. Et quand ma mère l'a su, elle s'est suicidée. Tu te rends compte Nico ?

Nicolas acquiesce. Wara continue :

- C'est toujours un moment de honte, tu ne peux pas savoir.

- Wara, est-ce que tu as vu un professionnel pour parler de tout cela ?

- Tu veux dire un psy ? Non.

- Je t'ai raconté tout le temps que j'avais passé dans une maison spécialisée et entre les mains d'un psy. Sans cela je ne serais pas ici.
- Oui je sais Nico, mais moi je ne me sens pas encore prête pour une telle démarche.
- Tu sais je veux bien t'accompagner, vivre ensemble c'est aussi être ensemble dans ces moments-là, mais il y a des choses que je ne peux pas faire et remplacer un psy je ne peux pas.
- Je suis d'accord dans ma tête, mais dans mon cœur et mon corps je ne suis pas prête. Je vais y penser, mais en ce moment je suis avec tous ces sentiments contradictoires, en colère, pleine de honte, envie de hurler, de me battre. Le comble c'est que le type qui m'a violée est aujourd'hui décédé.

Elle pleure. Nicolas l'embrasse et lui demande de rester à la maison. Il retourne au boulot. Wara prend conscience qu'elle devra aller voir un psy.

Le soir ils se retrouvent à la maison. Wara va mieux.
- Nico, s'il te plaît on n'en parle pas ce soir. Aujourd'hui, je sais que je vais devoir aller chez un psy. Mais laisse-moi le temps de me décider.

Pour se changer les idées, Nicolas mets en route la télé, ce sont les informations. Le présentateur expose le cas de ce jésuite qui a abusé de plusieurs dizaines d'enfants. Nicolas prend un coup. C'est le jour. Il est renvoyé à son histoire. C'est au tour de Wara de demander :
- Comment te sens-tu Nico ?
- Je suis une victime et rien ne me permettra d'effacer le fait que je suis une victime. Il faut que je sois moi-même malgré tout ce que l'on m'a fait.
- Mais tu as réagi à la nouvelle.

- Bien sûr que je réagis, je suis surtout en colère que cela puisse arriver. Je prends le temps de la colère, elle passe mais reviendra. Cela fait partie du processus.
- Comment fais-tu pour être autant philosophe ?
- Non je ne suis pas philosophe. J'ai une grosse colère, mais je suis aussi réaliste et je sais que je ne peux rien faire. Et puis, je sais que ces gens-là, ce sont des malades et d'une certaine façon des victimes aussi. Ce sont des délinquants mais aussi des malades.
- Je te trouve bien généreux avec ces ordures.
- Tu sais, je suis surtout très en colère, et c'est une colère qui ne passe pas, très en colère vis à vis de l'institution ecclésiale qui a permis tout cela. Ces enfoirés de la hiérarchie ecclésiale ont mis en place un système qui a rendu possible que cela arrive. Le curé qui n'est pas un être comme les autres, le silence pour protéger à n'importe quel prix l'institution, l'hypocrisie du célibat car homo ou hétéro ils sont actifs sexuellement, etc., etc.
- Tu ne peux pas faire grand-chose vis à vis de la personne, mais c'est encore pire avec l'institution, tu ne peux absolument rien faire.
- Je peux toujours témoigner de ce qui m'est arrivé et cela peut donner à penser à quelques-uns.
- Tu sais Nico, il y a des jours, et je crois bien qu'aujourd'hui c'en est un, il y a des jours où je me demande si je pourrai vivre avec ça.
Nicolas ne répond rien. Ils restent un moment en silence à ruminer leur malheur.
- Au moins aujourd'hui on est ensemble.
Ils se lèvent et vont se coucher. Ils ne trouvent pas le sommeil tout de suite. Ils s'embrassent mais restent sur le dos, plongés dans leurs pensées.

Le lendemain, Nicolas sort le premier du logement. Les gamins qu'il rencontre le chambrent :
- Ta fiancée, où elle est ta fiancée ?
Ils tournent autour de lui en se moquant. Nicolas les prend en chasse en riant. Wara sort à son tour, et voilà que les gamins s'envolent vers elle en disant :
- Ton fiancé, ton fiancé...
Wara rit et entre dans le réfectoire.
- Qu'est-ce qu'ils ont aujourd'hui, demande Nicolas ?
- Ah ça je n'en sais rien, répond Wara.
Plusieurs gamins les regardent en riant.
- Je crois que tout le monde est au courant, dit Nicolas.
- Ça me paraît évident, rajoute Wara.
- Bon, eh bien, je vais déménager après le repas de midi. Comme ça ce sera officiel.
- Tu veux que je fasse une annonce ? se moque Wara.
- Ce ne sera pas la peine.
Durant la matinée les gamins croisés continuent de les charrier :
- Ta fiancée, ton fiancé.
Le repas de midi terminé, Nicolas va dans sa chambre. Il met dans sa valise ses affaires ainsi que dans son sac à dos. Il défait son lit, plie les couvertures et les draps. Il ferme la porte à clef et descend les escaliers. Enzo qui vient d'arriver à l'improviste, le surprend au pied de l'escalier.
- Bonjour Nicolas. Tu pars à ce que je vois.
- Bonjour Enzo. Non je ne fais que déménager.
- Et où tu vas si on peut savoir ?
- J'emménage chez Wara.
- Quoi ? Manque de s'étrangler Enzo.
- Je vais vivre avec Wara.
- Et depuis quand vous êtes ensemble ?
- Depuis le carnaval.

- Et je n'ai rien vu venir.
- Pour cela il faudrait que tu passes plus de temps ici.
- Insolent en plus.
- Non réaliste. Tu sais, tout le monde est au courant. Tu peux demander aux enfants qui n'arrêtent pas de nous charrier, que nous sommes fiancés etc.
- Eh bien, je ne suis pas d'accord. Tu ne vas pas vivre avec Wara.
- Et pourquoi je te prie ?
- Parce que personne ne vit en couple à Suma Uta. Tu vas chercher un logement à l'extérieur. Je te donne huit jours pour cela et pendant ce temps tu restes dans ta chambre.
- Enzo, essayons de raisonner calmement. J'ai un contrat qui stipule que Suma Uta doit me loger. Et je sais que le contrat de Wara stipule aussi que Suma Uta doit la loger. On te fait économiser une chambre en vivant ensemble.
- Je ne veux pas que cela donne des idées aux autres.
- Tu pourrais leur demander ce qu'ils en pensent. Tu verras que la grande majorité ne voit aucun inconvénient à ce que l'on vive sous le même toit. Et puis, ça nous regarde nous.

Wara trouve que Nicolas met beaucoup de temps pour une valise et un sac à dos. Elle sort de son logement et voit que Nicolas et Enzo sont en grande discussion. Elle s'approche.

- C'est quoi le problème ?
- Monsieur n'est pas d'accord pour que je vive chez toi.
- Il n'en est pas question.
- Et pourquoi pas ? Lance Wara qui a la moutarde qui lui monte au nez.
- Pour l'exemple que cela donne aux autres.
- Mais qu'est-ce que cela peut bien foutre, renchérit Wara.
- Écoute, Enzo, tu n'es pas souvent là. Suma Uta marche très bien sans toi. Cela fait maintenant deux mois que nous sommes ensemble et Suma Uta n'a jamais aussi bien marché. Tu ne t'en

es pas rendu compte avant. Tu vois bien que cela n'a aucune incidence sur la marche de Suma Uta. Tiens, je te rends la clef de ma chambre. Je n'en ai plus besoin maintenant.

Enzo sent bien qu'il n'a pas d'argument valable à faire valoir. Il cherche une porte de sortie. Les gamins qui tournent autour lancent :

- Ils sont ensemble, ils sont fiancés. Wara, Nico, Nico, Wara.

Enzo sent que la situation lui échappe.

- Bon, on va faire un essai, si ça ne marche pas, vous retournez chacun chez vous. Mais je tiens à vous faire savoir que je ne suis pas d'accord.

Nicolas lui tend la clef de la chambre. Enzo la lui arrache des mains rageusement et part d'un pas rapide vers son bureau.

- Mais qu'est-ce qu'il en a à foutre, enrage Wara. Il n'est jamais là et voilà qu'il veut nous obliger, non mais…

- Allez, viens, on rentre, on a gagné. C'est le plus important.

Ils entrent à la maison. Et finissent par éclater de rire de ce qui vient de se passer.

Quelques jours plus tard, Enzo a réuni son personnel pour une réunion d'information et d'organisation. Il fait allusion au couple dans Suma Uta :

- Est-ce que quelqu'un a à redire au fait que Nicolas et Wara vivent en couple à l'intérieur de Suma Uta ?

Les présents se regardent entre eux. Ruth prend la parole :

- Je crois que c'est une question personnelle qui ne regarde qu'eux. Ils sont logés par Suma Uta, après, que le logement leur soit commun ou non, c'est leur affaire privée.

- Bon, très bien. Je vois que vous n'avez aucune remarque à faire, espérons que cela dure. Sur ce, la réunion est maintenant terminée. Vous pouvez disposer.

Tout le monde se lève dans un gros bruit de chaises. Ils sortent dans la cour où ils prennent le temps de faire des commentaires.

- Mais qu'est-ce que ça peut bien lui foutre ? On dirait qu'il est jaloux.
- Je ne crois pas, il a d'autres préférences sexuelles. À moins qu'il n'ait des vues sur Nicolas !

Enzo sort à son tour et aperçoit Juan, un gamin de neuf ans, nouvellement arrivé.
- Bonjour gamin. Tu veux faire un tour dans ma voiture ?

Les yeux de Juan s'illuminent.
- Oh oui d'accord.
- Allez viens, monte.

Juan s'installe devant, à côté d'Enzo qui démarre et sort par le portail que José a ouvert.
- En voilà un qui va rejoindre le club des portables, dit un éducateur.
- Qu'est-ce que tu veux dire, Hugo, demande Nicolas ?
- Ce n'est pas la première fois qu'Enzo enlève un gamin. Il revient toujours avec un portable flambant neuf. Mais on ne peut rien savoir de ce qu'ils ont fait. Le gamin, quel qu'il soit, reste muet comme une tombe.

Nicolas est intrigué par le commentaire d'Hugo. Il sait qu'il est en alerte et qu'il va être sur le qui-vive, pour observer l'évolution de la situation de Juan.

En attendant, la discussion tourne autour du thème de l'ONG. Pendant la réunion, Enzo avait fait une analyse de l'action de Suma Uta.
- Il se prend encore et toujours pour le sauveur des petits indiens boliviens. Je commence à en avoir marre.
- Ouais mais tu n'as pas la possibilité d'un autre boulot.
- Exactement, donc on fait avec.
- Il nous fait du chantage au boulot. Il a vraiment une mentalité de colonialiste. On ne peut rien décider. Si on n'est pas content, on peut prendre la porte. C'est bien ce qu'il nous a dit ce matin.

- Le pire, c'est qu'avec son argent il peut acheter tout le monde. Qu'est-ce qu'il a comme fric ! D'où provient tout son financement ?
- Ça, il n'en parle jamais. Il n'a pas de compte à nous rendre, alors…
- En tout cas, il vit bien. Est-ce que quelqu'un connaît son appartement ?
- Moi j'y suis allé une fois, dit Gerardo un éducateur. C'est d'un luxe. Tous ses meubles sont des meubles sculptés en bois. Ils viennent d'Escoma, d'une ONG italienne aussi qui fait des meubles en bois sculpté. J'ai été voir sur internet, c'est hors de prix. Je me demande qui peut s'acheter ça en Bolivie.
- C'est chaque fois pareil. Tous les directeurs d'ONG se servent dans les financements pour leurs dépenses personnelles.
- J'ai une amie qui travaille pour une grosse ONG. Là, c'est encore pire. L'ONG infiltre des membres à elle dans les mouvements sociaux pour les orienter dans le sens voulu par l'ONG. On croit que c'est nous qui faisons avancer le processus de changement mais de grosses ONG internationales orientent de fait les politiques. C'est du colonialisme horrible.
- Alors il faut faire fermer les ONG.
- Ça nous poserait un problème de chômage, mais oui les ONG ne font pas progresser le pays. C'est pour ça qu'on n'arrive toujours pas à industrialiser le pays. On ne cherche qu'à défendre notre bifteck, pas le bien de tous.

Le rendement au boulot ce jour n'est pas très élevé, le moral du personnel étant trop bas.

Une fois rentrés chez eux, Wara et Nicolas continuent sur le thème :
- Est-ce qu'il y a du boulot en dehors des ONG ici ? S'interroge Nicolas.
- Tu as des états d'âme de bosser dans une ONG ?

- C'est vrai que je m'interroge. Je n'avais aucune idée de tout ça en venant, mais maintenant je m'interroge.
- Les sources de travail en Bolivie sont souvent dans les ONG ou comme fonctionnaires. Le privé est un secteur bien petit.
- Et dans la santé ?
- Tu veux dire pour nous comme médecin, comme infirmier ?
- Oui c'est quand même là qu'on bosse.
- Il y a du travail dans les hôpitaux, c'est à dire comme fonctionnaire. Mais en ce moment c'est impossible de trouver un boulot en CDI. Dans le privé, les salaires sont trop bas. Reste les ONG.
- Je me pose la question car on ne va pas bosser toute notre vie pour Suma Uta.
- Tiens, voilà qui est intéressant, tu penses rester donc ?
- Nous n'avons pas pris de décision Wara, mais je me pose la question.
- Merci de l'information Nicolas.

Ils en resteront là pour ce soir.

Le lendemain, Enzo revient à Suma Uta. Juan est avec lui. Il descend de la jeep. Nicolas qui passe par là, prend son temps pour observer Juan. Effectivement, le garçon tient dans la main un portable tout neuf. Il a rejoint le club des portables. Pourquoi Enzo donne des portables à ceux qu'il enlève un temps de Suma Uta. Juan va vers son dortoir en traînant les pieds. Il a l'air triste.

Enzo passe dans son bureau pendant que Nicolas retourne au centre de santé. Nicolas se promet de chercher Juan après le départ d'Enzo pour essayer d'en savoir un peu plus. Mais ce n'est pas un bon jour, Enzo reste dans son bureau beaucoup plus longtemps que d'habitude. Lorsque enfin Enzo se décide à partir, la journée de travail est finie et le centre de santé a fermé. Nicolas ne trouve aucun prétexte pour aller chercher Juan. Ce sera pour un autre jour.

Est-ce qu'Enzo a pris en compte les critiques qui lui demandaient d'être plus présent ? Toujours est-il qu'Enzo revient le lendemain. Il s'enferme dans son bureau. Il n'en sortira que lorsqu'une jeep apparaît dans le portail ouvert par José vers dix heures du matin. Pendant que la jeep qui vient d'arriver se gare, Enzo s'est approché. Il regarde descendre Ivan et Antonio, un gamin qui a le bras dans le plâtre.

Enzo invite Ivan et Antonio à passer dans son bureau. Ivan s'assoit sans attendre l'invitation. Il est à l'aise, comme chez lui. Une assurance que lui donne le fait d'être un lieutenant de Don Pablo. Antonio aurait dû rentrer lundi avec les autres, mais son "accident" l'en a empêché.

- Alors Antonio, est-ce que tu as appris la leçon, demande Enzo ?
- Oui Père, répond Antonio d'une voix docile.
- Comment tu t'es cassé le bras ? continue Enzo.
- En jouant au foot.
- Tâche de ne pas oublier que tu n'as rien vu, rien entendu. Et que cela te serve de leçon.
- Vous pouvez être sûr que je n'ai rien vu ni entendu.

Antonio garde les yeux fixés au sol.

- Rejoins ton dortoir et ton groupe, lui signifie Enzo.

Une fois Antonio sorti, Ivan prend la parole pendant qu'Enzo prépare un café italien :

- Don Pablo vous fait dire de mieux choisir vos gamins la prochaine fois.
- C'est entendu.
- Ce gamin, Antonio, il était trop curieux. Il a trouvé le stock de blanche qui était là pour être mis dans l'artisanat. Nous avons été obligés de lui faire comprendre qu'il n'avait rien vu ni entendu. Nous lui avons cassé le bras à cet effet. Il en a pissé dans sa culotte. Mais comme vous avez vu nous l'avons fait plâtrer par le centre de santé de Arapata.

- Je crois qu'il a compris.
- Au cas où il n'aurait pas compris, que ce soit bien clair, ce sera à vous que nous viendrons rendre visite. Faîtes en sorte qu'il se taise.

La menace semble faire son effet sur Enzo. Décidément, la collaboration avec Don Pablo n'est pas sans risques. Ivan finit son café.

- Moi aussi j'ai compris.
- Eh bien je crois que nous en avons fini. Ah non, encore une chose. Don Pablo vous fait dire, que la semaine prochaine, le stock d'artisanat sera prêt à être expédié en Italie. Prévenez vos contacts, nous c'est fait.
- J'ai tout enregistré, dit Enzo, ce sera fait.
- Dans ce cas je m'en vais.
- Je vous prie de saluer Don Pablo de ma part.
- Je n'y manquerai pas.

Ivan remonte dans sa jeep et passe le portail.

Enzo se demande parfois, comme aujourd'hui, comment il va se sortir des griffes de Don Pablo. Il va refermer son bureau et monte dans sa jeep pour retourner à son appartement.

Antonio, voyant que Enzo est parti se dirige vers le centre de santé. C'est Nicolas qui le reçoit :

- Bonjour Antonio. Qu'est-ce qui t'est arrivé ?
- Je me suis cassé le bras en jouant au foot.
- Mais, on sait bien que tu n'aimes pas jouer au foot.
- Je me suis cassé le bras en jouant au foot.

Nicolas se rend compte qu'il n'en saura pas plus.

- Qu'est-ce que je peux faire pour toi ?
- J'ai mal. Est-ce que vous pourriez me donner quelque chose pour la douleur ?
- Je vais te donner un cachet d'ibuprofène. Et si tu as encore mal demain matin, je t'en donnerai un autre.
- Merci.

Le repas de midi approche. Nicolas, Enzo étant parti, sort à la recherche de Juan. Il le trouve dans un coin en train de regarder son portable.

- Bonjour Juan. Comment ça va ?
- Ça va bien, dit Juan, bien que sa tête dise le contraire.
- Alors comme ça, tu as un beau portable.
- Oui.
- Qui est-ce qui te l'a donné ?
- Je l'ai trouvé dans la rue.
- Me prend pas pour un con.
- C'est le Père Enzo qui me l'a donné.
- Mais pourquoi ?
- C'est parce que je lui ai fait des choses.
- Des choses, quelles choses ?
- Des choses, c'est tout.

Nicolas voit que les yeux de Juan se remplissent de larmes. Il n'insiste pas.

Ce soir, c'est Nicolas qui cuisine. Wara apprécie la cuisine de Nicolas qui est un bon cuisinier. Il a fabriqué des quenelles avec un poisson du lac, l'athérine ou petit curé. Ce soir, il les fait cuire avec une sauce béchamel avec de l'extrait de tomate. Elles seront accompagnées avec du riz.

Pendant que le repas cuit, au four pour les quenelles, dans la gamelle pour le riz, ils se servent une bière et Nicolas fait part de ses préoccupations à Wara.

- Tu as vu qu'Antonio était revenu ? Il est passé au centre de santé cet après-midi. Il n'a pas voulu me dire comment il s'était cassé le bras.
- Qu'est-ce qu'il t'a dit ?
- Je n'ai rien pu en tirer d'autre que, je me suis cassé le bras en jouant au foot.
- C'est possible, non ?

- Non car il n'aime pas jouer au foot.
- Alors oui, c'est bizarre. Qu'est-ce tu en penses ?
- Tu as vu qui est venu le ramener ?
- Oui, Ivan.
- Tu le connais ?
- Je l'ai déjà vu. Il travaille pour Don Pablo.
- Donc c'est un narco.
- Il semble, oui.
- Est-ce qu'Antonio n'aurait pas vu des choses à Dorado Grande qu'il n'aurait pas dû voir ?
- Tu crois vraiment qu'ils s'en seraient pris à un enfant ?
- Écoute, tache d'y prêter attention lorsqu'il viendra au centre de santé, car il viendra, la fracture lui fait mal.
- D'accord lui promet Wara.

Ils passent à table et Nicolas sert les quenelles. Nicolas continue :
- J'ai pu parler avec Juan aujourd'hui.
- Qu'est-ce qu'il t'a dit ?
- Je lui ai demandé d'où venait son portable. Il m'a avoué que c'est Enzo qui le lui avait donné. Je lui ai demandé pourquoi. Il a alors dit parce qu'il lui avait fait des choses. Mais je n'ai pas pu en savoir plus. Il en pleurait.
- Eh bien, en voilà des découvertes ! Je sais que ce que tu as vécu te rend susceptible. Mais il faut évidemment être sur nos gardes pour savoir ce qu'Enzo bricole avec les enfants. J'y veillerai aussi, sois sans crainte.

Le repas fini ils font la vaisselle puis se servent une tisane avant d'aller au lit.
- J'ai encore un truc à te dire.
- Vas-y, lui répond Wara.
- Cela va faire un an que je suis ici et mon contrat arrive à sa fin. Il va falloir que je décide si je renouvelle pour un an de plus ou si j'arrête.

- Mais qu'est-ce que tu veux faire ?
- Je veux le renouveler bien sûr. Mais la question que je me pose, c'est de savoir si Enzo va vouloir.
- Je me charge de lui demander et de faire en sorte qu'il te renouvelle le contrat.
Ils finissent leur tisane.

Durant la semaine qui suit, ils n'avancent pas dans leur enquête sur leurs suspicions. Ce matin-là, Wara a d'autres préoccupations. Lorsqu'elle a un moment, entre deux consultations, elle prend un test de grossesse et s'enferme dans les toilettes. Le résultat du test confirme ses soupçons, elle est enceinte. C'était ce qu'elle voulait, mais maintenant elle a peur de la réaction de Nicolas, peur de le perdre. Si elle devait avoir un enfant, que ce soit avec Nicolas pensait-elle. Eh bien, c'est arrivé. Mais maintenant, elle doit annoncer la nouvelle à Nicolas. Et toute la journée elle tournera ça dans sa tête, je lui dis, je ne lui dis pas, comment vais-je lui annoncer la nouvelle ?

À la fin de la journée elle rentre directement à la maison. Nicolas, lui, va jouer une partie de futsal avec les gamins. Puis il prend le temps d'essayer de causer avec Juan et puis avec Antonio. Mais sans rien en tirer. Il finit par rentrer à la maison.

Wara l'attend debout derrière la porte. Nicolas ferme la porte derrière lui et demande :
- Qu'est-ce qui se passe Wara ?
Tout d'un coup, il est inquiet à voir la tête que fait Wara. Elle se rend compte que Nicolas s'inquiète. Il faut faire vite.
- J'ai une nouvelle à t'annoncer, dit-elle en sentant une boule grandir au creux de l'estomac.
- Vas-y, tu vas finir par me faire flipper.
- Nicolas, je suis enceinte, finit-elle par lâcher.
- J'ai bien entendu ? tu es enceinte, nous allons avoir un bébé ?
- Oui confirme Wara.

Nicolas s'approche de Wara et l'embrasse longuement.
- C'est formidable. Qu'est-ce que je suis heureux ! Et puis, tu sais, maintenant j'ai la réponse à toutes mes questions : je reste.

Wara laisse couler quelques larmes. Après ce qu'ils ont vécu l'un et l'autre, arriver à cet instant de bonheur, c'est inespéré.

Ce soir ils ne mangent pas. Ils vont directement dans la chambre pour des moments de tendresse.

Enzo découvert

Ce matin, au petit déjeuner Wara s'approche d'Antonio :
- Tu viendras me voir aujourd'hui au centre de santé, je veux examiner ton bras.
- D'accord, en rentrant de l'école, je passe te voir.

Wara se dirige vers le centre de santé. Elle cherche Nicolas et le trouve dans le local à pharmacie.
- J'ai pensé à un truc. Il faudrait voir avec l'éducateur qui a été une fois chez Enzo.
- Tu veux dire avec Gerardo.
- Oui Gerardo, pour savoir s'il n'a pas observé quelque chose de bizarre.
- C'est une bonne idée. Il y a pas mal de patients ce matin, il faudra attendre ce soir pour le chopper. S'il vient pour jouer au futsal, ce soir, je l'amène à la maison pour boire un coup après. Comme ça on pourra en profiter pour parler.
- D'accord, pendant que vous jouez, j'irai chercher une bière.

Ils se mettent au boulot et la matinée passe vite. L'heure du repas de midi approche et ils vont fermer le centre de santé. C'est à ce moment-là qu'Antonio pousse la porte.
- Je viens de rentrer de l'école, dit-il pour s'excuser.

- C'est bon, lui dit Wara, puis s'adressant aux autres, allez-y je fermerai après avoir vu Antonio. Viens par ici.
Elle l'entraîne vers sa salle de consultation.
- Assieds-toi ici.
Elle lui désigne une chaise devant son bureau.
- Alors comment va ce bras ? Il te fait toujours mal ?
- Beaucoup moins. Je vais mieux.
- Qui c'est qui t'a fait le plâtre ?
- C'est le docteur du centre de santé d'Arapata.
Pendant ce temps Wara observe le plâtre, les doigts. Elle est satisfaite, cela a été bien fait.
- Il y a un truc qui me préoccupe dans ton plâtre. Je voudrais demander au docteur qui te l'a fait. Tu ne sais pas son nom par hasard ?
- Je crois que c'est le Docteur Mamani.
- Tu veux me raconter comment ça s'est passé ?
- Oh tout bête, en jouant au foot.
- Tu joues souvent au foot ?
- De temps en temps.
- Tu as dû te faire pas mal de copains à Dorado Grande.
- Quelques-uns.
- Tu dois avoir hâte de retourner à Dorado Grande.
- Pas tant que ça. Je crois que je n'y retournerai pas. Je n'aime pas beaucoup le travail que l'on fait là-bas.
- Je vais demander au Docteur Mamani les radios de ton bras. Tu sais, avec les radios, je vais pouvoir savoir si tu es tombé en avant, en arrière, sur une pierre, si on t'a poussé, bref la radio dit tout.
- Pourquoi tu veux savoir tout ça ?
- Pour ta rééducation, c'est important de savoir.
Antonio est de plus en plus mal à l'aise. Il n'aime pas la tournure que prend la discussion. Elle va finir par se douter de quelque chose, se dit-il.

- C'est vrai qu'avec la radio on peut tout savoir ?
- Bien sûr, ment de façon éhontée Wara.
- D'accord, dit Antonio, ce n'est pas en jouant au foot. C'est quelqu'un qui me l'a cassé. Mais s'il te plaît je ne peux pas en dire plus. Ils vont encore me faire du mal.
- Antonio, je te promets, personne ne saura ce que tu m'as dit. Je ne veux pas que l'on te fasse du mal. Ne me dis rien, mais hoche la tête si ce que je dis est vrai, d'accord.
- D'accord.
- On t'a cassé le bras car tu as vu des choses que tu ne devais pas voir ?

Antonio hoche la tête.

- C'est fini, Antonio, je ne te demanderai plus rien. Je te promets. Si tu veux me dire quelque chose, si tu as peur de quelqu'un ou de quelque chose, tu peux toujours venir me trouver. Tu as bien compris ?
- Oui, dit Antonio. Tu ne vas rien dire n'est-ce pas ?
- Non je ne vais rien dire. Je veux que plus personne ne te fasse du mal.

Elle sent qu'Antonio se détend un petit peu.

- Allez viens, on va manger avant que tout soit fini.

Ils sortent tous les deux du centre de santé et entrent dans le réfectoire.

Après le repas, Nicolas voit Juan assis dans un coin. Il s'approche.

- Bonjour Juan, comment ça va aujourd'hui ?
- Bonjour Nicolas. Ça va.
- Tu ne joues pas avec ton portable ?
- Non.
- Tu l'as cassé peut-être ?
- Non, je ne veux pas me servir de ce portable.
- Tu n'aimes pas le cadeau qu'on t'a fait ?

- Je n'aime pas celui qui m'a fait le cadeau.
- Tu veux dire le Père Enzo ?
- Oui.
- Il t'a obligé à lui faire des choses ?
- Oui. Mais s'il te plaît parle-moi d'autre chose. J'ai peur et je me sens mal.
- Tu te sens sale ?
- Oh oui, prononce à voix basse Juan.
- Et le Père Enzo t'a menacé ?
- Oui, dit encore à voix basse Juan. S'il te plaît arrête.
- J'arrête Juan. Si un jour tu veux parler avec quelqu'un, je serai toujours là pour toi. D'accord Juan ?
- Oui, merci. Mais maintenant on arrête.

Nicolas lui donne une tape dans le dos et s'éloigne perplexe. Que faut-il faire ? Il n'y a aucune preuve.

Le soir venu, après le match de futsal, Nicolas invite Gerardo :
- Si tu as un moment, je t'offre une bière. Allons chez moi.
- D'accord, j'arrive.

Ils entrent dans le logement de Wara et Nicolas.
- Bonsoir Wara. Comment vas-tu ?
- Bonsoir Gerardo. Bien et toi ?

Ils prennent place sur les chaises autour de la table et parlent de choses et d'autres.
- Alors, vous voilà ensemble, commence Gerardo.
- Eh oui nous sommes ensemble, on a franchi le pas, dit Nicolas.
- Je vous souhaite plein de bonnes choses.
- Merci, dit Wara.

Pendant qu'ils boivent leur verre de bière, ils continuent à parler de tout et de rien. Puis Wara prend la parole :
- Gerardo, l'autre jour tu nous as dit avoir été chez Enzo. Tu m'as intriguée en disant tout le luxe de son appartement.

- C'est vrai, reprend Gerardo. C'est un bel appartement dans un bel immeuble de l'avenue Busch. Mais c'est quand tu rentres dans l'appartement que tu vois tout le luxe. Les meubles sont vraiment magnifiques et valent très chers. Peut-être qu'entre italiens ils se font des prix, mais quand même, ça coûte une fortune. Tout est magnifique : la vaisselle, les verres, la décoration, les tableaux, les boissons, le whisky, bref tout.

- Mais qu'est-ce que tu as été foutre chez lui ? Personne d'autre n'y a été à ma connaissance.

- Il a pensé que je pouvais être homosexuel. Ce n'est que lorsqu'il m'a fait visiter sa chambre que j'ai compris. J'ai mis les choses au point et je suis parti dans la foulée.

- Eh bien, tu l'as échappé belle, commente Nicolas.

- Mais, dis-moi, continue Nicolas, si tout cela coûte si cher, il doit avoir des mesures de sécurité ?

- Oui il m'a tout fait visiter, tellement il était fier de son appartement. La porte a trois serrures. Et dans l'appartement il y a des caméras de partout, en général très bien cachées. Seules deux ou trois caméras sont visibles pour prévenir les visiteurs indésirables.

- Il est relié à une entreprise de sécurité ?

- Non. Il garde tout ça dans son ordinateur. Il y a dans l'appartement un placard où est rangé tout le matériel de surveillance. Quand il rentre, il passe tout sur son ordinateur.

- L'ordinateur avec lequel il vient ici ?

- Oui celui-là même. Je crois qu'il n'en a qu'un. Bizarre pour quelqu'un qui ne regarde pas à la dépense.

Wara dispose sur la table des tasses, du pain, du fromage et invite Gerardo à se servir un café. Ils continuent à parler du travail à Suma Uta. Un peu plus tard Gerardo prend congé.

Tout en rangeant ce qui a servi pour le café, ils s'interrogent :

- Donc, si j'ai bien compris, tout est dans son ordinateur.

- Mais comment peut-on faire pour pirater son ordinateur ?

- Il faudrait copier ses vidéos sur une clef.
Pendant plusieurs minutes, ils envisagent tous les scénarios qui leur viennent à l'esprit. Aucune solution n'arrive à les convaincre. De guerre lasse, ils vont dormir.

Enzo commence à accumuler les casseroles. Les soupçons de participation au narcotrafic se sont renforcés ces derniers temps. À cela s'ajoutent les soupçons de pédophilie ainsi que des soupçons de détournement de fonds. Cela finit par faire beaucoup. Mais Nicolas et Wara ne savent pas trop comment le démasquer. Ils se demandent aussi s'ils doivent en parler aux autres membres du personnel.
Gerardo, mis en confiance par l'autre soir, va au centre de santé parler avec Wara.
- Je suis préoccupé par un de mes gamins. Il s'agit de Felix. Il fait partie du club des portables. Mais, depuis une semaine, il ne veut plus manger, il ne touche plus à son portable, il prend peur lorsque s'approche Enzo.
- Est-ce que Enzo est parti récemment avec lui dans sa voiture ?
- Maintenant que tu le dis, je crois bien qu'il s'est fait enlever par Enzo la semaine dernière.
- Soit juste avant qu'il ne veuille plus manger.
- Exactement.
Wara se lance :
- Il se passe des choses bizarres avec Enzo. Nicolas a observé qu'un autre gamin, Juan était en dépression aussi après un enlèvement par Enzo.
- Oui je connais Juan mais il n'est pas dans mon groupe. Dis-moi vous pensez à quoi ? Qu'est-ce qu'Enzo leur ferait aux gamins ?
- Oui c'est ce à quoi tu penses aussi. Il doit les abuser sexuellement.

- Merde alors, le salaud. Mais, dis-moi, vous êtes sûrs de votre coup.
- Non, mais il y a un faisceau d'indices qui renforce les soupçons, mais pas encore de preuves. Vous les éducateurs, vous n'avez rien remarqué ?
- On trouve bizarre les enlèvements que faits Enzo. Les gamins ne sont plus les mêmes après ces enlèvements, mais ils ne parlent pas, ils ne disent rien.
- C'est ça le problème. Les gamins restent muets.
- Mais, dis donc, l'autre soir, vous avez insisté à propos de son ordinateur, c'est pour ça ?
- On cherche comment le démasquer. Alors tu penses bien que lorsque tu nous as parlé des caméras et de l'ordinateur on a tilté.
- L'ordinateur, si on veut le pirater, cela ne peut se faire qu'ici.
Gerardo vient de s'engager dans l'opération pour démasquer Enzo.
- Pourrais-tu parler avec l'éducateur de Juan pour voir s'il n'a pas remarqué quelque chose de son côté ?
- Oui, d'accord, je vais parler avec lui.
- Pour Felix, je vais te donner des cachets homéopathiques d'Ignatia. Il faut essayer de faire en sorte qu'il mange ou qu'il parle. Ces cachets ne sont pas chimiques et ne provoquent pas d'accoutumance.
- D'accord, je les lui fais prendre.
- Tiens-moi au courant tant pour Felix que pour l'éducateur de Juan.
- Compte sur moi.
Gerardo prend les cachets pour Felix et se retire.

Wara et Nicolas se retrouvent chez eux après la journée de travail et ils se mettent au courant de ce qu'ils ont pu recueillir comme informations. Sur ces entrefaites, on frappe à la porte. Nicolas va ouvrir.

- Bonsoir Nicolas, on peut entrer un instant s'il te plaît ?

Nicolas s'efface pour laisser entrer les trois éducateurs : Gerardo, Fernando et Julia. Wara s'efforce de trouver des sièges pour tout le monde.

- On s'excuse de venir ainsi. Mais après avoir parlé avec Wara cet après-midi j'ai interrogé mes collègues éducateurs. On voulait vous faire part de ce que l'on a découvert.

- Eh bien on vous écoute.

- Je suis l'éducateur de Juan, dit Fernando. J'ai remarqué qu'après son enlèvement par Enzo il n'est plus le même, taiseux, il ne joue plus avec les autres, il ne touche pas son portable. Mais impossible de lui faire dire ce qui se passe.

- Quant à moi, commence Julia, j'ai dans mon groupe Carlos qui, lui, a été enlevé par Enzo il y a déjà un mois. Mais il a les mêmes symptômes que Juan et Felix. Mais, lui en plus, est devenu agressif.

- Il nous faut absolument des preuves, dit Nicolas.

- Il faut aussi que nous trouvions un psy pour commencer un travail avec ces gamins, ils ont été traumatisés.

- Mais comment on va le payer ? Enzo ne voudra pas débourser un centime pour un psy, surtout qu'il va suspecter quelque chose en voyant qui va chez le psy, se demande Gerardo.

- Moi, dit Julia, j'en connais un qui travaille pour une ONG. Je peux essayer de lui demander ce qu'il peut faire.

- C'est une bonne idée, demande-lui, poursuit Gerardo.

- Il faut donc que très vite on trouve des preuves, insiste Nicolas, car si un psy se met dans l'affaire cela va sortir de Suma Uta très vite.

Ils s'accordent pour surveiller l'ordinateur d'Enzo lorsque celui-ci est à Suma Uta, en espérant une occasion, et Julia va parler avec son ami psy. Tout le monde rentre chez soi.

Une semaine plus tard, Enzo est venu jusqu'à Suma Uta. Comme il y a une tranchée pour des adductions d'eau, il doit laisser sa voiture dans la rue. Il recommande bien à José le portier de faire attention à sa voiture. Il entre par la petite porte attenante. En prenant à droite, il traverse la cour pour rejoindre son bureau. Il prend la clef dans sa poche et ouvre la porte.

Il y a plusieurs paires d'yeux fixés sur lui. On l'observe. Ce n'est pas tous les jours que se présente une occasion. Aujourd'hui y aura-t-il cette occasion ? Julia, sous un prétexte quelconque, s'avance vers son bureau et frappe :

- Entrez, clame Enzo derrière la porte.

Julia pousse la porte et demande à Enzo :

- Est-ce que tu as pensé à amener le lait pour demain ?
- Mais pourquoi tu me demandes ça ? Personne ne m'a rien dit et je n'ai rien amené. Autre chose ?
- Non c'est tout merci.

Julia a vu que l'ordinateur d'Enzo était allumé sur la petite table dans le coin du fond. C'est ce qu'elle voulait savoir. Elle ressort en fermant la porte derrière elle. Elle va prévenir Gerardo :

- Il est dans le bureau, l'ordinateur est allumé sur la table du fond.

Elle retourne dans son groupe non sans, au passage, en informer aussi Fernando. Gerardo se charge de prévenir Nicolas et Wara au centre de santé. Voilà tout le monde sur ses gardes. La journée de travail se poursuit.

Javier, un gamin d'un autre groupe vient remettre à Enzo une lettre arrivée au portail. Il frappe :

- Entrez.
- Bonjour Père dit Javier.
- Bonjour Javier répond Enzo. Qu'est-ce qui t'amène ?
- Il y a quelqu'un qui a apporté cette lettre pour vous au portail. C'est José qui m'a dit de vous la donner.
- Je te remercie dit Enzo. Qu'est-ce que tu fais maintenant ?

- J'ai fait mes devoirs mais je dois aller ranger mon dortoir avant ce soir.
- C'est bien ça. Je vais t'accompagner, dit Enzo sachant que tout le monde est occupé à cette heure de l'après-midi.

Ils sortent du bureau et vont deux portes plus loin. Javier lui montre le chemin et ils entrent dans le dortoir.

Malheureusement, personne n'a vu Enzo sortir de son bureau accompagné de Javier. Cependant, Cristina part à la recherche de Javier car elle a programmé une activité avec son groupe pour cette après-midi. Elle commence par aller voir José le portier qui, mine de rien, sait plus que tout autre ce que font les gamins et où ils se trouvent à l'instant T.

- Don José, vous n'avez pas vu Javier, je le cherche ?
- Il y a un moment déjà, je lui ai demandé d'apporter une lettre au Père Enzo. Mais je ne l'ai plus revu.
- Merci Don José.

Cristina va vers le bureau d'Enzo, elle frappe, personne ne répond. Elle pousse la porte pour vérifier. Celle-ci est bien fermée, Enzo n'est pas là. Elle va voir au réfectoire, des fois que Javier y soit pour gratter un bout de pain. Elle entre au réfectoire, mais il n'y a personne. Elle ressort dans la cour il y a Fernando qui revient du bureau de Enzo, préoccupé car il n'y a personne. Cristina lui demande :

- Tu n'as pas vu Javier par hasard ?
- Non je ne l'ai pas vu. Il a disparu ?
- Don Javier lui a demandé de porter une lettre au Père Enzo et puis plus rien.
- Et Enzo qui n'est pas dans son bureau …
- Qu'est-ce qui arrive ?
- Viens avec moi, on va au centre de santé.

Intriguée, Cristina suit Fernando au centre de santé. Ils vont dans la salle de consultation de Wara.

- Wara, Enzo n'est pas dans son bureau.

- Et moi je cherche Javier que je ne trouve pas, complète Cristina.

Wara pâlit.

- Mais qu'est-ce qui se passe demande Cristina ?
- Va chercher Nicolas, demande Wara à Fernando.

Wara met Cristina au courant des soupçons qui pèsent sur Enzo. La disparition des deux en même temps ne présage rien de bon. Nicolas arrive :

- Il faut retrouver Javier le plus vite possible, dit-il. Où se trouve Gerardo ?
- Je vais le chercher dit Fernando.

Et il part en courant.

- Où peut bien aller Javier ? demande Nicolas.
- Je ne sais pas dit Cristina. Il aime bien fouiner par-ci par-là.
- Bon on commence par aller voir dans les ateliers.

Ils sortent et passent d'un atelier à l'autre. Gerardo et Fernando les ont rejoints. Ils courent le plus vite possible, regardent dans tous les coins.

- On passe à l'étage.

Et les voilà montant les marches quatre à quatre. Encore une fois dans tous les coins. Rien. Ils sont de plus en plus inquiets.

Les gamins qui n'ont rien à faire, les éducateurs étant occupés à cette recherche, sont dans la cour à observer, très amusés, la course de tout ce monde-là. Julia s'arrête au milieu de la cour. Un gamin lui demande :

- Mais qu'est-ce que vous avez cette après-midi à courir dans tous les sens ?
- On cherche Javier. Qui c'est qui l'a vu ?
- Pourquoi n'y avons-nous pas pensé avant de demander aux gamins, dit Fernando.

Ceux qui sont là ne l'ont pas vu. Un groupe de trois gamins jouent sur le terrain de basket. Ils y courent.

- Vous avez vu Javier ?

Un des gamins acquiesce :
- Oui je l'ai vu passer il y a un moment avec le Père Enzo. Ils allaient en direction du dortoir de Javier.
Panique chez les adultes.
- Combien y a-t-il de portes dans le dortoir, demande Nicolas, il ne faut pas qu'il nous échappe.
- Il n'y en a qu'une dit Cristina.
Ils se bousculent à l'entrée du bâtiment. Ils courent vers le dortoir et ouvrent brusquement la porte. Enzo et Javier ont tous les deux le pantalon baissé. Ils sont surpris de l'arrivée de tout ce monde. Nicolas est le premier à s'abattre sur Enzo, rejoint par Gerardo et Fernando. Enzo a eu le temps de remonter son pantalon mais pas de le fermer. À eux trois ils soumettent Enzo.

Cristina est allée directement vers Javier et essaie de le rassurer. Il est complètement affolé. Il pense que c'est après lui qu'on en veut. Il croit avoir mal agi. Julia tente de le calmer.
- Javier, calme-toi. Tout est fini. Ce n'est pas de ta faute. C'est le Père Enzo qui a très, très mal agi.

Javier tremble de tout son corps. Cristina le prend dans ses bras et continue de lui parler pour le rassurer.

Julia est avec les gamins et essaie de les empêcher d'entrer dans le dortoir. Wara l'aide comme elle peut.

Les trois hommes entraînent Enzo à l'extérieur du bâtiment. Ils veulent trouver une corde pour l'attacher. Le pantalon d'Enzo est retombé sur ses chevilles. Il crie qu'on le laisse se rhabiller. Gerardo crie à un des gamins :
- Cherche une corde, vite !
Pendant ce temps les coups commencent à pleuvoir sur Enzo ainsi que les injures :
- Espèce de salaud, fumier, ordure, on va te faire la peau.
Et un coup de pied et un coup de poing et ça continue. La rage est la plus forte, tout le monde s'y met, les femmes aussi. C'est un déchaînement. Ça dure plus qu'ils ne le voudraient. Enzo est

au sol et les coups pleuvent. Finalement ils remettent Enzo debout, sur ses pieds. Le pantalon retombe sur ses chevilles. Il essaie tant bien que mal de le remonter. Enzo sait que si dans les minutes qui suivent, il ne peut se libérer, il va en baver et se retrouver en prison. Il se tortille pour arriver à fermer son pantalon. Cela a pour résultat de desserrer leur étreinte. Rassemblant toutes ses forces, il envoie un coup de coude dans l'estomac de Nicolas, un coup de poing dans la figure de Fernando et un coup de pied dans le bas ventre de Gerardo. Il est grand et en bonne forme physique. Il a mis tout ce qu'il a pu pour se libérer. Il part en courant vers la porte de côté qui est ouverte. Les autres se remettent à peine debout. Ils commencent à courir mais Enzo est bien lancé et a de l'avance. Il attrape les clefs de la voiture et appuie sur l'ouverture automatique. Il franchit le portail lorsque la voiture fait le bruit caractéristique du déverrouillage des portes. Il monte dans la voiture, verrouille les accès et met le moteur en marche. Nicolas, fou de rage, arrive en courant et essaie d'ouvrir mais tout est fermé. Il reste accroché à la porte avant gauche. La voiture démarre. Wara arrive en courant et crie :

- Lâche, Nico, lâche !

Dans un éclair de lucidité Nicolas lâche prise et s'affale de tout son long sur la rue en terre. Enzo a réussi à éviter de se faire lyncher. Wara s'accroupit auprès de Nicolas :

- C'est fini Nico, il est parti. Calme-toi je t'en supplie.

Elle prend la tête de Nicolas dans ses mains et essaie de le calmer.

- Viens, il faut que je nettoie ce que tu t'es fait.

Elle entraîne Nicolas vers le centre de santé. Les infirmières sont toutes surprises de voir Nicolas dans cet état.

- Allez voir dans la cour si personne n'a besoin de vous, leur dit Wara.

Elles sortent. Wara nettoie les plaies de Nicolas. Les infirmières reviennent avec Gerardo et Fernando. Les deux ont besoin de soins.
- Comment vont les gamins ?
- Bien physiquement je crois.
- On ferme le centre de santé, dit Wara, et on va voir comment vont les enfants.

Les éducateurs retournent vers leurs gamins. Ils essaient de les calmer.
- Il faut essayer de savoir qui a eu à faire à Enzo, dit Nicolas. C'est le moment ou jamais de les faire parler.

Nicolas va voir le bureau d'Enzo. La porte est fermée. Il demande à José s'il n'y a pas quelque part une clef pour ouvrir la porte. José part chercher le double, il sait où il se trouve. Nicolas peut alors ouvrir la porte du bureau sans effraction. L'ordinateur portable est là, sur la table, bien allumé. Nicolas s'installe face à l'ordinateur et commence à fouiller dans le disque dur.

Les éducateurs ont réussi à calmer les enfants, mais cette nuit ils resteront là pour le cas où il serait nécessaire d'intervenir. Ils rassemblent les enfants au réfectoire pour le souper. Tout le monde mange en silence. C'est un sacré choc pour tous ceux qui vivent ou travaillent à Suma Uta. Après le souper les éducateurs essaient de les faire jouer pour évacuer la tension. Finalement, ils les emmènent à leur dortoir. Ils resteront avec eux jusqu'à ce qu'ils s'endorment, ce qui prendra pas mal de temps.

Les enfants sont enfin endormis. Tout le personnel de Suma Uta est resté ce soir, les médecins et infirmières, les éducateurs, la cuisinière, le portier, tout le monde. Il est dix heures du soir et tous sont réunis dans la salle des réunions. Les éducateurs se relaieront pour faire un tour dans les dortoirs tous les quarts d'heure. Gerardo commence par faire un résumé de ce qui s'est passé pour que tous aient la même version :

- Javier avait disparu et nous le cherchions. Les enfants nous ont dit qu'ils devaient être dans son dortoir avec Enzo. Lorsque nous sommes entrés, Enzo et Javier avaient le pantalon baissé. Nous avons réussi à maîtriser Enzo et à le faire sortir dans la cour. Mais il a réussi à nous échapper et à fuir avec sa voiture qui était restée dehors.

C'est autour de Julia de prendre la parole :

- Après qu'Enzo se soit enfui, nous avons cherché à calmer les enfants puis à savoir qui d'entre eux avaient eu à subir les abus d'Enzo. En tout, nous avons pu déterminer qu'Enzo avait abusé de douze enfants au total.

Nicolas informe de ce qu'il a trouvé dans l'ordinateur d'Enzo :

- Grâce à José, j'ai pu ouvrir le bureau d'Enzo avec le double de la clef. Son ordinateur était ouvert et en marche. J'ai donc cherché dans son ordinateur l'enregistrement de ses caméras de son appartement. Il avait enlevé plusieurs gamins. J'ai réussi à trouver les vidéos de ses caméras. J'ai tout copié sur une clé. Je n'ai pas encore tout regardé. Mais il y a au moins trois autres enfants en plus de ceux des éducateurs. J'ai aussi pu faire une copie de son courrier électronique. Il y a des mails compromettants de ses abus avec les enfants mais aussi avec ce fameux Don Pablo des Yungas.

C'est Julia qui reprend la parole :

- J'ai pris contact avec un ami psy qui travaille dans une ONG. Je lui ai demandé s'il pouvait faire un suivi des victimes. Mais maintenant c'est l'ensemble des gamins qui ont besoin de voir un psy. Il devrait me donner une réponse demain ou après-demain.

Wara prend la parole :

- Maintenant il faut savoir ce que l'on fait.
- Pourquoi la police n'est pas venue ?
- Ce soir, ce dont les enfants ont besoin c'est surtout de dormir, pas de voir la police.
- Quand allez-vous voir la police ?

- Je pense demain matin cela est nécessaire.
- Il faut aussi aller voir l'évêque. Cet enfoiré dépend de lui.
- Ainsi que prendre contact avec la Protection de l'enfance.
- C'est vrai car nous allons bientôt tous perdre notre emploi. Enzo ne va pas continuer à financer Suma Uta surtout s'il finit en prison.
- Il y a un coffre dans son bureau. Il faudrait l'ouvrir pour savoir combien il y a et donc combien de temps on peut être payé.

Tout le monde continue de donner son avis. Finalement Wara fait un résumé de la situation :
- Bon, demain, il faut aller à la police. Qui peut aller les voir ?
- Moi, dit Gerardo. Tu peux venir avec moi Cristina ?
- D'accord j'irai avec toi.
- Bien, ensuite l'évêché. Je suis d'accord pour y aller avec Nicolas. Ça vous va ?
- D'accord disent plusieurs voix.
- Enfin il faut une commission aussi pour aller à la Protection de l'enfance. Qui veut y aller ?
- Moi je peux y aller dit Julia, Fernando tu viens avec moi ?
- C'est d'accord, j'irai dit Fernando.
- Il nous faudra aussi un avocat. J'en connais un, je lui demanderai après avoir vu l'évêque.
- Il est bien tard, c'est minuit passé. On va dormir.

Tout le monde se lève et se dirige vers un lit pour dormir.

Enzo échappe à la justice.

Enzo conduit pied au plancher pour rejoindre la route à quatre voies et fuir Suma Uta. Il manque d'emboutir voitures, camions, de renverser des piétons, il brûle les feux rouges, il n'est pas le seul mais quand même. Il finira par arriver, par quel miracle, sain et sauf à l'entrée de son immeuble.

Il gare sa jeep au parking de l'immeuble et prend l'ascenseur pour rejoindre son appartement. Il aspire à une douche pour remettre ses idées à l'endroit et son corps d'aplomb. Il prend le temps de la douche et sous l'eau chaude il remet ses pensées en place. Que peut-il faire maintenant ? Il a tout foutu en l'air. Que va-t-il se passer ? Il lui apparaît que la première chose à faire est de prévenir Don Pablo. C'est une partie de son organisation qui est compromise et en plus il y a un stock de marchandise à Suma Uta. On ne plaisante pas avec Don Pablo. Il prend son téléphone.

- Bonsoir Don Pablo.
- Bonsoir Enzo. Qu'est-ce qui se passe.
- Don Pablo, j'ai foutu le bordel.

Il lui fait un court résumé de ce qui s'est passé, Javier, le lynchage, sa fuite. Un silence se fait au bout du fil, puis Don Pablo réagit :

- Dans une demi-heure Ivan sera chez toi. Tu le suivras.

Don Pablo raccroche. Enzo ne sait pas ce que signifie ce "tu le suivras". Est-ce que son sort est décidé ? De plus en plus nerveux, ne sachant à quoi s'attendre, Enzo s'habille. Pour attendre Ivan il se sert un whisky.

Ivan sonne à la porte. Enzo lui ouvre.

- J'espère que tu es prêt. On y va.
- Je peux savoir où on va ?
- Tu verras bien, on y va.

Enzo a du mal à fermer sa porte à clef du fait de sa nervosité. Il suit Ivan. Ils prennent la voiture d'Ivan et vont en direction de la zone sud de La Paz. Ivan s'arrête devant une luxueuse maison de Calacoto. Le portail s'ouvre, la voiture s'avance et pendant que le portail se referme, un garde armé regarde à l'intérieur de la voiture. Il fait un signe d'avancer à Ivan.

Ivan conduit Enzo dans un grand salon. Don Pablo est assis dans un fauteuil, un verre à la main. Enzo ne savait pas que Don Pablo avait une maison à La Paz.
- Tu te rends compte du sacré bordel que tu as foutu. Tu n'as pas pu te retenir, il a fallu que tu baises ce gamin. Tu es un sacré malade, le sais-tu au moins ?
Enzo garde le silence.
- En tout cas, à voir ta figure, ils t'ont foutu une sacrée rouste. Ça a au moins l'avantage de rabaisser ta superbe. Espèce de con.
Don Pablo ne décolère pas. Il faut dire que c'est tout un pan de son organisation qui prend l'eau : la filière d'envoi en Europe est compromise ainsi que le conditionnement de la marchandise. Tout ça va demander du temps pour reconstruire l'organisation du réseau.
- Est-ce qu'ils ont prévenu la police ?
- Ça, je n'en sais absolument rien.
- La première chose à faire est de parer au plus pressé de ce côté-là.
Don Pablo prend son téléphone et appelle le colonel Mancheco.
- Bonsoir colonel. Un petit problème à régler. J'ai besoin de vous.
Et Don Pablo demande au colonel Mancheco de faire en sorte qu'il n'y ait pas de plainte déposée contre Enzo. Et de faire en sorte que personne ne revienne essayer d'en déposer une.
- Et puis je vous fais un virement sur votre compte. Le même aux Bahamas ?
Une fois la conversation terminée, Don Pablo s'adresse à Enzo :
- Ce soir, on ne peut rien faire de plus. Demain tu iras avec Ivan à Suma Uta mettre de l'ordre dans tes papiers et chercher la marchandise entreposée là-bas.

Ivan ramène Enzo chez lui et reste la nuit dans son appartement pour éviter qu'il fasse des conneries.

La nuit a été courte. Wara et Nicolas se lèvent très tôt pour aller faire le siège du bureau de l'évêque. Pendant qu'ils prennent le petit déjeuner, ils écoutent les nouvelles à Radio Fides.

- Ce matin à Cochabamba, commence la réunion de la Conférence Épiscopale des Évêques, la CEB, dit le journaliste.
- Et merde, explose Nicolas. L'évêque de El Alto ne va pas être ici, il est à Cochabamba. Qu'est-ce que l'on peut faire ?
- Au lieu d'aller à la Ceja, on va à Cochabamba. Il y a des bus tout le temps. Et puis au lieu d'avoir un évêque on les aura tous. Allez, on y va.

Wara se lève pour préparer un sac pour le voyage. Nicolas se sent réconforté de voir que Wara prend cette situation à cœur.

Avant de partir pour Cochabamba, ils passent au réfectoire où tout le monde prend son petit déjeuner. Ils peuvent prévenir le Docteur Condori et les éducateurs.

- Bon, pendant que vous allez à Cochabamba, nous, on va à la police, dit Gerardo.
- Ne vous en faîtes pas, on fera tourner le centre de santé, renchérit le Docteur Condori.
- Dîtes donc, on peut prendre un taxi ensemble jusqu'au téléphérique, propose Nicolas.
- Bonne idée dit Cristina.

Les voilà partis tous les quatre. Ils continuent ensemble dans le téléphérique. Ce n'est qu'à la Ceja qu'ils se séparent. Gerardo et Cristina vont à la police pendant que Wara et Nicolas descendent vers la gare routière.

Après être descendus du téléphérique, ils marchent jusqu'à la gare routière quelques rues plus bas. Ils trouvent un bus qui part dans une demi-heure et qui les amènera à Cochabamba vers quatre heures de l'après-midi. Ils s'installent dans le bus après avoir acheté de quoi grignoter pendant le voyage.

Gerardo et Cristina ont pris un minibus pour Ciudad Satelite où se trouve la police, proche de l'avenue du policier. Ils entrent dans les locaux et s'approchent d'un bureau à côté de l'entrée.
- Nous voulons déposer plainte, dit Gerardo.
- Quel genre de plainte ?
- Il y a eu abus sexuel sur un enfant à Suma Uta de la part du directeur, le Père Enzo.
- Qu'en savez-vous ?
- Nous avons été témoins, nous l'avons surpris en flagrant délit.
- Quand cela est-il arrivé ?
- Hier après-midi.
- Et pourquoi vous ne venez qu'aujourd'hui ?
- Nous avions trop à faire pour calmer les enfants qui sont dans le centre Suma Uta.
- Ce n'est pas une raison. Le téléphone existe.
- Écoutez, où devons-nous allez pour déposer plainte ?
- Un moment je vais voir.
Le policier qui les a reçus va dans un bureau derrière. Ils patientent. Une bonne demi-heure plus tard, on vient les chercher pour les faire entrer dans un bureau où se trouvent trois policiers.
- Alors comme ça, on veut déposer plainte contre le Père Enzo.
- Oui c'est cela.
- Et vous croyez que l'on va vous croire ?
- Comme je l'ai déjà dit à votre collègue, nous l'avons pris en flagrant délit.
- Oui mais vous avez bien traîné pour venir déposer plainte.
- Comme je l'ai déjà dit…
Un autre policier le coupe :

- Le Père Enzo, lui, n'a pas traîné pour déposer plainte contre vous pour coups et blessures.
- Quoi ?
- Vous niez ?
- Non c'est vrai on l'a tabassé, mais vous comprendrez que ce qu'il a fait à un enfant...
- Donc vous reconnaissez les faits.
- Mais pas du tout. L'agresseur c'est lui.
Le lieutenant qui est là depuis le début prend la parole :
- Sergent mettez-les moi en garde à vue. Emmenez-les en cellule.
- Non mais ça ne va pas ? Lance Cristina
- Vous vous prenez pour qui ? Dit à son tour Gerardo.
Rien n'y fait. Ils sont conduits de force chacun dans une cellule pour ne pas mélanger homme et femme. Lorsque la porte de la cellule se referme, ils prennent conscience qu'ils sont en prison. Ils ont le sentiment que le monde s'écroule. Une immense chape de solitude s'abat sur eux. Et ce sentiment de frustration qui les envahit est terrible. Ils pensent à leur famille, aux gamins de Suma Uta. Gerardo n'arrête pas de dire "les salauds" pendant que Cristina pleure.
- Alors comme ça Enzo a pris les devants et a déposé plainte, commence par dire Cristina.
- Je n'y crois pas, assène Gerardo.
- Mais alors qu'est-ce que l'on fait là ?
- Ils veulent nous foutre la trouille. Ils vont nous relâcher.
- Je voudrais être aussi optimiste que toi.

Ivan conduit une camionnette high lux Toyota double cabine. Enzo est à côté du chauffeur et deux autres hommes à l'arrière pour charger le véhicule de la marchandise. Ils arrivent devant le portail et Ivan klaxonne pour se faire ouvrir. José arrive et voit de

qui il s'agit. Il repart en direction du centre de santé pour aller prévenir le Docteur Condori. Celui-ci vient jusqu'au portail.
- Qu'est-ce que vous voulez ? demande-t-il.
- Tu ouvres ce portail, lance Ivan.
- On attend la police d'un moment à l'autre.
- A plus forte raison, ouvre ce portail.
- Sois raisonnable, ajoute Enzo, ouvre le portail.
La patience n'est pas une qualité d'Ivan. Il descend de la voiture, prend son revolver dans sa poche et menace le Docteur Condori :
- Alors on ouvre cette porte ?
Devant la menace, le Docteur Condori demande à José d'ouvrir la porte.
- Prends le volant, Ivan intime l'ordre à Enzo.
Il continue de mettre en joue le Docteur Condori et de menacer José. La voiture entre et se dirige vers les ateliers. Lorsque la Toyota s'arrête, les deux hommes assis à l'arrière descendent et demandent à Enzo :
- Où se trouve la marchandise ?
- Magne-toi dit Ivan, on n'a pas toute la journée. Montre-leur où se trouve la marchandise.
Enzo monte les escaliers suivi des deux hommes. Il montre une porte :
- La clef est dans mon bureau, je vais la chercher.
- Toi tu restes là dit Ivan.
Il tire dans la serrure avec son revolver. Un des deux hommes enfonce la porte d'un coup de pied. Les paquets sont là. Ils commencent à les transporter sur l'arrière de la Toyota.
Enzo s'adresse à Ivan :
- Il faut que j'aille dans mon bureau récupérer des papiers, de l'argent et mon ordinateur.
- Je vais avec toi.
Et s'adressant aux manœuvres :

- Vous finissez le boulot. On vous laisse un moment.

Les voilà partis à traverser la cour en direction du bureau d'Enzo. Celui-ci sort la clef de sa poche et ouvre la porte. Il trie quelques papiers et les emmène avec lui, il ouvre son coffre et le vide de l'argent qu'il contient. Enfin il attrape son ordinateur qu'il met aussi dans sa serviette.

- C'est bon j'ai tout.
- Alors on s'en va.

Ils retournent à la voiture. Il reste encore quelques paquets à charger. Pas mal de monde les regarde de loin. Ils ont bien trop peur pour s'approcher. Les gamins seraient les plus intrépides. Le chargement fini, tout ce monde-là monte dans la Toyota et Ivan met le moteur en route. Il part à toute vitesse en faisant gronder son moteur pour impressionner les spectateurs.

Le bus s'arrête dans la gare routière de Cochabamba. Wara et Nicolas descendent contents de pouvoir étirer leurs jambes. Il leur faut maintenant aller à la maison où se réunit la Conférence Épiscopale.

- Tu sais comment on y va ? demande Nicolas qui vient pour la première fois à Cochabamba.
- Je sais où c'est mais on va demander comment y aller.

Et Wara demande à des piétons comment rejoindre le quartier du séminaire. Une fois renseignés ils trouvent le minibus qui les emmènera là-bas. Ils descendent à l'angle de l'avenue Tadeo Haenke. Ils marchent jusqu'à l'entrée de la maison et, au bureau de l'entrée, ils demandent à voir l'évêque de El Alto.

- C'est à quel sujet ?
- Nous venons dénoncer un prêtre pédophile qui sévit à El Alto.

Voyant que cela dépasse ses compétences, la secrétaire leur demande de s'asseoir et d'attendre. Elle part chercher quelqu'un qui pourra leur répondre.

Un monseigneur, reconnaissable à sa croix pectorale, entre dans le bureau d'accueil.
- Tiens Alicia n'est pas là.
- Non monseigneur elle est sortie. Bonjour Monseigneur, dit Wara.
Celui-ci prend enfin conscience de la présence de Wara et de Nicolas.
- Tiens Wara, qu'est-ce que tu fais ici ? Et ce monsieur qui est-ce ? Il est avec toi ?
Le monseigneur se comporte comme étant chez lui et paraît presque offusqué de voir des intrus qui n'ont pas été annoncés.
- Monseigneur je vous présente Nicolas, mon compagnon. Nous cherchons à voir l'évêque de El Alto car nous venons dénoncer un prêtre pédophile qui sévit à El Alto.
- Tu sais que toutes les Conférences Épiscopales ont maintenant une commission pour traiter de ces sujets. Je vais voir ce que je peux faire et si je trouve l'évêque de El Alto.
Le monseigneur se retire. Nicolas demande :
- Tu le connais ?
- Oui j'avais été à une réunion des centres comme Suma Uta et il y était.
- Tu crois qu'il va nous aider ?
- Ça, je n'en sais rien.

Dans les bureaux de la police, les policiers ont sorti Gerardo et Cristina de leur cellule.
- Alors on veut toujours porter plainte contre le Père Enzo ?
Le silence répond à la question.
- C'est bien vous êtes en train de devenir sages.
- Vous savez on a vu et on sait ce que l'on a vu, dit Gerardo.
- Oui mais est-ce bien nécessaire de porter plainte ?
- Qu'est-ce que vous voulez dire ?

- Eh bien si vous ne voulez plus porter plainte, vous dormirez chez vous ce soir.
- Donc c'est donnant donnant.
- C'est un peu ça.
- Et quoi d'autre ?
- Ne fais pas le malin. Tu sais très bien qui est derrière le putain de curé.
- Je m'excuse mais sincèrement je ne sais pas.
- Tu crois que ton curé est seulement directeur de Suma Uta et pédophile ?

Cristina et Gerardo se regardent en silence, intrigués. Le policier reprend :
- Derrière ce putain de fumier il y a Don Pablo.

Gerardo et Cristina tombent des nues.
- Merde on ne savait pas.
- Maintenant tu sais. Vous n'avez pas à faire seulement à la police, vous comprenez. Votre plainte ne sera jamais prise en compte.

Don Pablo avait demandé au colonel Mancheco que personne ne revienne déposer plainte contre le Père Enzo, voilà qui devrait dissuader n'importe qui de le faire.
- Bon d'accord on ne porte pas plainte.
- Et vous faites en sorte que personne de chez vous ne vienne porter plainte, jamais.
- C'est promis, dit Cristina
- Oui c'est promis dit aussi Gerardo.
- Et bien, voilà qui est bien. Allez foutez-moi le camp.

Ils sortent en silence. L'affaire est beaucoup plus grosse que cela n'en avait l'air. Ils prennent le téléphérique pour retourner à Suma Uta et faire part à tous de leur découverte.

À Cochabamba, Nicolas et Wara sont toujours en attente et dans l'incertitude de savoir si on va les recevoir ou pas. Nicolas se lève, il a des fourmis dans les jambes. Après sept heures de bus, rester encore assis à attendre est trop pour lui.

- J'ai vu une boutique en arrivant. Tu veux quelque chose ? Je vais acheter de l'eau.
- Si tu trouves du pain ou des biscuits.
- D'accord, je reviens.

Nicolas sort et traverse l'avenue pour aller jusqu'à la boutique. Il sonne pour que quelqu'un sorte et vienne le servir.

- Oui que voulez-vous ?
- De l'eau, une grande bouteille. Est-ce que vous avez du pain ?

Il avait vu des boîtes de sardines. S'il y a du pain ils pourront faire un casse-croûte.

- Oui, combien de pain ?
- Trois boliviens de pain et une boîte de sardines s'il vous plait.
- Dix-huit boliviens en tout.

Nicolas tend un billet de vingt et attend la monnaie. La femme lui rend les deux boliviens.

- Merci au revoir.

Et il retourne voir où en est Wara. Elle est toujours là à attendre.

- S'il vous plaît, il y en a encore pour longtemps ? Demande Nicolas à Alicia.
- Je ne sais pas, ils sont en réunion. Mais il est prévenu.
- Bon, merci.

Et l'attente reprend. Ils décident de sortir sur l'herbe devant l'entrée pour ouvrir la boîte de sardines. Nicolas prend son couteau et coupe le pain en deux pour y placer la sardine. Il tend le sandwich à Wara. Il en fait autant pour lui.

- Tu crois qu'il va finir par nous recevoir ? Demande Nicolas
- J'espère bien, qu'on ne soit pas venus pour rien.
- En tout, cas ils sont fortiches pour faire attendre sans rien dire de leurs intentions. C'est bien des curés ça.

- Il faut être plus forts qu'eux. Ils veulent nous décourager mais on ne va pas laisser tomber.
Ils ont fini de manger et de boire. Ils retournent vers la secrétaire à l'entrée.
- Toujours rien ?
- Non pas encore.

Julia et Fernando sont allés à la Protection de l'enfance. Ils reviennent à Suma Uta accompagnés de deux fonctionnaires de l'institution.
- Tout le monde doit être au réfectoire pour prendre le goûter. Vous voulez venir ?
- Allons-y, dit une femme entre deux âges, pas forcément convaincue.
Julia pousse la porte du réfectoire et la tient pour permettre aux visiteurs de passer. Ils vont s'asseoir à une table libre. Toutes les têtes se sont tournées vers eux et les conversations sont suspendues. Les deux fonctionnaires ne sont pas à l'aise. Elles préféreraient être derrière leur bureau en plein exercice de leur pouvoir. Manifestement elles ne sont pas du tout à l'aise avec les enfants. Julia leur sert du thé avec du pain et un morceau de fromage.
- Tous les enfants sont là, demande la plus jeune des fonctionnaires ?
- Oui me semble-t-il répond Julia.
- Il faudrait savoir dit l'autre.
- Je vais voir, et Fernando se lève pour faire le compte. Le compte est bon, il revient à la table.
- Oui tout le monde est là.
- Alors je vais en profiter pour faire une annonce.
Elle se lève et commence son discours :
- Bonjour à vous tous. Nous sommes de la Protection de l'enfance. Nous sommes venues pour faire une enquête sur ce qui

a pu arriver avec votre directeur. Après le goûter, nous commencerons les entrevues avec les victimes du Père Enzo.

Elle se rassoit et finit de boire son thé.

- Vous auriez pu prendre plus de gants et ne pas parler de victimes, ronchonne Julia.

- Ce n'est pas très délicat, renchérit Fernando.

- Bon, vous nous montrez où on peut faire les auditions ?

Julia les guide jusqu'à la salle de réunion.

- Vous nous envoyez le dénommé Javier.

Et c'est ainsi que commence l'enquête du service de la Protection de l'enfance.

Alicia vient de revenir de la salle de réunion.

- Ils vont avoir fini pour cette après-midi. Ils vont souper, mais monseigneur m'a dit qu'il allait vous recevoir cinq minutes avant. Si vous voulez bien me suivre.

Ils se lèvent pour aller avec Alicia à l'intérieur dans une petite salle sur le cloître. En arrivant plusieurs paires d'yeux les dévisagent d'un air de dire : qui sont ceux-là ? Qu'est-ce qu'ils viennent faire là ? Certaines conversations s'arrêtent de peur que des oreilles indiscrètes captent des secrets de sacristie. Alicia ouvre la porte de la petite salle :

- Il arrive tout de suite.

Nicolas et Wara prennent un siège et reprennent leur attente. Il faut vraiment qu'ils veuillent aller jusqu'au bout pour démontrer une telle patience. Enfin l'évêque de El Alto passe la porte et s'assied vite sur une chaise.

- Bonsoir, bonsoir. Alors qu'est-ce qui vous amène demande-t-il sèchement.

- Bonsoir Monseigneur, dit Wara.

- Bonsoir Monseigneur reprend Nicolas. Je crois que l'on vous a informé du motif de notre visite.

- Oui bien sûr. Alors de qui s'agit-il ?

Nicolas entreprend de faire le récit de ce qui est arrivé la veille et de comment Enzo a été surpris le pantalon baissé en train d'abuser Javier un gamin de neuf ans.

- Je ne sais pas si votre récit est conforme à la vérité. Je viens d'avoir au téléphone le Père Enzo. Il m'a donné une tout autre version des faits.

- Ah oui et que vous a-t-il dit ?

- Eh bien selon le Père Enzo, vous êtes entrés dans le dortoir alors qu'il était en grande discussion avec Javier au sujet de ses notes au collège. Vous vous êtes jeté sur lui, sans raison. Il m'a dit avoir déposé plainte contre vous et les autres éducateurs qui l'ont agressé pour coups et blessures volontaires. J'aurai plutôt tendance à faire confiance au Père Enzo.

- Monseigneur, reprend Wara, vous croyez sérieusement que la version du Père Enzo tiendra face au témoignage de sept personnes ? Il a failli se faire lyncher.

- C'est bien ce qu'il vous reproche.

- Monseigneur nous avons identifié douze enfants de Suma Uta comme victimes des abus sexuels du Père Enzo. Douze, Monseigneur. Et il semble qu'il y en ait d'autres. Vous vous rendez compte Monseigneur ?

- Je regrette, mais je ne suis pas au courant. Je n'ai jamais reçu aucune plainte, ni même de reproche en ce qui concerne le Père Enzo. Bon, maintenant ça suffit, il faut que j'aille manger.

- Savoir qu'il y a douze victimes d'abus sexuel de la part du Père Enzo ne vous coupe pas l'appétit ?

- Je vous l'ai dit, je ne suis pas au courant et si le Père Enzo me dit que c'est faux, alors je fais confiance au prêtre.

- Bien sûr le prêtre est un être supérieur, c'est le représentant de Dieu sur terre et il ne peut mentir ni commettre de tels actes. Je pense que vous vous foutez de notre gueule.

- Je vous invite à rester correct. Je n'accepterai pas de me faire insulter par…

- Par un affreux laïc complète Nicolas.
Wara pose sa main sur le bras de Nicolas dans une tentative pour le calmer. Elle prend la parole :
- Prendre l'attitude de l'autruche ne rend pas service à l'église. Vous niez tout en bloc, vous gardez le silence et le secret. Cela va à contre-courant de l'opinion publique.
- Vous savez très bien que l'église n'est pas une démocratie.
- Vous citez l'horrible Jean Paul II. Vous savez que la moitié des chrétiens de ce continent ne le considèrent pas comme Saint pour tout le mal qu'il a fait en détruisant la Théologie de la libération, mais aussi car il a soutenu d'affreux pédophiles.
- Comment pouvez-vous dire des choses pareilles ?
- Eh bien je les dis quand même.
C'est maintenant au tour de Nicolas de poser sa main sur le bras de Wara.
- Comment voulez-vous que l'on puisse faire confiance à un homme et une femme qui vivent dans le péché ? Vous vivez en concubinage si mes informations sont bonnes.
- Vos informations sont parfaitement correctes, acquiesce Nicolas. Nous ne nous en cachons pas, nous ne tenons pas la chose secrète comme vous le faîtes avec tous les scandales d'abus sexuels. Quant au péché, je vous prie de laisser cela entre nous et Dieu. Vous n'avez pas à vous ériger en juge. Pensez plutôt à ce que dira le "Juste Juge". Vous êtes bien mal barré avec tous les pédophiles que vous couvrez.
- N'essayez pas de détourner la conversation. Nous parlons de cas de pédophilie, pas de concubinage, dit Wara.
- Mais enfin vous n'avez pas honte de couvrir et de défendre un animal comme le Père Enzo ? S'insurge Nicolas.
- Et vous pourquoi venez-vous seulement aujourd'hui me dire qu'il y a douze victimes du Père Enzo ?
- Vous croyez que c'est facile de réunir des preuves contre des pervers de ce genre qui se sentent soutenu par une hiérarchie

complètement malade de pouvoir ? Si on n'avait pas pris le Père Enzo sur le fait, aucun des gamins n'aurait pu nous raconter les atrocités dont ils ont été victimes.

- Après votre réunion entre évêques, ne pouvez-vous pas venir à Suma Uta pour écouter les témoignages de ceux qui l'ont surpris en flagrant délit et les souffrances des enfants ? Demande Wara.

- Cela ne sera malheureusement pas possible. Le Père Enzo a toute ma confiance et vous une plainte pour coups et blessures. Non, je soutiens le Père Enzo.

-Mais enfin qu'est-ce que l'on vous a fait pour que vous ne vouliez pas nous écouter ?

De guerre lasse, l'évêque renonce à résister plus longtemps et lâche :

- Vous ne pouvez rien contre le fait que le Père Enzo ramène bien trop d'argent au diocèse pour le lâcher.

- Alors ce n'est qu'une horrible question de fric ?

- En grande partie, oui, dit l'évêque en se levant et sans prendre congé il sort.

Wara et Nicolas sont décontenancés. Ils sortent de la maison où sont réunis les évêques.

- On rentre, dit Wara.

- Il y a encore des bus ? demande Nicolas.

- Oui au moins jusqu'à dix heures du soir.

Ils prennent un taxi jusqu'à la gare routière. Ils arrivent à El Alto le lendemain matin à six heures du matin et le moral en berne.

À Suma Uta, après avoir pris un petit déjeuner dans le réfectoire, les enfants étant au collège, Wara et Nicolas réunissent tout le personnel dans la salle de réunion après avoir fermé, une fois de plus le centre de santé.

- Je crois que l'on a beaucoup de nouvelles à partager, mais peu de bonnes nouvelles, commence Wara.

- Qui veut commencer ? continue Nicolas.
- Allez-y vous, vous venez de plus loin.

Tu parles d'un argument pense Nicolas. Wara prend la parole.

- Nous avons été obligés d'aller jusqu'à Cochabamba. On a bien cru que l'évêque refuserait de nous rencontrer, mais finalement, juste avant le repas du soir, il nous a reçus.
- Cela s'est assez mal passé, continue Nicolas. Nous avons échangé quelques mots doux. Il nous a accusé de vivre dans le péché car nous vivons en concubinage. Mais surtout il nous a fait comprendre que le Père Enzo a et aura tout son soutien. Les prêtres sont tous au-dessus de nous les laïcs.
- Il a dit que Enzo avait une autre version et que nous l'avons agressé et qu'il avait déposé plainte pour coups et blessures et surtout qu'il croyait Enzo et pas nous, continue Wara.
- Il a refusé de venir nous écouter, écouter notre version.
- Et finalement il nous a avoué que nous ne faisions pas le poids au regard de tout le fric qu'Enzo ramène au diocèse.
- Voilà vous savez l'essentiel. Enzo a raison et nous tort. Nous n'avons pas sa confiance, en fait on ne lui rapporte pas de fric.

Un grand silence accueille ce rapport.

- Donc Enzo va continuer à Suma Uta, commente Gerardo.

Il continue :

- Puisque j'ai la parole je vous informe de la rencontre avec la police. Nous avons été accueillis par l'annonce d'une plainte déposée par Enzo et nous avons été mis en garde à vue. Puis le chantage : si nous ne déposions pas plainte ni hier ni demain, nous étions libres. Et on nous a fait comprendre que le soutien de Don Pablo a été déterminant et qu'aucune plainte n'avait de chance d'être prise en compte.

C'est alors Julia qui prend la parole :

- Cela se confirme par la visite à la Protection de l'enfance. Elles sont venues jusqu'ici en traînant les pieds. Elles ont commencé les auditions des gamins par Javier. Puis elles ont reçu

un coup de fil leur faisant comprendre que Enzo continuait en poste et que Suma Uta ne fermait pas. Encore un coup de Don Pablo. Elles sont reparties en refermant le dossier.
- Donc la bonne nouvelle est que tout continue. Mais tout le reste ne sont que des mauvaises nouvelles.
- Avec une grande inconnue : qu'allons-nous devenir lorsque Enzo reprendra du service ?
- Il ne reste qu'à attendre le retour d'Enzo pour savoir à quelle sauce nous allons être mangés.
Sur cette conclusion de Julia la réunion prend fin.

Wara et Nicolas se retrouvent chez eux pleins de la fatigue du voyage et des mauvaises nouvelles. Nicolas ouvre une bouteille de vin et se sert un verre, Wara préférant rester sur du jus de fruit. Ils s'assoient dans le canapé et ils se calent l'un contre l'autre.
- Wara, je t'aime. Il faut que nous fassions des projets pour celui ou celle qui va arriver bientôt.
Et il pose sa main sur le ventre de Wara.
- Il est certain que l'on ne va pas rester longtemps à Suma Uta et on ne sait pas combien de temps va continuer Suma Uta. Envisageons notre avenir sans eux. Moi aussi je t'aime.
Et elle pose sa main sur celle de Nicolas sur son ventre.

Troisième partie.

Suma Uta continue.

Chaque année, aux alentours de début Juin, la ville de La Paz se réveille avec la gueule de bois à cause de la fête du *Gran Poder*[2]. Les rues sont sales, la plupart du temps la démarche des piétons n'est pas très assurée. Enzo a été convoqué par Don Pablo dans sa maison de Calacoto. Il passe le portail avec sa voiture et se gare dans un espace réservé aux visiteurs. Ivan s'approche de la voiture et ouvre la porte du chauffeur.
- Bonjour. Don Pablo t'attend, suis-moi.
Enzo emboîte le pas d'Ivan. Ils montent les marches qui amènent au perron. Ivan ouvre la porte et laisse passer Enzo. Tous les deux parcourent le vestibule. Ivan ouvre une nouvelle porte sur le bureau de Don Pablo. Celui-ci est debout devant la fenêtre. Lorsque la porte s'ouvre, il se retourne. On sent toute la colère retenue à voir son visage. Il ne laisse pas le temps à Enzo d'ouvrir la bouche.
- Tu peux être fier de toi. Tu m'as foutu dans une sacrée merde.
Il reprend son souffle avant de continuer.
- Grâce à toi j'ai la police qui enquête sur moi. Tu sais ce que cela veut dire au moins ? Mes appuis politiques sont en train de me lâcher. Mes contacts dans la police me coûtent de plus en plus cher.
Enzo choisit de ne pas ouvrir la bouche. Il fait le dos rond en attendant de savoir exactement ce qu'on attend de lui. Don Pablo

---

[2] C'est la fête religieuse, la plus importante de la ville de La Paz.

finit par s'asseoir derrière son bureau. Il fait signe à Enzo de prendre place dans le fauteuil de l'autre côté du bureau.

- J'ai absolument besoin que l'envoi pour l'Italie se fasse. Et ça, c'est ta responsabilité. Si tu foires cela pourrait très mal finir pour toi. Où en es-tu ?
- Il faut finir les paquets. Puis je verrai avec les contacts de l'aéroport pour que tout parte sans problème.
- Et comment tu penses t'y prendre pour finir les paquets ? Tu ne peux plus les faire à Suma Uta.
- Nous avons récupéré tout ce qu'il y avait à Suma Uta. Il va falloir finir les paquets avec les habitants de Dorado Grande. L'artisanat est fini. Il suffit de le remplir avec la marchandise. Cela devrait être fini en deux jours.
- Tu as prévenu ceux de Dorado Grande ?
- Oui. Je devrais être en route si vous ne m'aviez pas convoqué.
- Ne joue pas à ce jeu avec moi. A t'entendre, c'est de ma faute si les paquets ne sont pas finis. Je crois que tu n'as pas encore compris ce que tu risques dans cette affaire.
- Je m'excuse. Ce n'était pas mon intention. Je fais au plus vite.
- Maintenant parlons du lavage. Où en es-tu ?
- L'argent est arrivé sur mon compte de l'IOR. J'ai trouvé un immeuble à acheter dans la zone sud. Mais j'ai un problème avec le prête-nom. Je pensais voir cela avec Wara, mais maintenant c'est impossible.
- Je crois même que, grâce à toi toute l'opération est impossible en Bolivie. Il faut voir ça en Italie par exemple.
- Cela va prendre beaucoup plus de temps.
- Sans doute, mais vue l'évolution de la situation ici, cela devient impossible en Bolivie. Cherche ailleurs et au plus vite. L'argent dort sur ton compte.
- Je m'efforce de faire au plus vite.
- Je crains que ce ne soit pas suffisant. Démerde-toi pour que ce soit finalisé dans la semaine.

- Ça, ce n'est pas possible.
- Mais si. Tu sais bien que nous avons une arme puissante et c'est la corruption. Chaque personne a un prix et nous avons encore les moyens de forcer le destin. Et les corrompus sont partout.
- D'accord avec vous. Mais je suis ici. Ce serait plus facile si j'étais en Italie. Je ne peux sortir du pays par décision juridique. Je dois tout faire à distance.
- Tu trouveras le moyen pour aller plus vite. J'ai besoin de l'argent.

Un temps de silence s'installe. Chacun étant aux prises avec ses pensées, selon ses priorités. Enzo se sent pris dans un piège et Don Pablo a encore l'espoir de contrôler la situation. Don Pablo reprend la parole.

- Fais en sorte que Suma Uta continue encore un temps. On peut encore en avoir besoin et il n'est pas nécessaire d'attirer l'attention avec une fermeture alors que tout est trop frais. Ça veut dire que tu fais en sorte que le financement ne s'arrête pas brusquement.
- Mais ça va me coûter les yeux de la tête.
- Et alors ? Tu ne crois pas que tu vas te tirer de toute cette merde sans laisser des plumes.
- Ok. Je vais faire en sorte que Suma Uta continue. Mais j'espère que ça va s'arrêter très vite.
- Ça s'arrêtera quand il le faudra. Ce n'est pas toi qui décides.
- Je ne pourrai pas financer très longtemps.
- A plus forte raison tu accélères le lavage. Magne-toi bordel.

Enzo garde le silence. Que peut-il dire de plus ? Il ne lui reste qu'à faire en sorte de finir son boulot au plus vite.

Wara revient de la Ceja avec le journal. Il y a un article sur l'évêque de El Alto. Le journaliste a retrouvé le certificat du mariage civil de celui-ci. Cela vient confirmer les rumeurs qui

couraient depuis un certain temps sans qu'il y ait de preuve. Voilà qui est fait. Wara tend le journal à Nicolas en lui signalant l'article. Nicolas le lit.
- Quelle bande d'hypocrites, déclare Nicolas. Ils savent bien s'accommoder du célibat comme cela les arrange.
Wara craint que Nicolas n'envenime l'entrevue qu'ils doivent avoir cet après-midi avec l'évêque. Nicolas devine ce qu'elle pense :
- Ne t'en fais pas. Je saurai me tenir cet après-midi. Il faut que Suma Uta continue.
Avec Gerardo ils vont essayer de faire en sorte que Suma Uta perdure pour les enfants et aussi pour le quartier avec le centre de santé.

Andres vient chercher Nicolas pour jouer au futsal en attendant le repas de midi. Voilà Nicolas parti avec le gamin en riant. La partie commence et Nicolas et Jaime sont adversaires d'un jour. Nicolas doit toujours se retenir pour ne pas faire mal aux joueurs des deux équipes. Les gamins viennent souvent le chercher pour jouer avec eux.

Au repas de midi, Nicolas retrouve Gerardo et Wara à leur table. La discussion revient sur l'article du journal. Mais Wara recentre le débat sur l'entrevue.
- D'accord, mais on va d'abord le voir pour sauver Suma Uta de la fermeture.
- On est bien d'accord sur cela. Ne t'en fais pas.

La Ceja grouille de minibus qui déversent leurs passagers sur le bitume. Les piétons jonglent avec eux dans une espèce de ballet rythmé par les coups de klaxons. Wara, Nicolas et Gerardo sont descendus du leur et se dirigent vers la petite place triangulaire enclavée entre la grande avenue et l'aéroport. Là, dans la pointe du triangle, se trouve l'évêché de El Alto.

Le bureau de l'évêque se trouve tout au sommet de l'édifice comme Dieu le père dans son ciel. Ils montent les escaliers. La secrétaire leur demande de patienter. Ils vont s'asseoir dans les fauteuils fatigués de l'espace d'attente.

Ils sont là depuis dix minutes, en silence. Deux femmes et un homme sortent du bureau de l'évêque. Gerardo reconnaît une des femmes, une avocate. Cela va être à eux. La secrétaire entre dans le bureau. Lorsqu'elle en ressort peu de temps après, elle leur demande d'entrer. Tous les trois se lèvent.

Le prélat est assis derrière son bureau l'air contrarié. Il leur fait signe de prendre place sur les chaises disposées devant le meuble.

- Bonjour, dit-il.
- Bonjour disent-ils l'un après l'autre.
- Qu'est-ce qui me vaut votre visite ?
- Nous avons indiqué à votre secrétaire l'objet de cette visite. Il s'agit de l'avenir de Suma Uta.

Wara cache son agacement de la question de l'évêque.

- Oui, oui, bien sûr.
- Nous sommes inquiets de l'avenir de Suma Uta après ce qui s'est passé avec son directeur, le père Enzo. Comment voyez-vous l'avenir du centre ? Demande Gerardo.
- C'est une ONG du père Enzo justement. Le diocèse n'a rien à voir avec cette institution. C'est à lui de voir ce que va devenir l'institution.
- Je vous demande pardon. C'est une œuvre sociale de l'église. Il existe une convention entre le diocèse et Suma Uta. Le terrain sur lequel est situé Suma Uta appartient à l'évêché, reprend Gerardo.
- C'est bien le père Enzo qui en est le directeur. Pour le moment c'est toujours lui. C'est encore lui qui finance Suma Uta.

C'est lui qui vous a embauchés. Je crois que c'est à lui de vous répondre.
- Pour cela il faudrait que nous sachions où il loge. Pouvez-vous nous indiquer où le trouver ? Demande Nicolas.
- Pour le moment il est dans une maison de retraite. Je ne peux vous donner son adresse pour ne pas perturber sa réflexion.
- Nous sommes conscients que Suma Uta est dans une phase de transition. Pour pouvoir continuer, on va devoir changer de directeur et revoir son financement. Vous, comme diocèse, allez être l'institution de tutelle. C'est pour cela que nous sommes ici aujourd'hui, pour voir comment va se faire la transition.

Wara est mal à l'aise avec la position que semble prendre l'évêque.
- Je ne vois pas en quoi cette transition dont vous parlez concerne le diocèse.
- La convention signée par le diocèse est très claire : le diocèse qui a mis à disposition le terrain, est le responsable du projet. Le père Enzo s'est engagé au financement de Suma Uta.

Gerardo est celui qui a le plus étudié l'aspect juridique de Suma Uta.
- Vous êtes le responsable du père Enzo, reprend Nicolas. C'est vous qui lui avez confié cette responsabilité et c'est vous qui allez lui enlever. Il semble que votre responsabilité est engagée tant au niveau du droit canon qu'au niveau des juridictions civiles.

L'évêque est embarrassé par la tournure de la discussion. Il ne peut s'en sortir facilement.
- En fin de compte que voulez-vous ?
C'est Wara qui s'exprime :
- Nous voulons que Suma Uta continue. Nous avons une responsabilité vis à vis des enfants, d'autant plus grande que le père Enzo a abusé d'eux. Nous avons aussi une responsabilité envers les habitants du quartier avec le centre de santé. Nous ne pouvons laisser tomber ni les uns ni les autres. Alors, ce que nous

voulons savoir, c'est ce que vous comptez faire pour que cela continue et comment vous pensez assurer le financement de Suma Uta ?
- Je note ce que vous me dîtes. Mais maintenant je dois consulter. Laissez-moi le temps de le faire.
- Nous avons vu sortir de chez vous, pendant que nous attendions, vos conseillers juridiques. Vous les avez déjà consultés. J'espère qu'ils seront de meilleur conseil à l'avenir.
Nicolas bout intérieurement. Pragmatique, Gerardo demande :
- Quand pouvons-nous revenir pour avoir une réponse claire à nos préoccupations ?
Conscient que la situation ne peut pas s'éterniser l'évêque leur propose :
- Revenez dans trois jours à la même heure.
Tous les trois se lèvent et prennent congé. Ils descendent les escaliers en faisant, mentalement chacun, l'analyse de ce qui vient d'être dit. Une fois dans la rue ils peuvent échanger :
- On ne pouvait pas en tirer plus pour aujourd'hui, dit Gerardo.
- Je pense qu'il va prendre des mesures concrètes d'ici trois jours, ajoute Wara.
- Il faudra que nous envisagions les possibilités qui s'offrent à nous pour ne pas être pris de court, suggère Nicolas.

Ils sont de retour à Suma Uta. C'est la fin de la journée et les enfants se rassemblent sur le terrain de futsal. Andres vient chercher Nicolas pour jouer avec eux. Wara se rend au centre de santé.
Les équipes se forment et la partie peut commencer. L'enjeu est une bouteille de soda pour les vainqueurs. Les engagements sont parfois violents, l'enjeu mêlé avec l'orgueil fait que chacun veut gagner ce match. Malgré tout la mi-temps est atteinte sur un score nul de zéro à zéro. Il était prévu que Nicolas change d'équipe à la mi-temps pour équilibrer les débats. Les enfants

rêvent de leurs idoles du championnat bolivien et s'identifient à eux. Le match reprend.

Andres se retrouve en position d'avant-centre. Il court après le ballon. Le gardien adverse s'avance vers lui tout en lui fermant l'angle de tir. Andres arrive le premier sur le ballon et l'expédie dans le but. Mais le gardien ne peut retenir son élan et le choc est inévitable. Andres est projeté sur le montant en fer des buts. C'est violent et il reste au sol. Il commence à pleurer et à se plaindre de sa jambe gauche qui a touché le montant en fer. Il essaie de se relever mais il se retrouve de nouveau en position assise, il ne peut marcher. Sa jambe ne le supporte pas et lui fait trop mal.

Nicolas s'est approché et en voyant la jambe d'Andres pense tout de suite à une fracture.

- Jaime, vite, va au centre de santé et demande que quelqu'un vienne avec un brancard.

Jaime part en courant. Nicolas fait étendre Andres sur le sol et essaie de lui trouver la position la plus confortable pour sa jambe. Les joueurs sont en cercle autour d'eux. Tristes. Ils ne parlent pas.

Ruth arrive avec le brancard.

- Qu'est-ce qui est arrivé ? demande-t-elle.

- Il semble que Andres se soit cassé la jambe, lui répond Nicolas.

Tous les deux ils mettent Andres sur le brancard et partent en direction du centre de santé. Andres continue de pleurer de douleur. Ils placent le brancard dans la salle de consultation de Wara. Celle-ci examine la jambe d'Andres. Elle découpe le pantalon avec une paire de ciseaux.

- C'est certainement une fracture. Nous n'avons pas de radio ici, ni les moyens de lui mettre un plâtre. Il faut l'amener à l'hôpital du nord. Laura, demande leur d'envoyer une ambulance.

Laura prend son téléphone et demande l'ambulance à l'hôpital.

- Ils arrivent, dit-elle.

On ne sait pas combien de temps cela va prendre car la circulation est terriblement bouchée à Rio Seco et pratiquement personne ne fait cas de la sirène de l'ambulance.

Celle-ci mettra plus d'une demi-heure pour parcourir les sept kilomètres qui séparent l'hôpital de Suma Uta. Wara se prépare pour accompagner Andres à l'hôpital. Mais celui-ci demande à Nicolas de venir aussi. Ils disposent Andres sur la civière de l'ambulance et la rangent dans le véhicule. Ils repartent avec la sirène pour faire plaisir au blessé.

Après la visite des membres de Suma Uta l'évêque avait pris son téléphone pour appeler l'évêque de La Paz.
- Bonjour Monseigneur.
- Bonjour Monseigneur, comment vas-tu ?
- J'ai un gros souci avec le père Enzo. Tu dois être au courant.
- J'ai su qu'il avait été pris sur le fait en train de violer un gamin.
- C'est pour cela que je t'appelle. Il ne faut pas que la réputation de l'église soit entachée par ce qu'a fait le père Enzo. Pour faire taire les rumeurs et protéger l'église, le mieux serait qu'il disparaisse un temps.
- Je crois que tu as raison. Que proposes-tu ?
- Il faudrait lui trouver un coin isolé dans ton diocèse, mais pas à la campagne car il faut qu'il reste à notre disposition en ville.
- En ville c'est plus compliqué mais pas impossible.

Un silence se fait sur la ligne, les deux prélats réfléchissent à un lieu. L'archevêque de La Paz reprend la parole :
- Il y aurait peut-être une possibilité. Il s'agit du foyer pour personnes âgées de San Ramon à Achumani. La supérieure m'a demandé il y a peu si je n'avais pas un aumônier pour elles.
- Mais ce serait parfait, s'exclame l'évêque de El Alto. Je peux t'envoyer le père Enzo.

- D'accord, tu me l'envoies. Mais il faut qu'il abandonne son appartement de Miraflores.
- Absolument, ne t'inquiètes pas. Je te remercie de m'enlever cette épine du pied.
- À charge de revanche. Au revoir Monseigneur.
- Au revoir Monseigneur.

L'ambulance arrive à l'hôpital du nord. La grille se referme derrière elle et elle se gare devant l'entrée des urgences. La civière est descendue de l'ambulance. Wara et Nicolas suivent. Le médecin de garde demande :
- Bonjour Wara. Ça va ?
- Bonjour Carlos. Je crois que le gamin a une fracture de la jambe. Il jouait au foot et voilà.
- Bon on va voir ça.
Il se penche sur la jambe d'Andres.
- Il semble que cela soit ce que tu dis. On va faire une radio.

Il remplit les papiers pour faire la radio et demande à un infirmier de piloter Andres jusqu'au local de radiologie.

Andres regarde Nicolas d'un air suppliant pour que celui-ci vienne avec lui. Nicolas a compris et emboîte le pas de l'infirmier.
- Ne te fais pas de souci Andres. Je vais avec toi.

Nicolas restera dans le couloir pendant que l'on fera la radio de la jambe d'Andres. Les voilà repartis vers les urgences avec la radio.
- Voilà la radio dit l'infirmier.
- Voyons cela répond Carlos.
Il met la radio sur l'écran de lecture. La fracture est bien là, tout à fait nette.
- Eh bien Andres tu vas avoir un beau plâtre durant quelques semaines, dit Wara.
- Je vais t'en faire un très beau lui dit Carlos.

Il tend une feuille à Wara avec la liste de ce qu'il a besoin pour faire le plâtre et les médicaments pour Andres. Wara se rend à la pharmacie de l'hôpital et achète tout ce qu'il y a sur la liste. Elle retourne vers Andres et Carlos. Elle tend à Carlos le nécessaire pour le plâtre et va chercher un verre d'eau pour qu'Andres prenne son antalgique. Nicolas essaie de plaisanter avec lui pour qu'il prenne son mal en patience. Le médicament finit par faire effet et Andres a maintenant moins mal.

Voilà Andres muni de son plâtre. Ils peuvent repartir à Suma Uta. Pour le retour pas d'ambulance. Nicolas sort sur l'avenue pour arrêter un taxi et négocier le prix jusqu'à Suma Uta. Une fois d'accord, il va chercher Andres et Wara. Arrivés à Suma Uta, Andres est assuré d'être le centre d'attention de l'ensemble des gamins.

La secrétaire vient d'annoncer l'arrivée du père Enzo à l'évêque.
- Monseigneur vous attend, dit-elle à Enzo.
Celui-ci passe la porte du bureau.
- Bonjour Monseigneur.
- Ah enfin te voilà. Tu en as mis du temps pour arriver.
Il veut bien montrer qui a le pouvoir dans ce bureau. Enzo reste silencieux attendant la suite.
- Tu dois imaginer que ce que tu as fait va avoir des conséquences.
Enzo fait le dos rond.
- D'abord tu ne fais plus partie de mon diocèse. Tu es muté en bas, à La Paz. Tu iras voir Monseigneur l'Archevêque en sortant de ce bureau. Tu va être nommé aumônier du foyer de personnes âgées San Ramon. Les religieuses ont demandé à avoir un aumônier. Cela ne te fera pas de mal de célébrer quelques messes. Tu en avais perdu l'habitude.

- Mais Monseigneur, n'y a-t-il pas une autre possibilité ? demande Enzo.
- Je te rappelle que tu me dois obéissance. Tu es muté à La Paz pour être aumônier de San Ramon. Je ne crois pas que tu sois en mesure de négocier quoi que ce soit.
- Je comprends très bien que vous deviez prendre des mesures …
- Je te rappelle que tu devrais être dans une cellule. Mais nous ne voulons pas que tu portes préjudice à l'église. C'est pourquoi nous avons décidé de ce poste pour toi.

Enzo comprend qu'il ne peut rien faire et que finalement il ne s'en tire pas si mal.
- Et je te conseille de ne pas faire de vague. Fais-toi oublier.

L'évêque regarde Enzo pour s'assurer qu'il a bien compris.
- Ah et puis j'oubliais. Tu abandonnes ton appartement de Miraflores. Tu ne peux pas y retourner. C'est fini. San Ramon et c'est tout.
- Mais …
- Pas de mais. Tu déménages toutes tes affaires. Si tu ne sais pas où les mettre tu peux toujours en faire don. Tu as une semaine pour déménager.

Comme s'il allait oublier le plus important, l'évêque rajoute :
- Et surtout n'oublie pas que tu ne peux, sous aucun prétexte, te rendre à Suma Uta. Ton obligation est de faire en sorte que le financement continue, mais tu ne peux mettre les pieds là-bas.

Ne voyant rien à ajouter il prend congé :
- Dès ce soir, tu dors à San Ramon. Tu peux aller voir l'Archevêque.
- Bonsoir Monseigneur.

Enzo se lève pesamment et sort du bureau. L'évêque de El Alto se sent tout d'un coup soulagé d'un grand poids : grâce à Dieu…

Wara et Nicolas sont maintenant chez eux. Ils font le bilan de la journée.
- Nous n'avons rien de concret avec l'évêque dit Nicolas.
- C'est vrai, mais demain on peut reprendre un rendez-vous pour insister.
- Bien sûr qu'il faut insister. On ne peut pas laisser tomber aussi facilement.
Wara pense à Andres.
- Je crois que j'ai un faible pour Andres.
- C'est un bon gamin qui n'a pas été gâté par la vie.
- Je me demande ce que l'on peut faire pour lui.
- Tu penses à quoi ?
- Non juste je me demande…
D'un commun accord ils rejoignent la chambre pour la nuit.

Le lendemain ils se lèvent pour une nouvelle journée d'incertitude. Après le petit déjeuner ils rejoignent le centre de santé. Les portes s'ouvrent et la queue de tous les jours les attend. Ils commencent à soigner les malades.

Un homme en costume pousse la porte. Il est grand et porte une moustache signe de son appétence pour le pouvoir.
- Où est la docteure Choque ? demande-t-il à Laura.
- Elle est avec un malade. À qui ai-je l'honneur ?
- On verra ça plus tard. Dites-lui que quand elle aura fini avec le malade, elle vienne me rejoindre dans le bureau du directeur.

Il ressort sans attendre de réponse. Il traverse le terrain pour arriver au bureau du directeur. Gerardo, convoqué par lui, attend devant la porte.
- Bonjour. Je suis Gerardo. Vous me cherchez ?
- C'est exact, répond-t-il en ouvrant la porte.

Il contourne le bureau et va s'asseoir dans le fauteuil.
- Donc vous êtes Gerardo, un des éducateurs de Suma Uta.
- C'est exact. Et vous qui êtes-vous ?

- Je suis le nouveau directeur.
- Je suppose que vous avez un document qui le prouve.
- Mais comment donc.

Il sort de son sac à dos un dossier. Il prend à l'intérieur une feuille de papier et la tend à Gerardo. Gerardo lit :
- Maître Juan Gutierrez Angulo est nommé à ce jour directeur de Suma Uta.

Le tout est signé par l'évêque de El Alto.
- Nous allons en faire une photocopie pour l'ensemble du personnel de Suma Uta.
- Si vous voulez.

Gerardo est surpris par la rapidité de la nomination. Mais cela semble être une conséquence de la visite d'hier à l'évêque. Par cette nomination, l'évêque assume la responsabilité de Suma Uta. Un grand pas en avant. Il met en marche la photocopieuse et fait un exemplaire pour chaque membre du personnel de Suma Uta.

Wara arrive entre temps.
- Vous m'avez fait demander. Qui êtes-vous ?
- Je suis le nouveau directeur, dit Maître Gutierrez.

Gerardo lui tend une des photocopies qui vient de sortir de la machine. Wara prend le temps de lire la photocopie.
- L'évêque aurait pu venir vous présenter.
- Cette photocopie est plus que suffisante. Monseigneur a d'autres activités aujourd'hui.
- Ça ne fait rien, c'est quelque peu insolent de sa part. Nous méritons un peu plus d'attention.
- Nous aurons une réunion dans l'après-midi avec l'ensemble du personnel. Maintenant je voudrais rentrer ma voiture. Qui ouvre le portail ?
- Cherchez José, c'est lui qui a les clefs.

Sur ces paroles, Wara sort du bureau et Gerardo la suit. Ils sont furieux. Ils n'apprécient pas la façon dont Maître Gutierrez les a traités ni l'attitude de l'évêque.

Enzo après avoir descendu Llojeta débouche sur l'avenue Costanera. Il vient de faire un dénivelé de sept cents mètres. Il continue sur cette voie rapide pour rejoindre Achumani et le foyer San Ramon. Là il dispose d'une chambre avec salle de bain et d'un bureau. C'est beaucoup moins que son appartement. Il a cependant pu caser quelques meubles qu'il avait là-bas, comme son lit.

Il s'assoit à son bureau et met en route son ordinateur. Il veut prendre contact avec son mandataire en Italie.

Enzo en difficulté.

Enzo commence sa journée à six heures du matin. Il a du mal avec cet horaire imposé par les religieuses du foyer San Ramon. Ce n'était pas dans ses habitudes de se lever si tôt le matin. A six heures et demie il célèbre la messe pour la communauté des religieuses. Il le fait le ventre vide. Il ne prend son petit déjeuner qu'après la messe. Heureusement la messe ne dure qu'une petite demi-heure. Il s'agit de respecter l'ensemble des rubriques du rite sans se préoccuper du sens que l'on peut lui donner. Ça, ça lui va bien.

Une fois son petit déjeuner ingurgité il prend sa voiture. Il a pu la sauver du naufrage. Il prend la direction de El Alto, de l'aéroport. En entrant dans la ligne droite qui conduit au parking il est content d'échapper aux bouchons qui prennent en otage la Ceja de El Alto tous les jours.

Il gare sa voiture sur le parking et se dirige à pied vers les bureaux de la douane. Là il demande à voir Santiago Conde qui est le directeur adjoint du bureau de la douane de l'aéroport. On le conduit jusqu'à son bureau.

- Bonjour Santiago, lance Enzo en entrant.
Santiago lève la tête de ses papiers et semble contrarié par l'apparition d'Enzo.
- Bonjour Enzo. Qu'est-ce qui t'amène ?
- On va avoir une expédition la semaine prochaine.
Santiago se lève et entraîne Enzo vers la sortie. Ce n'est qu'une fois dehors qu'il accepte de parler.
- Il y a des soupçons contre moi. Je suis surveillé et peut-être enregistré. C'est mieux ici.
Ils se mettent sous un des rares arbres du coin, tant pour l'ombre que pour la discrétion.
- D'accord, dit Enzo. Comme je te le disais on va avoir une expédition la semaine prochaine.
- Ce sera la même chose que la dernière fois ?
- Non c'est plus important et cette fois ce sera dans de l'artisanat.
C'est Santiago qui avait suggéré de mettre ça dans de l'artisanat, plus facile à éviter les contrôles. C'est le "plus important" qui l'inquiète.
- De quelle quantité parlons-nous ?
- Il y aura cent colis de vingt-cinq kilos chacun.
- Mais c'est énorme !
- Oui mais après tu seras tranquille pendant un bout de temps.
- Quelles sont les compagnies aériennes concernées.
- Les trois qui opèrent à l'international sur El Alto. Ça partira le même jour.
- Tu veux dire la même nuit. Il faut donc que je bosse la nuit la semaine prochaine. Cent colis c'est beaucoup. Il faudra que je mette plus de personnes sur le coup.
- C'est prévu.
Enzo lui tend une enveloppe jaune.
- Il y a vingt-cinq mille dollars. Il y en aura autant après le départ de la marchandise.

- Ce n'est pas assez. Il me faut trente-cinq mille tout de suite.
- N'exagère pas. Je suis autorisé à te donner trente mille maintenant, autant après.
- D'accord pour trente mille maintenant, mais c'est trente-cinq après.

Enzo sort une autre enveloppe de sa poche et la lui tend.
- Voilà cinq mille de plus. Tu auras trente-cinq mille ensuite.

Enzo sait que si Santiago se débrouille avec les employés il restera quarante mille pour Santiago à la fin.
- Je t'informe du jour exact avant dimanche soir.

Ils se serrent la main et s'en vont chacun de leur côté.

La vie à Suma Uta est devenue compliquée avec l'arrivée du nouveau directeur. D'un côté il cherche à affirmer son autorité. D'un autre côté il semble tout faire pour préparer la fermeture de Suma Uta. Les relations sont pour le moins tendues avec lui. Mais cela se ressent aussi au niveau des relations entre les membres du personnel.

Il est l'heure de fermer le centre de santé. Laura ferme les portes de la rue. Elle va prendre congé de Wara.
- A demain, lui dit-elle.
- Mais je t'avais demandé de rester pour m'aider à faire le rapport que demande Gutierrez.
- Je suis désolée mais mon mari râle car depuis qu'il est arrivé on fait trop d'heures sup, non payées.
- Pour moi c'est pareil, dit Ruth. A demain, ajoute-t-elle.

Wara comprend mais est furieuse. Elle cherche Nicolas.
- Viens m'aider, lui dit-elle.
- Désolé je dois aller voir Andres. Je lui ai promis d'y aller dès la fermeture du centre de santé.

Wara claque la porte. Nicolas sort du centre de santé. Il va vers la chambre d'Andres qui ne peut pas encore marcher normalement malgré son plâtre de marche.

- Bonjour Andres. Comment vas-tu ce soir ?
- Ça va, mais je m'ennuie un peu.
- Qu'est-ce que tu veux qu'on fasse ? Un jeu ?
- J'ai une question.
- Oui je t'écoute.
- Cela fait plusieurs jours que je n'ai pas vu Enzo dans les parages. Il ne vient plus ?
- Non Andres. Enzo ne peut plus venir à Suma Uta.
- Alors on ne le reverra plus ?
- Sans doute que non.
- Eh bien je suis bien content.

Nicolas est sur ses gardes. La question d'Andres fait qu'il se demande si Andres n'est pas une des victimes d'Enzo.

- Ah oui, pourquoi tu es bien content ?
- Je ne l'aime pas.
- Tu peux me dire pourquoi tu ne l'aimes pas ?

Un long silence s'installe. Andres semble sur le point de dire quelque chose et en même temps de se raviser.

- Si je te dis quelque chose, tu ne le diras à personne ? Demande Andres.
- Ça dépend, répond Nicolas qui ne veut pas être pris au piège du secret.

Andres est reparti dans son silence. Au bout d'un moment il reprend la parole :

- Ça ne fait rien. Enzo me fait des choses quand il est là.
- Tu veux dire des choses qui ne sont pas bien
- Oui des choses qui me font mal.
- Il te bat ?
- Non c'est autre chose.

Nicolas commence à voir poindre le récit des exactions d'Enzo.

- Il t'oblige à subir des choses de sa part ? Demande Nicolas.
- Oui.

Une fois de plus le silence.
- Je n'aime pas du tout ce qu'il me fait, finit par dire Andres.
- Ce qu'il te fait est sûrement très mal et ce n'est pas de ta faute, dit Nicolas.
- Mais j'ai honte de ce qu'il me fait.
- Est-ce que je peux te poser des questions sur ce qu'il te fait ?
- Oui, ça peut m'aider.
- Est-ce qu'il t'embrasse ?
- Oui.
- Sur la bouche ?
- Oui.
- Est-ce qu'il te déshabille ?
- Il enlève mon pantalon.
- Est-ce qu'il touche ton sexe ?
- Oui, mais il m'oblige aussi à toucher le sien.

Les larmes envahissent les yeux d'Andres. Nicolas décide de ne plus poser de questions. Il en sait assez. Son expérience rejoint celle d'Andres.

Wara qui a décidé qu'elle en avait assez fait pour aujourd'hui, vient rejoindre Nicolas et Andres. Elle a entendu les dernières phrases échangées. Nicolas lui fait signe de prendre dans ses bras Andres. Lui ne peut pas et ce serait de trop mauvais souvenirs pour Andres. Wara vient consoler Andres et le prend dans ses bras. Andres pleure à chaudes larmes.

- Je n'aime pas l'idée de laisser Andres ici cette nuit, dit Nicolas.
- Je pensais un peu à la même chose, lui répond Wara. On peut le prendre chez nous cette nuit.
- Oui, c'est bien, dit Nicolas.

Nicolas porte Andres jusque chez eux. Ils l'installent dans le sofa. Après avoir mangé la soupe Andres s'endort rapidement. Wara et Nicolas passent dans leur chambre. Ils restent en silence, en essayant d'assimiler ce qu'Andres leur a confié. Ils ne peuvent

qu'écouter et accueillir dans le silence ce qui les glace d'effroi. Finalement Nicolas prend la parole.
- Qu'est-ce que l'on peut bien faire pour qu'Enzo paye pour ce qu'il a fait.
- Si on va directement voir le procureur, il n'est pas sûr qu'il prenne au sérieux la plainte. Ce que l'on risque c'est que les services sociaux viennent prendre en charge Andres et que Suma Uta soit fermé. Mais sans qu'Enzo ne soit pour autant inquiété.
La frustration est grande pour eux et ils se sentent impuissants devant l'injustice. Finalement il leur faut se rendre à l'évidence :
- On va devoir se farcir de nouveau l'évêque, dit Nicolas.
- Oui mais il nous faut des arguments pour le pousser à agir.
- Tu sais que nous n'avons pas examiné à fond ce que j'ai pu récupérer sur l'ordinateur d'Enzo. Il me faudrait du temps pour explorer le contenu de la clef usb.
- Pourquoi ne prends-tu pas la journée de demain pour faire ça. Je te couvre au centre de santé.
- D'accord.
Même s'ils ont du mal à trouver le sommeil, ils laissent le silence profond de l'*altiplano* prendre possession de la maison.

- Bonjour, dit Gerardo en entrant chez Wara et Nicolas. Comment ça va ?
- Bonjour, répond Wara. Je file au centre de santé.
- Bonjour Gerardo dit à son tour Nicolas. Ça va et toi ?
- On fait aller. Je suis venu chercher Andres pour qu'il rejoigne son équipe.
Andres pensait pouvoir continuer de profiter de la maison de Wara et Nicolas. Ce ne sera pas le cas.
- C'est bien que tu sois venu, dit Nicolas. Je vais essayer d'éplucher la clef usb avec ce que j'ai pu récupérer de l'ordinateur d'Enzo. Amusez-vous bien.
- Ouais peut-être.

Gerardo pense que le psychologue va venir aujourd'hui pour une prise de contact avec les victimes d'Enzo.
- J'espère que tu trouveras des choses qui nous serviront. Bonne chasse, ajoute-t-il.
Il prend Andres dans ses bras et le porte jusqu'à la salle de réunion.

Enzo est arrivé à San Ramon. Il va directement à son bureau. Il s'installe devant son ordinateur et le met en route. Pendant que celui-ci se réveille, Enzo pense à ce que son mandataire va bien pouvoir lui donner comme nouvelles. Il ouvre Skype et l'appelle.
- Bonjour Andrea, comment vas-tu ?
- Bonjour Enzo.
- As-tu de bonnes nouvelles pour moi, demande Enzo.
- Je n'ai pas grand-chose répond Andrea. Le marché immobilier est assez calme en ce moment et les gens se méfient de l'argent grisâtre.
- Mais qu'est-ce que tu as trouvé comme immeuble ?
- J'ai quelque chose de possible du côté de Naples, mais tu veux plutôt au nord.
- Oui j'aimerais bien du côté de Turin ou Milan.
- Là c'est plus difficile. Tu as trop d'argent pour une villa et pas assez pour un immeuble au centre-ville. Et comme je te disais les gens se méfient de l'argent grisâtre. Pourquoi tu ne fais pas l'opération en Bolivie ?
- Je t'ai expliqué, Andrea, que mon mandant ne veut pas que cela se fasse ici. Il veut que cela se fasse en Italie.
- Alors il faut savoir s'il accepterait deux ou trois villas ou s'il peut mettre un peu plus d'argent pour un immeuble. Et puis j'espère que l'IOR ne changera pas sa politique sur l'argent sale.
- Bon je vais prendre contact avec mon mandant et je reviens vers toi.
- D'accord Enzo. Ciao.

- Ciao.

Nicolas s'est installé à la table avec l'ordinateur. Il branche la clef usb. Il ouvre la clef et sur l'écran apparaissent les différents dossiers. Il y a des vidéos qu'Enzo a gardées mais aussi des archives de son courrier électronique. Nicolas décide de commencer par le courrier électronique. Il commence par chercher les courriers qui pourraient être compromettants. Enzo est en relation avec des pédophiles avec qui il partage les vidéos de ses abus sexuels avec les enfants. Il y a aussi des courriers avec ceux qui financent Suma Uta. Enfin, des courriers avec Don Pablo.

Nicolas ouvre le dossier des vidéos. C'est le plus lourd. Il y a plusieurs sous dossiers avec les noms des enfants de Suma Uta. Enzo a filmé ses abus sexuels avec les différents enfants. Nicolas ne regarde pas les vidéos. Il compte le nombre de sous dossiers. Cela concerne vingt des trente-cinq enfants de Suma Uta. C'est énorme. Le prédateur a sévi avec la majorité des gamins.

Nicolas continue son investigation dans la clef usb. Il ouvre maintenant les courriers avec Don Pablo. La plupart concernent les expéditions et la manière dont l'organisation criminelle profite de Suma Uta. Nicolas apprend là comment Enzo manipule les éducateurs et le personnel de santé, au profit de l'organisation criminelle de Don Pablo. Cela confirme ce que Nicolas soupçonnait mais il n'apprend rien de particulier.

Cependant dans un recoin de la clef il trouve un petit dossier avec une correspondance de Don Pablo concernant l'évêque de El Alto. Un premier mail de Don Pablo adressé à Enzo :

"Enzo il faut que tu mettes un frein à tes déviances sexuelles. Si tu n'en es pas capable il nous faudra mettre un terme à nos relations. Cela devient trop dangereux. Même ton évêque commence à avoir des soupçons."

Il n'y a pas la réponse d'Enzo. Mais ce mail est suivi d'un autre :

"Cela a assez duré. J'ai eu une rencontre avec ton évêque et je l'ai mis au courant de tes agissements avec les gamins."

Donc l'évêque est au courant, pour Nicolas c'est intéressant. Le mail suivant est justement de l'évêque :

"Suite à notre conversation je te confirme que je serai dans l'obligation de sévir dans le cas où tu poursuivrais tes agissements"

Rien de concret mais on sait bien de quoi il veut parler, sauf qu'il prend garde de ne pas se mouiller. Le dernier est la réponse d'Enzo à l'évêque :

"J'ai parfaitement compris et je vous assure que tout va rentrer dans l'ordre."

Enfin Nicolas ouvre le dossier des finances de Suma Uta. Là Nicolas comprend les liens avec Don Pablo, avec l'IOR et avec l'évêque en ce qui concerne le financement de Suma Uta. Celui-ci dépend essentiellement du lavage de dollars de Don Pablo et de l'évêque qui ferme les yeux grâce à une commission importante. En fait il est acheté. C'est d'ailleurs sa préoccupation qui s'exprime dans le mail suivant :

"Enzo, je suis inquiet car Don Pablo parle de couper sa participation au diocèse. Tu dois absolument en finir avec tes agissements sinon nous n'aurons plus aucun financement ni toi ni moi."

Nicolas ne revient pas bredouille de sa pêche dans la clef usb. D'abord les vidéos et photos conservées par Enzo sont particulièrement compromettantes. Ensuite il a maintenant la preuve que l'évêque est au courant des abus sexuels d'Enzo. Enfin il y a pas mal d'éléments qui prouvent le financement de Suma Uta avec de l'argent sale.

Le soir Nicolas fait part à Wara de ses découvertes.

- Tu as fait du bon boulot, remarque Wara.

- Oui, mais comment va-t-on utiliser toutes ces informations ?
- Il faut essayer de faire admettre à l'évêque qu'il est au courant de ce que fait Enzo.
- Tu as raison. On garde les mails pour la fin, pour le mettre en contradiction.
- On commence par les photos puis les preuves qu'il est financé par Don Pablo.
- Je ne crois pas qu'il nous donne un rendez-vous cette fois-ci. Il va falloir faire le siège de son bureau pour pouvoir le voir. Peux-tu venir demain ?
- Je préfère que l'on fasse cela le jour suivant.
- Bon d'accord, on repousse d'une journée.

Enzo a l'impression d'être reclus dans ce foyer de San Ramon. Il est surveillé quand il sort, où il va, etc. La supérieure l'oblige à rendre compte de ce qu'il fait en sortant du foyer. C'est l'évêque de La Paz qui lui a demandé de lui faire des rapports suivis sur ses faits et gestes.

Il est dans sa chambre à ronger son frein. Il prend son téléphone et appelle Don Pablo. Celui-ci ne répond pas et Enzo est obligé de laisser un message.

- Bonjour Don Pablo. Il faudrait que l'on parle pour savoir quelle pizza vous préférez. J'attends votre appel.

Il coupe le téléphone et maintenant il attend des nouvelles des paquets pour l'expédition de la marchandise en Italie. Le temps lui semble long. Il allume la télé pour regarder un match de foot.

Ivan appelle dans l'après-midi pour l'informer que les paquets sont pratiquement prêts et qu'ils arriveront à La Paz après-demain. Cela lui laissera le temps de s'organiser avec la douane demain.

Ce n'est que tard le soir que Don Pablo appelle pour savoir de quoi il retourne. Enzo le met au courant de sa conversation avec Andrea. Don Pablo lui confirme que cela doit se faire à Turin ou à Milan. Il pense pouvoir ajouter un million à la somme qui est déjà sur le compte de l'IOR.

Enzo a compris que Don Pablo est de mauvaise humeur et qu'il a une dent contre lui. Demain il appellera son mandant en Italie.

Le lendemain, Wara et Nicolas prennent le temps de réunir l'ensemble du personnel de Suma Uta. Nicolas informe de ce qu'il a trouvé dans la clef usb qui implique Enzo dans les abus sexuels ainsi que dans l'organisation de Don Pablo. Laura demande la parole :

- Nous nous affrontons à une organisation puissante. J'avoue que j'ai peur. Hier j'ai reçu un mail qui me fait des menaces. "Il serait temps de penser à toi et ta famille. Suma Uta ne va que t'attirer des ennuis." Voilà ce qu'il disait. Anonyme, bien sûr. Mais comment ont-ils pu avoir mon adresse mail ?

Cristina prend la parole à son tour :

- Moi aussi j'ai eu des menaces. Au téléphone cette fois. On m'a dit : "si tu veux rester entière il vaudrait mieux prendre tes distances avec Suma Uta." J'avoue que je ne suis pas tranquille.

- La nuit il y a des personnes suspectes qui rôdent autour de Suma Uta, ajoute Jose.

- Il va falloir que l'on redouble d'attention dit Gerardo.

- C'est à vous de voir. Mais si vous pensez ne plus pouvoir continuer, on comprendra, dit Wara.

- Je crois qu'il faut que l'on fasse le point tous les jours. Je propose que l'on se réunisse tous les soirs à six heures, ajoute Nicolas.

Le docteur Condori prend la parole :

- Demain on se débrouillera sans vous Wara et Nicolas. Allez voir si vous pouvez choper l'évêque.

Enzo se réveille une demi-heure plus tôt pour appeler l'Italie.

- Bonjour Andrea. Tu vas voir arriver sur le compte de l'IOR un million de plus. Il faudrait que tu trouves très vite quelque chose pour faire l'opération.
- Tu sais Enzo, c'est à peine suffisant pour un immeuble, mais je vais voir cela dans la journée. Je te tiens au courant.

Il continue :
- Dis donc Enzo tes préférences sexuelles font du bruit ici à Rome.
- Oui j'ai eu quelques difficultés il y a peu. Mais ça rentre dans l'ordre.
- Je l'espère pour toi, mais fais attention. Je me fais du souci.
- Je te remercie Andrea. On se rappelle demain à cette heure-ci pour savoir si tu as pu avancer ?
- D'accord, demain à la même heure. Bonne journée.

Wara et Nicolas sont dans le minibus qui les amène à l'évêché. Ils sont préoccupés par les menaces qu'ont reçues Laura et Cristina. On s'attaque aux personnes et c'est une escalade dans le conflit. Cela risque aussi de nuire à l'unité dont a fait preuve l'ensemble du personnel jusqu'à présent.

Ils descendent du minibus à la croix du Pape. Ils marchent le long des trois rues qui les séparent de l'évêché. Ils montent jusqu'au sommet et s'annoncent à la secrétaire.
- Monseigneur n'est pas encore arrivé, leur dit-elle.
- Cela ne fait rien. Nous allons attendre.
- Je ne sais pas à quelle heure il arrivera.
- À tout à l'heure, dit Nicolas.

Ils vont s'asseoir dans les fauteuils de l'entrée. Il ne peut pas leur échapper, il n'y a pas d'autre entrée.

L'évêque arrive une heure plus tard. Il a été prévenu par sa secrétaire qui lui a téléphoné peu de temps après l'arrivée de Wara et Nicolas. Il passe rapidement devant eux sans rien dire. Il entre dans son bureau et son premier rendez-vous le suit.

- Il n'aura pas le temps de vous recevoir ce matin. Ses rendez-vous se suivent sans interruption, les informe la secrétaire.

- Je crois qu'il prendra le temps de nous recevoir lorsqu'il saura que nous avons l'intention d'organiser une conférence de presse si on ne peut pas le voir. Vous pouvez l'informer de cela.

Nicolas commence à avoir la moutarde qui lui monte au nez. Wara sourit de voir la colère monter en Nicolas. Celui-ci, sachant que la secrétaire l'entend, ajoute :

- Tu crois que l'on convoque la conférence de presse ici ou dans la rue.

- Dans la rue, devant le bâtiment me paraît bien.

La secrétaire prend son téléphone pour informer l'évêque de la tournure des événements dans la salle d'attente. Elle revient vers eux :

- Il va vous recevoir après ce rendez-vous. Il vous demande de prendre patience quelques minutes de plus.

Elle retourne dans son bureau pendant que Nicolas et Wara échangent un regard amusé. Le rendez-vous de Monseigneur sort du bureau. La secrétaire leur fait signe que c'est leur tour. L'un après l'autre ils entrent dans le bureau.

- Bonjour Monseigneur, disent-ils ensemble.

- Bonjour, bonjour. Qu'est-ce que vous voulez encore aujourd'hui ?

Nicolas sort de son sac à dos l'ordinateur qu'il a amené avec lui.

- Nous avons certains documents à vous montrer.

L'évêque fait le tour du bureau et vient s'asseoir entre les deux. Nicolas pose son ordinateur sur un bout du bureau. Il lance la première vidéo. L'évêque devient plus blanc. Nicolas lance la deuxième vidéo.

- Je n'étais pas au courant, dit le prélat en mentant de façon éhontée.

Nicolas lance une troisième vidéo. L'évêque commence à se reprendre.
- Vous en avez beaucoup comme cela ?
- Il y en a plus de quarante, dit Nicolas.
- Bon ça va j'en ai assez vu. Il ne faut pas que cela se sache.
- La peur du scandale, une fois encore. Quand est-ce que vous assumerez vos responsabilités ?
- Mais enfin il s'agit d'un prêtre, de quelqu'un qui a été choisi par Dieu. Il s'est égaré mais on ne peut pas le mettre au même niveau qu'un laïc.
- Voilà qui est bien une réaction née d'un cléricalisme qui est le cancer de l'institution que vous représentez, dit Wara.
- Vous êtes incapable de nommer le mal. La pédophilie est un mal, mais vous ne pouvez pas ou ne voulez pas le nommer. C'est un mal qui gangrène l'église, rajoute Nicolas.
- En fait pour vous le mal c'est la sexualité et vous voulez la cacher, comme vous semblez vouloir cacher votre femme, renchérit Wara.
- Je ne vous permets pas…
- Vous n'avez rien à permettre. C'est dans le journal que vous êtes marié au civil.
- On s'arrange comme on peut avec la sexualité chez vous. On peut se marier ou vivre en concubinage. On peut abuser d'enfants. Ce n'est pas grave. Il suffit de se confesser.
Nicolas bout de rage en pensant à tous ces enfants de Suma Uta et à tous les autres.
- Il est nécessaire de couler une chape de béton sur tous les abus des membres de l'institution, ajoute Wara.
- Vous vous prétendez les champions du discernement mais il semble bien que vous en manquiez totalement, de discernement.
Nicolas ouvre alors une autre fenêtre dans son ordinateur, celle du courrier d'Enzo. Il fait apparaître le courrier :

"Suite à notre conversation je te confirme que je serai dans l'obligation de sévir dans le cas où tu poursuivrais dans tes agissements"

- Vous êtes un sale menteur proclame Nicolas. Vous étiez au courant des agissements d'Enzo depuis longtemps.

Pour appuyer son affirmation Nicolas fait apparaître :

"Enzo, je suis inquiet car Don Pablo parle de couper sa participation au diocèse. Tu dois absolument en finir avec tes agissements sinon nous n'aurons plus aucun financement ni toi ni moi."

- Non seulement vous étiez au courant mais ce qui vous préoccupe c'est de continuer à recevoir de l'argent sale.

L'évêque a du mal à reprendre ses esprits. Il ne pensait pas qu'ils pouvaient en savoir autant.

- Que voulez-vous que je fasse ?
- D'une part il faut que vous présentiez Enzo au procureur. Il faut qu'il soit jugé pour ce qu'il a fait, dit Nicolas.
- Et d'autre part il faut que vous veniez à Suma Uta pour nous assurer que vous n'allez pas fermer Suma Uta et rassurer ainsi le personnel et les enfants victimes d'Enzo. Ils ont terriblement besoin d'affection et de suivi psychologique, ajoute Wara.
- Vous en demandez beaucoup dit l'évêque.
- Vous trouvez ? Je pense que ce qu'ont vécu les enfants n'a pas de prix et que réparer les abus d'Enzo, dont vous étiez informés, n'est rien en comparaison avec ce qu'ils ont subi. Vous êtes le complice d'Enzo ne l'oubliez pas trop vite Monseigneur.

Nicolas enfonce le clou.

- D'accord, d'accord. Je vais prendre contact avec Enzo et faire en sorte qu'il se dénonce au procureur.
- S'il ne le fait pas, ce sera à vous de le faire, lui rappelle Nicolas.

Le Monseigneur ne cherche qu'à gagner du temps pour savoir comment il va s'en sortir. Wara lui redemande de venir à Suma Uta.

- Oui je vais aller vous rendre visite, et je vais voir comment faire pour assurer le financement.
- Quel jour ? insiste Wara.
- Lundi, lundi à dix heures du matin.
- Ne nous faites pas faux bond Monseigneur, sinon nous révélons tout à la presse.
- Je vous dis que je serai à Suma Uta avec des réponses à vos demandes ce lundi.

Ils prennent congé pendant que l'évêque demande à sa secrétaire d'annuler tous ses rendez-vous de la journée.

Ils sortent dans la rue. Ils ont le sentiment de pouvoir respirer un air moins contaminé. Nicolas prend la parole :

- Face à tous ces drames nous voilà renvoyés à nos limites, nos tentations, nos zones d'ombre, nos clairs obscurs et aux mystères de nos nuits spirituelles.
- On se sent tout petit et sans aucun sentiment de victoire.

Wara se rapproche de Nicolas qui la prend par les épaules. Ils n'ont pas le cœur à aller manger. Ils empruntent seulement l'avenue Jean Paul II et marchent en silence, enlacés.

Enzo piégé.

Une lumière orangée gagne sur la nuit du côté de l'est. La journée du lundi commence à Suma Uta. Ils se lèvent. Les miasmes de la nuit se trouvent rapidement dispersés par l'air glacé qui entre par les fenêtres ouvertes. Tous ceux qui ont dormi à Suma Uta sont conscients que c'est une journée importante. L'évêque va venir. L'avenir de Suma Uta en dépend.

Le réfectoire s'emplit de conversations animées. Aujourd'hui tout le monde est venu prendre son petit déjeuner au réfectoire. Wara et Nicolas sont là eux aussi. On sent que tous sont stressés par cette visite. Il a dit à dix heures. Les enfants qui vont à l'école le matin doivent partir. Mais ils le font à contre cœur. Ils voudraient bien être là pour voir ce qui va se passer pendant la visite de l'évêque.

Le centre de santé ouvre ses portes. Les malades sont là, mais les médecins et les infirmières ont l'esprit ailleurs. Les dirigeants du quartier arrivent peu à peu eux aussi pour être présents à la réunion avec le Monseigneur. L'heure passe lentement. Et finalement l'évêque est en retard. Il se fait attendre. Tant et si bien que Wara finit par prendre son téléphone pour appeler la secrétaire de l'évêché.

- Bonjour Madame. Je vous appelle de Suma Uta. Nous attendons Monseigneur. Est-ce que vous pouvez me confirmer qu'il va venir.

- Je vous confirme que Monseigneur est en route pour aller vous voir. Un peu de patience.

- Je vous remercie.

Avec plus d'une heure de retard l'évêque arrive à Suma Uta. José ouvre le portail et sa voiture entre à Suma Uta. Son chauffeur va se garer près du centre de santé. Un homme ventripotent

descend de la jeep. Sa croix pectorale repose sur son ventre. On ne sait pas si c'est elle ou le ventre qui impressionne le plus. Gerardo s'avance pour saluer le personnage. C'est la première fois qu'il daigne venir à Suma Uta.
- Bonjour Monseigneur.
- Bonjour, bonjour.
- Je vous invite à venir dans notre salle de réunion.

Il dirige le prélat vers les escaliers qui mènent à la salle de réunion. Plusieurs gamins observent la scène de loin.
- Les éducateurs vont nous rejoindre. Les membres du centre de santé viendront un peu plus tard lorsque qu'ils auront fini avec les malades. Nous avons aussi avec nous les dirigeants du quartier.
- D'accord, d'accord.
- Mais peut être que pendant que tout le monde se réunit, vous pouvez visiter les installations de Suma Uta ?
- Pourquoi pas.

Gerardo s'excuse et se dirige vers Cristina.
- Tu peux installer tout le monde, les éducateurs et les dirigeants du quartier dans la salle de réunion. Je vais lui faire faire un tour rapide des installations.

Cristina va chercher les dirigeants du quartier et les éducateurs ainsi que la cuisinière et Jose. Gerardo entraîne l'évêque dans les locaux en lui expliquant leurs fonctions. Finalement le centre de santé ferme ses portes. Tout le monde se retrouve dans la salle de réunion.

C'est Wara comme étant la plus ancienne des membres du personnel qui prend la parole.
- Monseigneur, au nom de tout Suma Uta je vous souhaite la bienvenue. Vous avez ici devant vous l'ensemble des éducateurs, des infirmières et de l'infirmier et les médecins du centre de santé. Les dirigeants du quartier sont ici car ils sont les premiers intéressés par le sort du centre de santé.

- Je te remercie. Bonjour à vous tous et merci de votre présence. De quoi allons-nous parler ?
- Les dirigeants du quartier et les employés du centre de santé veulent avoir des garanties concernant la survie du centre, commence par dire Wara.
- Je ne peux donner aucune garantie en ce qui concerne le centre de santé.
- Excusez-moi. Je suis Adrian Choque président de l'association des voisins de ce quartier. C'est une œuvre sociale de l'église et vous, l'évêque, ne pouvez pas nous dire ce que cela va devenir ? C'est bien étrange comme attitude de votre part.
- Ce n'est pas une œuvre sociale de l'église. C'est de la responsabilité du père Enzo.
- Non Monseigneur. Nous avons ici, je vous en remets une photocopie, un document signé par vous qui dit que c'est justement une œuvre sociale de l'église.
- Sans doute mais c'est le père Enzo qui est chargé de l'administration du centre de santé.
- Vous ne pouvez pas vous défiler de la sorte. C'est bien le diocèse de El Alto qui est responsable du centre de santé.

L'évêque se rend compte qu'il ne s'en sortira pas facilement. Il cherche une porte de sortie. Une commission…

- Je propose que l'on forme une commission pour envisager des solutions pour l'avenir du centre de santé. Une d'entre elles, qui doit être envisagée, serait de passer la responsabilité du centre de santé au gouvernement départemental.
- Nous ne pouvons permettre la fermeture du centre de santé du quartier. Nous avons beaucoup de besoins dans le domaine de la santé.
- D'accord, dit l'évêque. Voyons si nous pouvons mettre en place la commission. Je propose que le Docteur Condori représente Suma Uta. Docteur ?
- Bon d'accord, dit le Docteur Condori qui se sent coincé.

- Je ferai partie de la commission avec le trésorier du quartier, indique Adrian Choque.
- Je nomme aussi le Maître Gutierrez membre de la commission.
- Je ne crois pas que cela soit judicieux, indique Gerardo. Il serait juge et partie, étant le directeur intérimaire de Suma Uta.
- Très bien, je nommerai quelqu'un dans la semaine. Ça vous va ?
- A-t-on vraiment le choix ? dit encore Gerardo.
- Je propose que la commission se réunisse dans dix jours, reprend l'évêque.

Comme personne ne dit rien, il continue :
- Eh bien c'est entendu. La question du centre est confiée à la commission. Je crois que les dirigeants du quartier peuvent maintenant se retirer car nous allons aborder des questions internes à Suma Uta.

La police est maintenant dotée d'une section de hackers. Ce qui permet d'élargir le champ des investigations. Johnatan Narvaez est le responsable de cette section. Il a ce matin un nouveau dossier sur son bureau. Celui de Enzo Neri. Il y a eu des rumeurs sur lui concernant ses préférences sexuelles. Il faut essayer d'en savoir plus à partir de son disque dur. Johnatan prend en charge cette enquête car tous les autres sont occupés.

Il se met au travail et commence à chercher des données sur Enzo Neri. Il n'apprend rien de nouveau sur le net. Il essaie alors de voir si son ordinateur est ouvert et accessible par internet. Il est effectivement ouvert. Il commence à essayer d'entrer par les moyens du darknet. Après avoir bataillé durant plus d'une demi-heure le voilà à l'intérieur de l'ordinateur d'Enzo.

Il regarde quels sont les dossiers accessibles sur le bureau de l'ordinateur. Il voit un dossier "photos". Il clique dessus mais il y a un mot de passe. Il essaye alors de trouver le mot de passe grâce à son logiciel. Après huit minutes d'essai il entre dans le dossier photos d'Enzo.

Et alors là "bingo" pense-t-il. Il trouve des centaines de photos et de vidéos, toutes plus compromettantes les unes que les autres. Il met en route l'enregistrement sur son disque dur de sa trouvaille. Il va chercher un procureur pour faire constater sa découverte. Le procureur va élaborer tout de suite un mandat d'amener. Mais il préviendra aussi Don Pablo qu'Enzo va être poursuivi. C'est d'une pierre deux coups pour le procureur.

À Suma Uta les dirigeants du quartier sont partis à contre cœur. La réunion se poursuit sur le thème des abus sexuels d'Enzo.

- Avez-vous pu faire en sorte qu'Enzo aille voir le procureur, comme vous nous l'avez promis ? demande Wara.

- Je suis désolé, mais je n'ai pas pu savoir où il était en ce moment.

- Je crois que vous nous mentez de façon cynique. Nous ne vous croirons jamais si vous nous dites que vous ne savez pas où il est, commente Gerardo.

- Je crois que vous devez écouter ce que certains enfants ont à dire sur Enzo, poursuit Cristina.

Avant que l'évêque prenne la parole elle sort et va chercher des enfants prêts à parler. Elle revient avec Javier et Antonio. Andres les rejoint, porté par Fernando. Ils sont intimidés. Ce n'est pas sûr qu'ils puissent prendre la parole. Elle a joué à quitte ou double. Finalement c'est Antonio qui se décide :

- Monseigneur je porte ce plâtre car on m'a cassé le bras exprès. J'étais choisi par Enzo pour aller dans les Yungas. Là-bas je suis tombé sur une réserve de cocaïne. Pour que je ne parle pas, les gens de Don Pablo m'ont cassé le bras.

Javier se décide lui aussi :

- Le père Enzo m'a fait monter dans sa voiture pour aller chez lui à La Paz. Là-bas il a fait des choses avec mon sexe et m'a obligé de faire pareil avec le sien.

Andres prend la parole lui aussi :

- Je n'aime pas du tout le père Enzo. Il m'a enlevé mon pantalon pour toucher mon sexe. Il m'a obligé à faire de même avec son sexe. C'est dégoûtant.

L'évêque est de plus en plus mal à l'aise. Il essaie de dire :

- Je crois que ces enfants exagèrent quelque peu.

C'est un lever de bouclier dans la salle de réunion :

- Comment pouvez-vous dire des choses pareilles ?
- Vous n'avez pas honte ?
- C'est assez !
- Vous devez aussi aller en tôle pour non dénonciation de malfaiteur !
- Ordure !

L'évêque n'en croit pas ses oreilles. Quel manque de respect pense-t-il. Mais il est maintenant inquiet de savoir comment tout cela va finir.

- Si vous ne dénoncez pas Enzo, vous êtes pire que lui, lâche Nicolas.
- Je crois que vous avez le sentiment de l'ensemble des personnes de Suma Uta. Vous n'avez entendu que trois des enfants. Il y en a encore une vingtaine, ajoute Gerardo.
- D'accord, je vais parler dès cet après-midi avec le père Enzo, répond l'évêque.
- Vous nous avez promis l'autre jour de le faire et vous venez aujourd'hui sans avoir rien fait. Nous n'avons pas confiance.

L'évêque est de plus en plus mal à l'aise.

- Que puis-je faire alors ?
- Je crois que vous devez prendre votre portable, le mettre sur haut-parleur et appeler Enzo, dit Wara.
- Mais je n'ai pas son numéro de téléphone.

- Vous continuez de mentir Monseigneur. Donnez-moi votre téléphone que je vérifie.
- Bon ça va. Oui je l'ai et je l'appelle maintenant.

L'évêque pose son téléphone sur la table. Il met le haut parleur et fait l'appel.
- Enzo à l'appareil.
- C'est Monseigneur, dit l'évêque.
- Oui, bonjour Monseigneur.
- Enzo il faut qu'on parle.
- Je croyais que je n'avais plus rien à voir avec le diocèse de El Alto.
- C'est exact, mais il reste des choses en suspens avec Suma Uta. Je t'attends demain à la première heure à mon bureau de l'évêché.
- Entendu Monseigneur. Je serai demain à la première heure à votre bureau. A demain donc.
- À demain.

Puis l'évêque s'adresse à l'assemblée :
- Voilà c'est fait. Je le vois demain. Vous êtes satisfaits ?
- Nous le serons lorsque ce monsieur se présentera chez le procureur, conclue Gerardo.

Johnatan Narvaez continue de fouiller dans l'ordinateur d'Enzo. Il est maintenant sur le point d'ouvrir ses mails. Il risque de tomber sur un réseau de pédophiles pense-t-il. Il s'attaque donc au mot de passe du courrier électronique d'Enzo. C'est le nom de Don Pablo qui attire son attention. Enzo n'a même pas essayé de le cacher.

Et là re-bingo pense-t-il. Il y a là toutes les preuves pour faire tomber, non seulement Enzo, mais encore Don Pablo. Il doit de nouveau appeler le procureur.
- Dis donc voilà ce que je viens de trouver dans le courrier. Cette fois c'est autre chose.

Le procureur s'assoit devant l'ordinateur et commence à regarder de quoi il s'agit. Cette fois il est vraiment inquiet.
- Là ça va trop loin pour moi. Je dois en référer plus haut. Tu ne fais plus rien. On attend les ordres.
Il s'en va pour aller voir son supérieur. Mais aussi pour passer un coup de fil. Cette fois encore à Don Pablo. Comme tout grand délinquant, Don Pablo a créé un réseau d'informateurs qui lui permet d'être au courant de ce qui le concerne. Il informe d'abord son supérieur.
- Tu ne fais rien encore. Tu mets tout ça en attente. Il faut que je vois son cas avec le ministre de l'intérieur. Donc on ne fait rien pour le moment.
Le procureur prend conscience que tout cela va beaucoup plus loin que ce qu'il pensait. En sortant il va acheter un téléphone bon marché pour ne pas utiliser le sien. C'est de ce téléphone qu'il appelle Don Pablo.
- Bonsoir Don Pablo. Je vous informe que la police a hacké l'ordinateur portable d'Enzo Neri. Et il y a dedans tout un tas de documents qui vous impliquent dans le trafic de drogue. Le cas est porté à la connaissance du ministre de l'intérieur.
- Je te remercie. Je vais voir ça avec le ministre et tu auras un dépôt sur ton compte dès demain matin.
Le procureur enlève la carte sim et donne un coup de talon au téléphone avant de le jeter dans une poubelle.

La réunion à Suma Uta se poursuit. Il reste encore un point à traiter. Wara reprend en disant :
- Nous souhaitons maintenant savoir ce que va devenir Suma Uta, ce que vont devenir les enfants et le personnel de Suma Uta.
- Je sais que vous faites de l'excellent travail ici, dit l'évêque.
- Vous ne venez pas souvent vous rendre compte par vous-même vu que c'est la première fois que vous nous rendez visite.
Gerardo ne peut s'empêcher de prendre un ton ironique.

- Ce que j'ai vu ce matin me montre à quel point votre engagement dans votre travail est crucial pour la réussite du projet.
- Si on arrêtait la langue de bois, demande Nicolas.
- Nous vous avons posé une question. Nous aimerions une réponse, lance Fernando.
- Il est important pour la suite du projet d'assurer le financement de celui-ci, commente l'évêque. Il poursuit :
- C'était de l'entière responsabilité du père Enzo.
- Sans doute, mais il y a des comptes en banque, il y a des organisations qui financent le projet. Vous devez avoir un état des comptes, continue Gerardo.
- C'est plus compliqué que cela n'en a l'air, ose l'évêque.
- Comment cela plus compliqué ? Demande Wara.
- Eh bien il faudrait d'abord que je vois où en sont les comptes avec le père Enzo.
- Vous voulez dire que vous ne savez pas quelle est la situation financière de Suma Uta, dit Gerardo.
- C'est exactement ça, je ne sais pas. Je ne peux pas être au courant de tout ce qui se passe dans les comptes des différentes organisations du diocèse.
- Vous saviez que vous veniez aujourd'hui ici. Vous auriez pu étudier un peu le dossier, dit plein d'étonnement Cristina.
- Oui bien sûr que je suis au courant du dossier. Mais je n'ai pas le dernier rapport financier du père Enzo.
- Et quand pensez-vous l'avoir ? Demande encore Gerardo.
- Mais demain, puisque je le vois demain matin, reprend plein d'aplomb l'évêque.

Ruth s'adresse à l'ensemble des employés de Suma Uta :
- Camarades, je crois que Monseigneur nous prend pour des idiots. Il ne sait rien de rien et surtout il ne veut pas s'engager à nous soutenir. On perd notre temps ici.

- C'est cela la triste réalité. Nous ne savons pas combien de temps on va pouvoir tenir financièrement. Allons-nous être payés à la fin du mois ? Rien n'est moins sûr, renchérit Laura.
- Le diocèse est responsable de Suma Uta vis à vis de la loi. Nous irons défendre nos intérêts jusqu'au bout, proclame Gerardo.

L'évêque voudrait bien gagner du temps. Il n'aime pas la tournure que prennent les événements. C'est Nicolas qui continue :
- Vous ne pouvez pas vous engager à trouver du financement le plus vite possible ?
- Malheureusement je ne peux pas m'engager sur la question du financement de Suma Uta. Je dois voir le père Enzo demain matin. La seule chose sur laquelle je peux m'engager, c'est de revenir vous voir dans le courant de la semaine.
- Mais enfin, qui finance Suma Uta ? Demande Wara.

La question reste en suspens. Visiblement l'évêque ne souhaite pas entrer dans les détails du financement du projet.
- Vous ne nous laissez pas beaucoup d'espoir, reprend Wara.
- En fait demain vous allez essayer de savoir ce qui reste dans les caisses, renchérit Nicolas.
- Donc si, je dis bien si, si vous revenez dans la semaine ce sera pour nous annoncer la date de fermeture du projet.

Gerardo est furieux comme l'ensemble des employés de Suma Uta. Il continue :
- Si je résume toute cette réunion : nous avons formé une commission pour envisager le sort du centre de santé. Ce qui est en fait une bonne manière de noyer le poisson. Vous n'avez rien fait encore pour qu'Enzo aille en prison. Et vous vous défilez de vos responsabilités pour le financement du projet. Vous êtes une couille molle Monseigneur.

Des applaudissements accueillent cette diatribe de Gerardo.

- J'en reste à ce que je vous ai dit. Je reviens vers vous dans la semaine.

Sur ces mots il se lève et se dirige vers la porte, ulcéré par les mots qu'il vient d'entendre.

Son chauffeur met en route la voiture. Mais Jose prend tout son temps pour aller ouvrir le portail.

Le Ministre de l'intérieur est allé informer le Président des preuves contre Don Pablo. La guerre des cartels fait rage silencieusement entre les factions qui composent le gouvernement. Celle qui soutient Don Pablo n'est plus en odeur de sainteté. On pourrait se servir de Don Pablo comme d'un bouc émissaire. La décision concernant Don Pablo sera prise au plus haut niveau de l'état.

Pendant ce temps Don Pablo appelle Enzo pour le prévenir qu'il est dans le collimateur de la police.

- Tu devrais faire en sorte de disparaître pour un temps.

Enzo ne sait quoi dire. Il est sous le choc. Il ne s'attendait pas à ça.

-Tu ne dis rien. Il faut te secouer un peu. Tu vas avoir, si ce n'est déjà fait, un mandat d'amener contre toi.

Enzo garde toujours le silence. Il ne sait quoi dire ni quoi faire.

- Mais je ne sais où aller, finit-il par dire.
- En tout cas je te déconseille de dormir chez toi cette nuit.
- D'accord. Demain matin je dois voir à la première heure l'évêque. Je vous remercie Don Pablo.
- Ne me remercie pas, tu sais que tu as des obligations envers moi avec une expédition en Italie et un achat d'immeuble en suspens. Je protège mes intérêts. Enfin si c'est encore possible.

Ils coupent la communication tous les deux en même temps. Il est encore tôt, huit heures du soir.

Enzo sort de sa chambre et va vers le garage pour prendre sa voiture. Il ne peut dormir ici cette nuit. Mais où peut-il aller ?

C'est alors qu'il pense à Suma Uta. Il dirige sa voiture vers El Alto. La circulation est fluide à cette heure.

Le sommet de l'état a décidé du sort de Don Pablo. Un mandat d'arrêt est signé et ordre est donné de l'arrêter avant le matin. Cela fera toujours bonne figure pour la propagande de la lutte contre la drogue et ce sera un coup dûr porté à la concurrence dans le trafic de drogue. La Bolivie est en train de devenir le principal fournisseur de cocaïne du cône sud de l'Amérique du Sud. Et la lutte pour le contrôle de ce trafic est sans merci.

Enzo arrive à Suma Uta. Il ne peut que se faire plus que discret. Il décide de laisser sa voiture dehors, sous une des caméras de sécurité de Suma Uta. Il entre en passant par-dessus le mur. Une fois à l'intérieur il se faufile vers son ex bureau dont il a encore une clef. Il y arrive sans rencontrer personne. Il ouvre la porte avec sa clef. C'est alors que deux gamins passent par là en allant vers leur dortoir. Ils reconnaissent Enzo et partent en courant et en criant. Wara et Nicolas entendent les cris des gamins. Ils sortent de chez eux pour aller voir ce qui se passe.

Les enfants sont tous sortis de leur dortoir et se sont rassemblés devant l'ancien bureau d'Enzo. Wara et Nicolas les rejoignent.

- Qu'est-ce qui se passe ? Pourquoi êtes-vous tous là ?
- Enzo est dans son bureau. Nous avons peur qu'il nous fasse du mal.
- Quoi, Enzo est là ?

Nicolas va jusqu'à la porte du bureau. Celle-ci est effectivement entre ouverte. Il pousse la porte et allume la lumière dans la pièce. Recroquevillé dans un coin se trouve Enzo. Il est méconnaissable. La peur lui déforme les traits.

- Qu'est-ce que tu fous là ? lui demande Nicolas.

Enzo reste muet. La peur lui sort par tous les pores de la peau.

- Fous le camp d'ici, lui intime Nicolas.
- Je ne peux pas, finit par articuler Enzo.

- Comment tu ne peux pas ? Tu te fous de la gueule du monde. Après ce que tu leur as fait tu reviens sur les lieux de tes crimes. Tu fous le camp !
Nicolas empoigne Enzo par un bras et tente de le faire sortir. Mais celui-ci a une force décuplée par la peur.
- Je ne peux pas. La police me recherche. Je ne veux pas aller en prison.
- Mais c'est pourtant ce qui va t'arriver. Tu peux en être sûr.
Nicolas le pousse d'un violent coup dans le dos. Enzo se retrouve dehors face à l'ensemble des gamins qui l'observent. Nicolas ferme rapidement la porte du bureau pour qu'Enzo ne puisse pas y retourner. Les éducateurs de garde ce soir-là sont arrivés. Nicolas insiste :
- Tu fous le camp tout de suite, sinon c'est moi qui appelle la police.
- Dehors, commencent à crier les enfants.
Avec l'aide des éducateurs Nicolas parvient à maîtriser Enzo et le dirige vers la porte. Jose ouvre la porte fermée à clef. Enzo est jeté dehors. Il en trébuche pour finalement s'étaler sur la terre de la rue. La porte de Suma Uta se referme.
- Allez, maintenant on va se coucher, commencent à dire les éducateurs aux enfants.
Le spectacle avec Enzo est fini. Il s'est relevé et a pris sa voiture pour partir dans la nuit. Le bruit du moteur s'éloigne.
- Jose tu vas devoir surveiller cette porte cette nuit, s'il te plaît, lui dit Nicolas.
- Pas de problème. Tu peux compter sur moi.
Les enfants regagnent leur dortoir petit à petit. Les lumières s'éteignent peu à peu. Tous le monde retrouve son lit. Le sommeil sera plus difficile à trouver ce soir.

La police se prépare à l'arrestation de Don Pablo. Celle-ci se fera à la première heure autorisée par la loi. Il arrive que la police respecte les rites pour conjurer le mauvais sort. Ce sont des hommes de l'unité d'élite qui sont chargés de l'arrestation. Ils prennent bien soin de leur équipement, leurs armes, le gilet pare balles. Ils craignent que les gardes du corps ne fassent de la résistance.

Ils entourent la maison de Don Pablo dans la zone sud de La Paz. Les rares passants de cette heure matinale pressent le pas pour s'éloigner du lieu. Enfin aux premières lueurs du jour l'ordre est donné d'entrer dans la maison. Les gardes, pas encore bien réveillés, sont surpris et rapidement maîtrisés.

Les policiers montent au pas de charge à l'étage pour surprendre Don Pablo au lit. Peine perdue car le bruit l'a réveillé. Il sort en robe de chambre dans le couloir pour accueillir ceux qui viennent l'arrêter. Il en connaît plusieurs qui ont bénéficié de ses bienfaits.

- Je vous demande de me laisser m'habiller, leur dit-il.
- D'accord, mais je vous accompagne, dit le colonel commandant l'opération.

Ils entrent tous les deux dans la chambre. La femme qui partageait le lit de Don Pablo cette nuit-là s'engouffre dans la salle de bain attenante. Une fois habillé Don Pablo sort, accompagné du colonel. Personne ne lui passe les menottes. Don Pablo a encore à ce moment-là l'espoir que ses contacts avec le gouvernement vont lui sauver la mise. Il n'a pas encore compris que tout a été décidé au plus haut sommet de l'état. Il sera présenté à la presse par le ministre de l'intérieur. C'est à ce moment-là qu'il comprend qu'il n'échappera pas à la case prison.

Dans la même journée il sera présenté au juge pour que celui-ci statue sur son sort : prison ou mesures de substitution. Le juge applique la décision du ministère de l'intérieur, la prison préventive pour risque de fuite etc… Le soir même il sera conduit, tard dans la nuit, à la prison de San Pedro dans le centre de La Paz. Il entre à La Posta, le quartier riche de la prison.

Enzo fini.

Enzo a passé la nuit dans sa voiture dans un coin de rue près de la place Libertad. Il achète une bouteille d'eau avec laquelle il s'asperge le visage. Il le fait autant pour se réveiller que pour faire un semblant de toilette. Puis il va à pied vers la place ronde et la station du téléphérique. Au coin de la rue il y a un point de vente de café en plein air. Il en achète un et la femme lui tend une tasse ainsi qu'un pain rond avec un morceau de fromage. Ce sera son petit déjeuner.

Il préfère marcher à pied et se mêler à la foule plutôt que de risquer de se faire repérer dans sa voiture un peu trop visible. Il part donc à pied en direction de l'évêché. Il emprunte les rues les plus fréquentées. Sur l'avenue il prend soin d'éviter les policiers qui règlent la circulation. On ne sait jamais. Finalement il arrive sans encombre à l'évêché.

Il monte les escaliers en espérant que l'évêque soit déjà là. La secrétaire l'informe que l'évêque n'est pas encore arrivé. Il prend place dans un des fauteuils de la salle d'attente. L'évêque arrive quelques vingt minutes plus tard.
- Bonjour Enzo. Passe dans mon bureau.
- Bonjour Monseigneur.
Une fois assis tous les deux l'évêque demande :
- Alors comment vas-tu ? Toujours au foyer San Ramon ?
Enzo pense : et où veut-il que j'aille ?
- Oui toujours.
Le Monseigneur ne veut pas aborder la question du procureur avant de savoir où en sont les comptes de Suma Uta. Aussi il demande :

- Bon dis-moi. Où en sont les comptes de Suma Uta ? Je dois reprendre l'administration du projet. Je ne sais même pas combien nous avons de financement.
- Vous savez très bien que le financement est assuré par l'argent de Don Pablo. Ce financement va se tarir très rapidement.
- Ce n'est quand même pas un financement direct. Il doit bien y avoir des ONG écrans.
- Oui c'est ainsi que c'est organisé.
- Peux-tu me faire un résumé de la situation financière de Suma Uta.

De mauvaise grâce Enzo s'exécute.

- Il y a trois organisations italiennes qui financent Suma Uta. Tout l'argent est déposé à l'IOR. Il y a encore quarante mille dollars au total de disponible à l'IOR. Ici à La Paz au Banco Mercantil il doit rester douze mille dollars. C'est tout.
- Et avec ça on tient combien de temps ?
- Chaque mois nous avons pour huit mille dollars de salaires. Puis cinq mille dollars de médicaments. Mille cinq cents dollars pour l'alimentation et enfin deux mille cinq cents dollars pour des frais divers et de scolarité des enfants. Total dix-sept mille dollars. Ça devrait tenir encore trois mois.
- Y a-t-il d'autres possibilités de financement en Italie où ailleurs ?
- Pas dans un délai aussi court. Non.
- Il n'y a donc pas d'autres solutions que de fermer Suma Uta ?
- Je le crains.
- Il faut que tu me transfères tout l'argent qui reste ici au Banco Mercantil et en Italie. Quand peux-tu me faire ces transferts ?
- Si vous me donnez les coordonnées du compte vers lequel vous voulez que je fasse le transfert je le fais devant vous.

L'évêque demande alors à sa secrétaire de lui communiquer les coordonnées bancaires du compte du Banco Nacional. Un compte personnel de l'évêque. La secrétaire entre dans le bureau

avec une feuille de papier où sont notées les coordonnées bancaires.
- Vous permettez que j'utilise votre ordinateur pour faire le transfert de Bolivie ?

L'évêque tourne son ordinateur portable vers lui. Enzo se connecte sur son compte du Banco Mercantil et fait le transfert au Banco Nacional.
- Voilà c'est fait pour ce qui est de l'argent en Bolivie. Puis-je utiliser votre Skype pour l'Italie ?

Avec l'assentiment de l'évêque Enzo se branche sur Skype et appelle Andrea. Il parle en italien pour rendre incompréhensible la conversation par l'évêque.
- Andrea je ne peux pas parler librement. Je suis avec Monseigneur.
- D'accord, je t'écoute.
- Il faut que tu fasses un virement des quarante mille dollars qui restent dans les comptes de Suma Uta vers le compte dont j'écris les coordonnées dans le chat de Skype.

Enzo note les coordonnées dans le chat.
- C'est bon lui dit Andrea. Je te fais ça tout de suite.
- Ciao.

Enzo ferme son compte skype et rend l'ordinateur à l'évêque.
- Voilà ce sera fait tout de suite, Monseigneur. Il faut environ trois jours pour que l'argent arrive.

Gerardo est arrivé à Suma Uta. Il rassemble les éducateurs pour analyser la réunion avec l'évêque. Ils se réunissent dans la salle de réunion.
- Je crois que nous ne pouvons pas attendre de solutions de la part de l'évêque, commence Gerardo.
- C'est évident qu'il ne cherchera même pas à faire semblant de sauver Suma Uta, continue Fernando.

- Il me semble que nous devons prendre les devants et chercher où on va pouvoir caser les enfants lorsque l'évêque viendra fermer Suma Uta, suggère Cristina.

L'ensemble des éducateurs est d'accord pour dire que Suma Uta va fermer et qu'ils ne peuvent rien attendre de la part de l'évêque.

- C'est désolant, mais c'est la réalité, conclut Cristina.
- Oui, que fait-on pour les gamins ? demande encore Gerardo.
- On ne peut pas les laisser tomber, dit un autre éducateur.

Les liens qui se tissent avec les enfants dépassent largement le cadre professionnel.

- Où peut-on chercher de la place pour eux ?

Ils font la liste des institutions qui travaillent dans le même sens qu'eux avec des enfants.

- Je propose que nous nous répartissions les différentes institutions pour aller voir leurs possibilités d'accueillir des enfants. Nous pouvons y aller deux par deux.

Cette proposition de Gerardo est acceptée par tout le monde.

- J'irai voir la Protection de l'enfance du département avec Cristina, décide Gerardo.
- C'est bon j'irai avec toi acquiesce Cristina.
- On se met au boulot tout de suite. Il faudrait que dans huit jours on ait fini de faire le tour des institutions, dit Fernando.

Dans le bureau de l'évêque la discussion prend un autre tour.
- Si on parlait un peu de tes responsabilités avec ce que tu as fait aux enfants ?
- Que voulez-vous dire Monseigneur ?
- Tôt ou tard il faudra que tu ailles voir le procureur.

Enzo se sent abandonné à son sort.
- Vous voulez que j'aille voir le procureur ?
- C'est en effet ce à quoi je pense.

Enzo à ce moment craque.

- Je dois vous avouer que je n'ai pas dormi dans mon lit cette nuit. J'ai dormi dans ma voiture. Don Pablo m'a prévenu hier que le procureur allait lancer un mandat d'arrêt contre moi. Ils ont hacké mon ordinateur et ils ont trouvé des photos compromettantes.

L'évêque apprend la situation nouvelle d'Enzo.

- Est-ce que le mandat d'arrêt est lancé ?
- Ça je ne sais pas.
- Il faut que tu prennes contact avec le procureur.
- J'ai besoin de temps pour mettre en ordre quelques affaires.
- Cela ne peut pas attendre bien longtemps.
- Laissez-moi un peu de temps, je vous en prie.
- Je vais être obligé de te dénoncer.

Enzo sent la panique monter en lui.

- J'irai le voir mais laissez-moi quelques jours.
- Je veux bien attendre 48 heures, mais passé ce délai je vais voir la police.
- C'est trop court.
- C'est ainsi.
- Au moins donnez-moi un endroit où je puisse aller mettre de l'ordre dans mes affaires. C'est surtout par internet.
- Pas question. Je ne peux pas compromettre l'évêché avec tes histoires.
- Alors vous m'abandonnez. Mais vous avez eu dans le passé une attitude qui vous compromet. Le procureur peut en tenir compte.
- Ce que je peux faire, c'est faire en sorte que les religieuses de San Ramon te laissent tranquille chez elles pendant 48 heures.
- Je n'ai pas d'autre alternative. Mais demandez à votre chauffeur de m'emmener maintenant à San Ramon.
- Tu n'as pas de voiture ?
- Je l'ai abandonnée. Elle doit être recherchée.

- Bien, mon chauffeur va te conduire à San Ramon. Tu as 48 heures, après tu te présentes chez le procureur.
- C'est entendu comme ça.

Ivan passe la porte de la rue Cañada Strongest et entre dans la prison de San Pedro. Il enfile le couloir jusqu'à la grille d'entrée de La Posta. Il remet sa carte d'identité au policier de garde à l'entrée. Un autre policier lui ouvre la grille. Une fois à l'intérieur Ivan se dirige vers l'escalier à droite de la grille. Il monte à l'étage et frappe à la porte de la cellule qui est en face de l'escalier.
- Entrez.

Ivan ouvre la porte et entre. La cellule est petite mais bien aménagée. Le lit à deux places occupe une bonne partie de l'espace. Contre le mur, à côté de la porte d'entrée un meuble sur lequel est posée la télévision, un micro-ondes ainsi qu'une petite cuisinière électrique portable. Dans un coin un réfrigérateur. Sur l'autre mur il y a une petite commode proche de la porte d'entrée des toilettes.

Don Pablo dispose de tout le confort que peut contenir la cellule. Il est assis sur le lit avec son ordinateur portable sur les genoux. Il regarde les nouvelles sur internet. Son arrestation fait les gros titres de la presse.
- Bonjour Don Pablo, dit Ivan.
- Bonjour Ivan, répond Don Pablo.
- Alors, quelles sont les nouvelles de l'extérieur, demande Don Pablo.
- Je crois qu'elles ne sont pas bonnes. Votre cas va prendre du temps avant de pouvoir payer les procureurs et les juges.
- Il faudra que je m'y fasse. Les nouvelles des affaires ?
- Nous avons pu mettre à l'abri le stock des Yungas. Il faudra du temps pour reconstruire une filière d'exportation. Mais j'ai bon espoir d'y arriver dans moins de deux mois.
- Et du côté d'Enzo ?

- Il est encore dehors. Mais je ne sais pas s'il a pu s'occuper de l'expédition ni s'il a avancé en Italie.
- C'est une bonne chose qu'il soit encore dehors. Il peut encore arriver à faire quelque chose pour nous. Mais tu lui mets la pression en sortant. Il ne faut pas lui lâcher la bride.

On frappe à la porte.
- Entrez.

Il est midi. Don Pablo ne mange pas la cuisine de la prison. C'est un des policiers de garde qui vient avec le repas commandé par internet par Don Pablo à son restaurant. C'est un "delivery" qui a laissé le colis à la porte.
- Merci Rodrigo. Pose-le sur le meuble.

Le policier pose la boîte de repas sur le meuble et prend le billet que lui tend Don Pablo.
- Tu manges avec moi ? demande Don Pablo à Ivan.

Ce n'est d'ailleurs pas une question. Don Pablo dispose les assiettes, ouvre la boîte et sert le contenu dans les assiettes.
- Il faudra que tu m'apportes du liquide. Ici tout se paye en liquide.
- Entendu. Cela peut attendre demain ?
- Demain c'est très bien.

Don Pablo et Ivan finissent leur repas avant de prendre un café.

Le chauffeur de Monseigneur conduit Enzo à son refuge chez les sœurs. Enzo lui demande de faire un détour par une agence de sa banque qui a moins de clients.
- J'en ai pour cinq minutes, dit Enzo au chauffeur.
- Pas de problème, dit celui-ci

Enzo entre dans l'agence bancaire et prend un ticket pour la caisse. Il n'a pas tout donné à l'évêque. Il en a gardé pour lui. À la caisse il tend sa carte d'identité et demande :
- Sur mon compte en dollars sept mille s'il vous plaît et sur mon compte en bolivien dix mille.

Le caissier regarde la carte d'identité sous tous les angles. Puis il finit par aller voir son superviseur pour avoir l'autorisation de débourser cette somme. Une fois obtenue cette autorisation, le cœur plus léger il remet l'argent à Enzo.

Enzo met tout cet argent dans le sac à dos qui ne le quitte pas. Il ne reste que très peu d'argent sur les comptes. Enzo se sent soulagé d'avoir pu retirer ce liquide. Il va pouvoir faire des plans pour fuir. Il regagne la voiture qui repart vers le foyer San Ramon.

Gerardo et Cristina ont pris le téléphérique pour descendre à La Paz. Ils vont à l'immeuble à l'angle de la place Murillo qui abrite le gouvernement départemental. Ils finissent à pied la distance qui les sépare de l'immeuble. Ils vont voir le service de l'aide sociale qui s'occupe de ces cas-là.

A l'entrée ils laissent leur carte d'identité. On leur remet un carton où est inscrit 'visiteur'. Ils montent au troisième étage et au fond du couloir ils trouvent le bureau de l'aide sociale. Comme il n'y a personne ils s'approchent du guichet.

- Bonjour, dit Gerardo. Nous venons depuis Suma Uta à El Alto.
- Bonjour, c'est à quel sujet ?
- Nous avons trente-cinq garçons au centre. Et le centre fait face à des difficultés financières. C'est pourquoi nous cherchons un ou des établissements qui pourraient accueillir les enfants qui sont chez nous.
- Je vais voir si mon supérieur peut vous recevoir.

La femme se lève et disparaît au fond de la pièce. Au bout de quelques minutes elle revient.

- Monsieur Llanos va vous recevoir. Un instant je vous prie.
- Je vous remercie.

Gerardo et Cristina vont s'asseoir sur le banc prévu à cet effet le long du mur. Ce n'est qu'au bout de vingt minutes que la femme du guichet leur ouvre la porte sur le côté pour qu'ils puissent rejoindre le bureau de Monsieur Llanos.

Un petit homme lève la tête de ses dossiers. Il ajuste ses lunettes avant de saluer les visiteurs.

- Bonjour. Je vous en prie asseyez-vous.
- Bonjour, disent Gerardo et Cristina en prenant place sur les chaises devant le bureau.
- Vous venez de Suma Uta me dit-on.
- C'est exact. Nous sommes ici car nous sommes préoccupés par la situation financière de notre institution et nous cherchons une ou plusieurs institutions qui pourraient prendre en charge les trente-cinq garçons que nous avons chez nous.
- Ces garçons qui sont chez vous, ils ont été placés par qui ?
- C'est, à chaque fois, un juge des familles qui a placé les gamins chez nous.
- C'est bien à nous de voir ce que l'on peut faire si c'est un placement judiciaire. Le problème est que nous n'avons pas beaucoup de place disponible dans le peu de centres qui dépendent de chez nous. Avez-vous essayé de voir dans des ONG privées ?
- Oui nous nous sommes répartis le travail sur l'ensemble des éducateurs.
- Je dois quant à moi voir les disponibilités dans les centres que nous avons. Je peux déjà vous dire que nous n'avons certainement pas trente-cinq places. Il faudra voir ailleurs aussi.
- Nous comprenons. Et nous essayons de voir dès à présent dans d'autres centres.
- Il faudra aussi que nous aillions voir chez vous comment cela se passe et de qui il s'agit.
- Nous serons heureux de vous montrer Suma Uta. Vous êtes les bienvenus quand vous voulez.
- C'est vous le directeur ? demande Llanos à Gerardo.

- Non ce n'est pas moi. Nous sommes une oeuvre sociale de l'église. Le directeur est le père Enzo Neri.

Cristina balance un coup de pied dans le tibia de Gerardo. Mais le mal est fait. Enzo fait la une des journaux aujourd'hui pour ses histoires de pédophilie.

- Je vois, dit Llanos.

En fait il imagine les dégâts qu'a pu faire Enzo avec les gamins de Suma Uta. Il est très réticent pour s'engager sur ce terrain. Il faudra certainement faire tout un suivi psychologique, ce qui n'est pas facile de gérer au quotidien.

- Écoutez, nous allons prendre le temps d'étudier tout le dossier. Je ne vous cache pas que le fait que le directeur soit Enzo Neri va compliquer les affaires. Il y a certainement des séquelles importantes chez les gamins. Nous sommes très mal équipés pour prendre en charge de telles séquelles. Je vous recontacterai.

- Je vous laisse mon numéro de téléphone, dit Gerardo en lui tendant sa carte de visite.

- Très bien. Je vous contacte dès que je peux.

Ils sortent tous les deux la tête basse. Ils ont bien compris que c'est une fin de non-recevoir. Enzo n'a pas fini de faire des dégâts à Suma Uta. Quelque peu découragés, ils reprennent le chemin de Suma Uta.

L'évêque tourne et retourne dans sa tête le problème d'Enzo. Il ne sait pas quoi faire. Peut-il le désavouer publiquement ? C'est ce qui se passerait s'il va déposer plainte chez le procureur. Peut-il garder le silence sur ses agissements ? Ce seraient d'autres personnes qui se chargeraient d'aller porter plainte. De toute façon l'église va en pâtir. Il en a le tournis.

Incapable de prendre une décision tout seul, il demande à sa secrétaire de lui passer le nonce au téléphone.

- Le nonce sur la deux, proclame la secrétaire.

L'évêque remercie et prend le téléphone.

- Bonjour votre Excellence.
- Bonjour Monseigneur.
- Votre Excellence j'ai besoin de vous. C'est au sujet du père Enzo Neri.
- Je suis au courant.
- Je ne sais pas si je dois aller déposer plainte contre lui chez le procureur. Qu'en pensez-vous ?
- Vous savez Monseigneur je crois que le mal est fait à l'église. Ne pas aller déposer plainte ne ferait qu'empirer les choses. Au Vatican ils sont au courant et ils pensent qu'il vaut mieux déposer plainte.
- Mon Dieu c'est allé jusqu'au Vatican.
- Bien sûr. Qu'est-ce que vous vous imaginez ? Que cela allait rester secret dans le silence de l'altiplano ?
- Mon Dieu, mon Dieu. Alors je dois déposer plainte ?
- C'est bien entendu à vous de prendre la décision. Ni moi ni le Vatican ne peuvent le faire à votre place.
- Bien entendu. Je vous remercie Excellence.

L'évêque raccroche son téléphone.

Me voilà bien avancé pense-t-il. J'aurai dû me débarrasser d'Enzo il y a bien longtemps. Maintenant j'ai le Vatican sur le dos et bientôt j'aurai Don Pablo contre moi. Il voit l'avenir en noir, le sien bien sûr. Il reprend son téléphone et appelle Maître Gutierrez.

- Il faut que je dépose plainte contre Enzo. Je t'attends chez le procureur de El Alto.

Puis il va vers sa secrétaire.

- Je sors un moment, dit-il.
- Entendu Monseigneur.

Il sort à pied. Le bureau du procureur de El Alto n'est pas très loin de l'évêché, à la Ceja. Il arrive à son bureau. Celui qui a lancé un mandat d'arrêt contre Enzo est en bas, à La Paz. Mais il a pensé qu'il valait mieux noyer le poisson et déposer plainte ici à El Alto.

- Bonjour Monsieur le procureur.

- Bonjour Monseigneur.

Ils s'étaient rencontrés auparavant dans une réception officielle.

- Que puis-je pour vous ?
- Je souhaite déposer plainte contre le père Enzo Neri pour actes de pédophilie.

Maître Gutierrez arrive et le procureur prend la plainte de l'évêque. Celui-ci donne le détail de ce qu'il a vu et entendu.

- Demain je mettrai en route un mandat d'amener contre le père Enzo Neri. Vous ne savez pas où il peut se trouver des fois ?
- Non malheureusement. En tout cas je vous remercie Monsieur le procureur.
- A bientôt Monseigneur.

Ivan fait le tour de ses informateurs. Il commence à savoir ce qui se trame pour Enzo. Ses informateurs tant de La Paz que de El Alto lui font part du mandat d'arrêt qui va être lancé contre lui. Par ailleurs Ivan sait que l'envoi de la drogue n'a pas encore été fait et il soupçonne que du côté de l'Italie l'achat de l'immeuble est aussi au point mort.

Il retourne alors à San Pedro pour informer Don Pablo de ses investigations. Il rentre à La Posta moyennant un billet, l'heure des visites étant passée. Il monte les escaliers de la cellule de Don Pablo.

- Bonsoir Don Pablo. Je n'ai pas de bonnes nouvelles. Je voulais vous en informer au plus vite.
- Qu'est-ce qui se passe ?
- Enzo va être arrêté. Il y a deux mandats d'arrêt qui sont en route. Cette fois-ci il n'échappera pas à la prison. De plus il n'a rien fait, ni pour l'expédition ni en Italie.

Don Pablo est furieux. Il a été berné par Enzo. Et pour lui cela est inadmissible. En plus il a déjà un pied en tôle et risque de parler. Cela ne peut rester impuni. Don Pablo se lève et marche de long en large malgré l'exiguïté de la cellule.

- Cela ne peut se passer comme ça.
- Que voulez-vous que je fasse ? Demande Ivan.
- Il m'a trahi, dit encore Don Pablo.

Encore quelques pas dans la cellule, puis Don Pablo arrête de marcher.

- Tu fais un contrat sur Enzo.
- Pour quand ?
- Le plus tôt sera le mieux.
- Qui voulez-vous pour le contrat ?
- Est-ce que le "*paisa*" est disponible ?
- Oui et je dois pouvoir le trouver facilement.
- Alors donne le contrat au "*paisa*".

Ivan repart de la prison à la recherche du "*paisa*". Ivan mettra la main dessus dans l'heure qui a suivi. Ils se mettent d'accord sur le montant. Au "*paisa*" de jouer maintenant.

À Suma Uta, Wara se retrouve à gérer les gamins. Elle est seule car tout le monde est sorti pour chercher une institution qui aurait de la place pour les enfants. Elle a organisé un championnat de futsal éclair. Avec cela elle a réussi à tenir les gamins pratiquement toute l'après-midi. Ils sont maintenant au réfectoire pour le goûter. Les enfants sentent bien qu'il se passe quelque chose d'inhabituel, mais ils ne savent pas quoi. De ce fait ils sont particulièrement excités.

Wara essaie de leur faire faire leurs devoirs scolaires. Elle se surprend à crier trop souvent. Enfin tous se retrouvent assis devant leurs cahiers. Le silence n'est pas parfait. Wara peut s'occuper d'Andres qui, avec sa jambe, a du mal à suivre les autres. C'est vrai aussi qu'Andres est son favori. Elle l'aide pour faire ses devoirs.

Nicolas arrive pour prêter main forte à Wara. Il prend le groupe de la cinquième de primaire avec Javier et Antonio. Nicolas organise son groupe pour faire ensemble le devoir de maths. Peu à peu les enfants se calment et se concentrent sur les devoirs.

Ce n'est qu'au moment de la soupe que Gerardo et Cristina arrivent avec la tête des mauvais jours. Ils s'assoient à la table des adultes.

- Alors ça s'est mal passé ? demande Wara.
- Oui, commence Cristina. Quand le responsable, qui nous a reçus, a su que le directeur était Enzo Neri, il nous a fait comprendre qu'il ne voulait pas prendre en charge des gamins qui ont besoin d'un suivi psychologique.
- C'est de ma faute, dit Gerardo. J'ai eu la langue trop longue. J'ai vendu la mèche.
- Ce n'est pas de ta faute, dit Nicolas. Tôt ou tard il se serait rendu compte où il mettait les pieds.
- J'espère que les autres auront eu plus de chance. On verra ça demain dit Wara.
- Comment ça s'est passé ici ?

Gerardo pose la question mais il connaît déjà la réponse car les gamins sont excités ce soir. Il va falloir faire encore une partie de futsal avant d'aller se coucher afin qu'ils puissent se dépenser un peu plus.

Le *'paisa'* enfourche sa moto. Il met un casque noir et une visière tout aussi noire, ainsi qu'une combinaison noire. Il descend à toute vitesse l'avenue Costanera. Puis il remonte vers Achumani en se faufilant entre les voitures. Il a pris soin d'enlever la plaque d'immatriculation de la moto. Il remonte maintenant l'avenue Francia. Juste avant la bifurcation et le rond-point, il prend la rue sur la gauche. Il passe devant San Ramon et va s'arrêter à l'angle de la rue qui part en biais. Il met en marche son portable depuis le casque et appelle le numéro d'Enzo.

- Allo, j'écoute, dit Enzo.
- J'ai un paquet pour vous de la part de l'évêque de El Alto. Pouvez-vous sortir ? Je suis à la porte.
- Vous ne pouvez pas laisser le paquet à la porte ?
- J'ai besoin d'une signature.
- D'accord j'arrive.

Le soir tombe. Mais il y a encore assez de lumière pour qu'Enzo soit reconnaissable. Lorsqu'il arrive sur le trottoir la moto se met en route. Le *'paisa'* s'approche d'Enzo. Il sort son arme, un pistolet 9 millimètre. Il le pointe sur Enzo et tire deux fois dans la poitrine et une fois dans la tête avant que le corps d'Enzo ne touche le sol.

La moto part en trombe et redescend l'avenue Francia.

Suma Uta ferme.

Wara pose une main sur son ventre avant de s'asseoir à table pour le petit déjeuner. Nicolas finit de préparer le petit déjeuner.
- Wara, ça va ? Demande-t-il.
- Ne t'inquiète pas, tout va bien. Simplement la *"wawa"* ne tient pas en place.

Elle tend la main vers la radio et se branche sur radio Fides pour les informations matinales.

"Hier soir la police a procédé à la levée du corps du père Enzo Neri abattu de trois balles devant la porte du foyer San Ramon. Il semble qu'il s'agisse d'un règlement de compte."

Wara et Nicolas se regardent. L'incrédulité se lit sur leurs visages. La nouvelle les prend de court tous les deux. La radio n'en dit pas plus. Nicolas cherche plus de nouvelles en allant sur internet. Mais il ne trouve que très peu de détails.

"Une moto qui s'enfuit très vite. Un guet-apens. Un tueur à gage..."

Tous les deux savaient qu'Enzo avait été muté. Tous les deux sont sous le choc de la nouvelle. Ils se sentent concernés et l'insécurité s'invite à leur table. Ils se sentent menacés. Ils essaient de reprendre leurs esprits.

- Je n'en reviens pas, dit Wara.
- Qui a bien pu faire cela ?
- Je ne vois que Don Pablo.
- Tu crois vraiment que c'est possible ?
- C'est l'œuvre d'un tueur à gages disent les médias. Un témoin a vu une moto partir à toute vitesse après les coups de feu. Qui peut se permettre un règlement de comptes comme celui-là ?
- C'est vrai que l'on ne sait pas tout des liens d'Enzo avec le narcotrafic. En tout cas c'est dans leur style. Y a-t-il d'autres détails ?
- Non. Il n'y a pas beaucoup de détails, comme si on essayait de contrôler la nouvelle, en dire le moins possible.
- Tu crois que Suma Uta est aussi visé ?
- Je ne sais pas.
- En tout cas ça va nous obliger à réviser nos plans pour Suma Uta.
- Je crois que cela va nous contraindre à fermer Suma Uta.

Ils se servent du café et mangent un petit pain. Mais ils n'ont plus très faim. Ils finissent de manger en silence. On frappe à la porte et Nicolas va ouvrir. C'est Gerardo. Il entre et se voit servir une tasse de café.

- Vous savez la nouvelle ?
- Oui on vient de l'entendre à la radio.
- C'est quand même énorme cette affaire, reprend Gerardo.
- On se disait que ça vient de Don Pablo.
- J'ai la même analyse que vous. Ça vient de lui. Il va falloir que l'on fasse gaffe.

- Mais le plus important est que maintenant Suma Uta va devoir fermer. Personne ne va vouloir nous soutenir, dit Wara.
- Tu as raison Wara. Il faut que l'on se réunisse le plus vite possible pour voir ce que l'on peut faire. Je réunis tout le monde dans la salle de réunion, ajoute Gerardo.
- D'accord. On te rejoint là-bas, complète Nicolas.

Gerardo sort et va réunir tout le monde. Nicolas se lève et range les affaires du petit déjeuner.
- Tu devrais rester à la maison au moins ce matin, dit Nicolas à Wara. Il sait qu'elle a mal dormi et que sa grossesse lui a fait des misères cette nuit.
- Pas question. Je vais à la réunion.
- Je t'en prie Wara, reste ici tranquille au moins ce matin. Je ferai en sorte que l'on ne prenne pas de décision importante sans que tu sois là. Ce matin je t'en prie.
- Bon d'accord, ce matin. Mais s'il se passe quelque chose d'important tu viens me chercher.
- Je te promets.

Wara retourne s'allonger et Nicolas sort de la maison pour rejoindre les autres dans la salle de réunion.

Ivan vient d'entrer à la Posta. Il frappe à la porte de Don Pablo.
- Entrez.

Ivan pousse la porte et entre dans la cellule.
- Bonjour Don Pablo.
- Bonjour Ivan.
- Le contrat a été rempli. Le "*paisa*" a fait cela proprement et vite.
- Maintenant il faut s'attaquer à Suma Uta. Il faut faire comprendre à la fille aymara et au français que ça va être leur tour.
- Vous voulez que je fasse un nouveau contrat ?

- Non je veux, pour le moment, que tu les menaces. J'ai un autre fer au feu. J'ai pris contact avec le mouvement des Sans terre. Ils sont spécialistes des invasions de terrains. Je vais voir s'il n'y a pas des possibilités de ce côté-là.
- D'accord Don Pablo. Je vais faire en sorte qu'ils se sentent menacés. Maintenant je pense qu'avec la mort d'Enzo, Suma Uta va fermer ses portes. Il n'a plus de raison d'être.
- Tu as raison mais je veux m'assurer qu'il ne restera rien de Suma Uta.

Don Pablo s'est levé pour mettre en route la bouilloire électrique. Il sort deux tasses, le café, le sucre. Pendant ce temps Ivan ouvre le paquet qu'il a amené avec lui et dispose sur une assiette les *salteñas*. Les deux hommes se servent et mangent ce petit chausson rempli de viande hachée, d'œuf dur, de pomme de terre, de petit pois, olive, etc. La farce est cuite dans son jus et c'est le piège de la *salteña*. C'est tout un art de les manger sans s'en mettre plein les doigts. Ivan et Don Pablo prennent plaisir à les déguster avec le café.

- Bon j'y vais. Je vous tiens au courant pour Suma Uta. Avez-vous encore besoin d'autre chose ? Demande Ivan.
- Non, merci. On se voit en fin d'après-midi.
- À tout à l'heure, dit Ivan en sortant de la cellule.

L'ensemble du personnel de Suma Uta se retrouve dans la salle de réunion. Les conversations vont bon train pour commenter la mort d'Enzo. La plupart sont sous le choc et ne se sentent pas très rassurés. Gerardo et Nicolas se consultent pour savoir comment mener à bout cette réunion. Finalement Gerardo prend la parole :
- Bonjour à tous. Comme vous êtes maintenant tous au courant des événements, il nous faut savoir comment affronter ce qui va se passer.

Nicolas continue :

- Il semble bien que la mort d'Enzo soit due à un règlement de compte. Nous avons toujours soupçonné qu'il avait des liens avec le narcotrafic. Je crois que sa mort nous confirme qu'il était compromis avec les narcos.

- Il faut bien reconnaître aussi que cela nous arrangeait de ne pas avoir confirmation des liens d'Enzo avec eux. Continue Gerardo.

- Cela n'est pas agréable à admettre, mais nous en avons profité, dit Fernando.

- La mort d'Enzo dans ces conditions peut nous faire craindre pour notre sécurité à rester ici à Suma Uta, s'inquiète Cristina.

Ruth demande la parole :

- On peut légitimement penser que Suma Uta va fermer. Il n'y a personne qui va vouloir reprendre Suma Uta, il n'y a plus de financement, l'évêque ne veut pas s'engager. Partons sur ces bases que Suma Uta va fermer. Que peut-on faire ?

- Il nous faut coordonner avec les autorités du quartier la question du centre de santé. Il faut aussi faire en sorte que tous les enfants soient pris en charge par une institution.

La réunion se poursuit toute la matinée. Tout le monde a pu s'exprimer. Trois commissions sont formées : une pour le centre de santé, l'autre pour les enfants et la dernière pour que les droits des employés soient respectés.

Adrian Choque se présente au centre de santé en tout début de l'après-midi avec plusieurs membres de l'association des voisins. Le Docteur Condori les reçoit dans le bureau des entrées. Ils viennent préoccupés après avoir pris connaissance de la nouvelle de la mort d'Enzo.

- Qu'est-ce qui va se passer avec le centre de santé, demande d'entrée Arian Choque.

- Nous n'en savons rien. Nous avons appris la nouvelle ce matin pour la plupart d'entre nous. Nous sommes aussi préoccupés que vous.
- Nous ne pouvons laisser ce centre de santé fermer. Nous voulons des garanties qu'il continuera à rester ouvert.
- Je souhaite la même chose que vous. Je crois que nous devons adresser nos demandes au gouvernement départemental. Nos salaires sont payés par le gouvernement départemental.
- Ils peuvent vous muter sur d'autres postes de santé. Et nous, nous retrouverons sans rien. Nous allons prendre contact avec le gouvernement départemental. Mais en attendant nous allons occuper le centre de santé. Nous voulons aussi des garanties de la part de l'évêché.
- Je ne vois rien à redire à ce que vous occupiez le centre de santé tant que vous nous laissez travailler et soigner les malades qui se présentent au centre de santé.
- Bien entendu vous pouvez continuer à soigner les malades, vous pouvez continuer à travailler.

Monsieur Choque installe ceux qui vont occuper le centre de santé. Il repart pour prendre les contacts nécessaires avec le gouvernement départemental et l'évêché.

Ivan Morales se présente à Suma Uta. Il se dirige vers la maison de Wara et Nicolas. Il frappe à la porte. Wara ouvre la porte et marque son étonnement de voir Ivan devant elle :
- Vous désirez ? dit-elle manifestement contrariée.
- J'ai un message de la part de Don Pablo, dit Ivan.
- Je n'ai rien à voir avec lui, répond Wara.
- Il concerne aussi votre compagnon. Nicolas n'est pas là ?
- Non, Nicolas n'est pas là.
- Alors je crois que je vais l'attendre. Vous permettez, dit-il en l'obligeant à reculer et le laisser entrer.

Il va s'asseoir sur une chaise et se met à l'aise. Wara devient nerveuse. Elle ne peut rien faire pour qu'il sorte. Elle appelle un des gamins qui passe devant chez elle :

- Rends moi service lui dit-elle. Peux-tu chercher Nicolas et lui dire que je l'attends. C'est urgent.

Le gamin part en courant. Wara rentre dans la maison. Elle s'assoit en face d'Ivan et tous les deux gardent le silence. Wara est nerveuse pendant qu'Ivan parait complètement décontracté. Le temps semble très long à Wara. Plusieurs minutes s'écoulent avant que Nicolas n'apparaisse sur le pas de la porte. Il s'étonne de voir Ivan installé chez lui.

- Qu'est-ce que tu viens faire ici, demande-t-il brusquement.
- Il a un message pour nous de la part de Don Pablo, l'informe Wara.
- C'est cela. Don Pablo m'a chargé de vous dire que la mort d'Enzo est bien tragique. Mais cela pourrait aussi vous arriver très bientôt si vous ne partez pas de Suma Uta.
- Vous nous menacez ? Demande Nicolas incrédule.
- Je crois que vous n'avez pas bien compris la situation. Je vais donc mettre les points sur les i. Si vous continuez à Suma Uta vous allez vous faire descendre comme Enzo.
- Vous nous confirmez donc que c'est Don Pablo le commanditaire de la mort d'Enzo.
- Je confirme et je confirme aussi que vous allez subir le même sort. Bon je crois que vous en savez assez. À vous de voir. À bon entendeur salut.

Ivan sort de la pièce et de Suma Uta. Le message est passé. Nicolas et Wara sont sous le choc de la menace. Wara a la tête qui tourne et doit s'asseoir. Nicolas est inquiet :

- Wara qu'est-ce que tu veux que je fasse ? Je vais chercher le Docteur Condori.

Le voilà parti en courant vers le centre de santé. Il le trouve alors qu'Adrian Choque vient juste de partir. Nicolas met le médecin au courant de ce qui vient de se passer. Celui-ci prend un stéthoscope et un tensiomètre. Ils repartent vers la maison où se trouve Wara. Le Docteur Condori l'ausculte et lui prend la tension. Elle est visiblement trop haute.

- Wara tu as besoin de repos. Tu vas au lit tout de suite et je te prescris une injection d'hidralasina. Nicolas peut te la faire.
- Je fais en sorte qu'elle se couche tout de suite et je vous rejoins au centre de santé lui dit Nicolas.

Alors que le Docteur Condori repart vers le centre de santé, Nicolas aide Wara à se mettre au lit.

- Je t'en prie Nicolas, ça va aller. Ne t'en fais pas. Le bébé va bien. Je le sais.
- Je vais chercher la piqûre et je reviens, dit Nicolas plutôt préoccupé.

Il part au centre de santé. Le Docteur Condori lui donne le médicament pour Wara.

- Avec cela elle va aller beaucoup mieux. Mais dis donc, ce Don Pablo est dangereux et vous devez faire extrêmement attention. Il faut aussi en avertir les autres.
- Je vais d'abord m'occuper de Wara et après j'irai voir les autres. Comment va le bébé ?
- Pour le moment le bébé va bien ne te préoccupes pas, il va bien.

Nicolas rentre chez lui et fait la piqûre à Wara. Elle s'endort peu après.

Ivan est retourné à La Posta voir Don Pablo. Il est maintenant connu de tous les policiers de garde à la prison. On lui ouvre la porte sans faire de difficulté. Il monte les escaliers et frappe chez Don Pablo.

- Bonsoir Don Pablo.
- Alors Ivan quoi de neuf ?

- J'ai eu une petite conversation avec Wara et Nicolas. Je crois qu'ils ont été impressionnés par les menaces. La femme va sans doute mettre quelques jours pour s'en remettre.
- Bon pour le moment ça va. J'ai moi aussi du neuf. Le mouvement des sans terre va envahir le terrain de Suma Uta au petit matin. Ils vont occuper les trois quarts. Ils sont tout contents d'avoir la possibilité de trouver un terrain gratis.
- Donc nous voilà tranquilles pour un moment de ce côté-là. On va pouvoir s'occuper de nos affaires.
- Oui il faut reprendre les livraisons. Toutes ces histoires coûtent cher.

Ils discutent alors de ce qu'il y a en suspens et comment ils vont remettre la machine en route.

Il est cinq heures et demie du matin. Le froid est intense. Aucun vêtement ne suffit à réchauffer les corps. Il faudra attendre que le soleil soit un peu haut dans le ciel pour réanimer les corps frigorifiés. Ils sont venus nombreux, près d'une centaine. Ils ont répondu à l'appel du gain possible. L'invasion du terrain va se faire dans une demi-heure. Ils sont là avec leurs pelles et leurs pioches. Il y a aussi une tractopelle prête à défoncer le mur d'enceinte. Ils attendent le responsable.

Il arrive en voiture bien emmitouflé. Dès qu'il est descendu il salue tout le monde et donne l'ordre de faire tomber le mur. La tractopelle se met au travail. Puis tout le monde entre en courant pour prendre possession du terrain. On mesure, on divise, on met en place une rue, des terrains égaux en superficie. On sent tout de suite qu'ils ont l'habitude de ce genre d'invasion, que tout a été bien préparé et planifié. Pas de mots inutiles, tout le monde sait ce qu'il a à faire. Au bout d'une heure ils se sont réparti le terrain.

Les premiers gamins à sortir de leur chambre vont alors prévenir leurs éducateurs et ils vont aussi frapper à la porte de Wara et Nicolas. Nicolas se lève pour ouvrir la porte.

- Nico, le terrain a été envahi. C'est plein de gens.

Nicolas regarde dans la direction indiquée par les gamins et il se rend compte du trou dans le mur d'enceinte. Il voit aussi un groupe de personnes qui travaille à se répartir le terrain. Nicolas s'approche des personnes les plus proches, suivi par la plupart des enfants de Suma Uta.

- Bonjour. Vous pouvez m'expliquer ce que vous faîtes là ?
- Tu retournes chez toi. Nous sommes ici maintenant chez nous.
- Je crois que c'est tout à fait illégal.
- Tu fermes ta gueule et tu fous le camp.

Les occupants se sont rassemblés et font face à Nicolas et au groupe de gamins. Ils se font menaçants. Il y a des cris hostiles.

- Dehors. Foutez le camp.

Quelques pierres fusent sans atteindre personne. Nicolas est bien conscient que ceux de Suma Uta ne sont pas en position de force. Il préfère se replier. Les envahisseurs célèbrent leur première victoire en rigolant.

À ce moment-là, les premiers camions avec les briques et le ciment arrivent et commencent à décharger. Cela va permettre aux envahisseurs de pouvoir construire une petite pièce en brique sur le terrain qu'ils occupent et ainsi affirmer leur prise de possession sur le bout de terre.

Tout s'est passé très vite, bien avant que tout le personnel de Suma Uta soit présent. Lorsqu'ils arrivent, l'occupation est achevée. C'est sur le terrain à l'entrée que Gerardo et les autres éducateurs commentent ce qui vient d'arriver avec Nicolas.

- Qu'est-ce que l'on peut faire ? Demande Gerardo.
- J'ai appelé la police, dit Nicolas.
- Tu crois qu'ils vont venir ? Et s'ils viennent tu crois qu'ils vont faire quelque chose ?
- On ne peut pas rester sans rien faire quand même.
- On n'a même pas le soutien de l'évêché.

- La question est de savoir comment organiser la fin de Suma Uta pour que cela se fasse d'une façon à peu près ordonnée.

Gerardo, conscient que c'est la fin, se préoccupe d'organiser le départ des enfants.

- Je vais appeler les institutions concernées par le reclassement des enfants.

Nicolas se soucie du centre de santé.

- Je vais voir où en est l'occupation du centre de santé.

Cristina qui vient d'arriver se charge de faire en sorte que la cuisine fournisse les repas de la journée en commençant par le petit déjeuner. Les enfants sont déjà assis au réfectoire et attendent que le petit déjeuner soit prêt. Ils sont inquiets, car ils ne savent pas ce qu'ils vont devenir, où ils vont atterrir.

Nicolas est rentré chez lui pour voir comment va Wara et l'informer de ce qui vient de se passer.

- Comment te sens-tu ? Lui demande Nicolas.
- Ça va, je me sens bien.
- Il faut cependant que tu restes allongée aujourd'hui.
- Je peux me lever.
- Je t'en prie Wara. Reste tranquille encore aujourd'hui. Je crois que je vais être pas mal occupé, je ne tiens pas en plus à devoir me préoccuper pour toi. S'il te plait.
- D'accord je te promets, dit Wara

Nicolas la met au courant de l'invasion du terrain.

- Voilà, je crois que maintenant c'est fini. Tâchons de fermer sans trop de désordre.
- Oui on ne peut plus rien faire. Dis-moi, Nicolas, tu crois que ces gens sont venus de leur propre chef ? Je crois plutôt qu'ils ont été incités à le faire par Don Pablo qui veut en finir avec Suma Uta.
- Tu as raison Wara. C'est un coup monté par Don Pablo.
- Quelqu'un a prévenu l'évêque ?

- Maître Gutierrez est venu. Il a vu ce qui se passait et est reparti aussi vite qu'il était arrivé. C'est à lui d'informer le Monseigneur.
- Oui tu as raison.
- Il faut que j'aille voir comment cela se passe au centre de santé. On a une occupation des locaux je te rappelle.
- Bon, à bientôt.

Nicolas sort et se dirige vers le centre de santé. Mais alors qu'il traverse le terrain, la police fait son apparition au portail. Jose est en train de leur ouvrir le portail. Nicolas s'approche.
- C'est moi qui vous ai appelé dit-il au sous officier.
- Alors qu'est-ce qui se passe ?
- Voilà, comme vous pouvez le voir le terrain a été envahi ce matin par une horde de gens. C'est tout à fait illégal.

Le policier, suivi de trois autres, se dirige vers les envahisseurs qui se sont regroupés en voyant la police arriver. Nicolas suit.
- Bonjour messieurs. Que faites-vous là ?
- Bonjour. Nous sommes ici chez nous. Nous sommes propriétaires de ce terrain. Nous avons les papiers qui le prouvent.

Le dirigeant des envahisseurs tend un dossier au sous-officier. Il y a dedans effectivement les documents de propriété du terrain au nom des envahisseurs.
- Nous vous demandons de nous protéger de ces gens qui veulent nous déloger alors que ce sont eux qui occupent illégalement le terrain, dit sans sourciller l'envahisseur.

Le sous-officier s'adresse alors à Nicolas :
- Ils ont des papiers parfaitement en ordre. Ils sont dans leur droit. Le terrain qu'ils occupent leur appartient. Je vous demande de les laisser tranquilles et de rester dans votre partie du terrain.

Nicolas n'en croit pas ses oreilles. Il est estomaqué. C'est le monde à l'envers.

C'est à ce moment-là que la voiture de l'évêque passe le portail.

- Voilà le propriétaire de tout. Voyez cela avec lui, dit Nicolas en s'adressant au policier.
- Qui est-ce, demande ce dernier.
- C'est l'évêque, répond laconiquement Nicolas.

Le Monseigneur est descendu de sa voiture. Accompagné de Maître Gutierrez, il se rapproche du groupe formé par les policiers, les envahisseur et Nicolas.
- Messieurs bonjour. Que Dieu vous bénisse.
- Monseigneur voudrait savoir ce qui se passe, dit maître Gutierrez.

Nicolas informe de ce qui s'est passé au petit matin et de l'intervention de la police. Le sous-officier informe des papiers que possèdent les envahisseurs.
- Vous permettez que je les vois ? Demande Maître Gutierrez.

On lui passe le dossier. Il regarde ce qui se trouve à l'intérieur.
- Effectivement il semble que cela soit en règle, remarque l'avocat.

Nicolas bout intérieurement mais il a décidé de ne pas intervenir. Le policier reprend la parole :
- Donc tout rentre dans l'ordre. Ces gens peuvent s'installer librement et ils ne seront pas inquiétés par vous.
- Ils n'ont rien à craindre, dit Monseigneur.

Les policiers se dirigent vers leur voiture pendant que les envahisseurs repartent s'occuper de leur terrain nouvellement acquis. Nicolas invite l'évêque et Maître Gutierrez chez lui car Wara ne peut sortir. Ils acceptent. Une fois assis dans la maison, Nicolas, qui n'en peut plus, explose :
- Qu'est-ce qui vous a pris ? Ils ne peuvent pas avoir de papiers en ordre.
- Ces papiers sont valables, affirme Maître Gutierrez.
- Vous vous foutez de ma gueule, dit Nicolas.
- Calmez-vous, dit l'évêque.

Nicolas reste silencieux quelques instants, réfléchissant à la situation. Il invective l'évêque :
- Ça y est j'ai compris. Vous vous êtes vendu au plus offrant. Don Pablo vous a acheté. Vous êtes un gros pourri. Il vous a donné de l'argent pour que ce terrain passe aux envahisseurs. Vous êtes un salaud.
- Je ne vous permets pas.
- Ça ne fait rien, je me permets quand même. Bon vous voilà avec une belle somme d'argent. Vous pouvez faire la leçon pour la corruption. Vous savez de quoi vous parlez.
- Cela suffit, dit Maître Gutierrez. Je suis le directeur de Suma Uta, aussi je vous licencie. Vous ne faites plus partie du personnel de Suma Uta. Votre compagne, Wara Choque aussi est licenciée du centre de santé. Vous aurez vos lettres de licenciement avant midi. Vous avez une semaine pour déménager et rendre la maison que vous occupez en ce moment.

Maître Gutierrez et le Monseigneur se lèvent et sortent de la maison. Nicolas et Wara sont encore sous le coup de leur licenciement. Il leur faudra un bon moment pour assimiler ce qui vient de se passer.
- Je crois que finalement je me sens soulagée, dit Wara.
- C'est vrai nous sommes maintenant libres, ajoute Nicolas.

Maître Gutierrez ouvre la porte du bureau du directeur et les deux hommes entrent dans le bureau. Ils envoient un gamin chercher Gerardo et le docteur Condori. Pendant qu'ils attendent, Maître Gutierrez rédige la lettre de licenciement de Wara et de Nicolas.
Gerardo et le docteur Condori arrivent dans le bureau.
- Je vous informe que Suma Uta ferme définitivement. Vous êtes donc, avec l'ensemble du personnel, licenciés. Maître Gutierrez se chargera de toutes les démarches et formalités.
- C'est à effet immédiat ? demande Gerardo

- Absolument répond Maître Gutierrez.
- Le centre de santé ferme aussi immédiatement ? Demande à son tour le docteur Condori.
- C'est l'ensemble de Suma Uta qui ferme à cet instant précis.
- Parfait, dit alors le docteur Condori. Vous vous chargerez alors de l'occupation des locaux du centre de santé par l'association des voisins du quartier.
- Comment, le centre de santé est occupé ? dit Maître Gutierrez. Je n'étais pas courant.
- Pour cela il faudrait que vous veniez un peu plus souvent remplir vos fonctions de directeur de Suma Uta, grogne le docteur Condori.
- Où et quand toucherons-nous le solde de notre liquidation ? Demande Gerardo.
- Vous passerez à l'évêché lundi prochain, répond Maître Gutierrez.
- Je vous envoie les membres du personnel pour que vous leur annonciez la nouvelle, reprend Gerardo.
- Oui, je vous en remercie dit Maître Gutierrez.
- Une dernière chose. Cet après-midi les enfants seront répartis dans d'autres institutions. Nous serons là pour leur départ.

Le soir tombe sur l'*altiplano*. Le ciel se teinte de rouge au moment où le soleil disparaît à l'horizon. Les enfants sont partis de Suma Uta. Ce furent des moments de déchirement intense. Beaucoup de larmes ont coulée. Trop d'émotions ont submergé des cœurs trop sensibles. Wara et Nicolas n'ont pas pu se résoudre à laisser partir Andres. Il est resté avec eux. Ils en demanderont la garde demain.

Ce soir ils sont une dernière fois réunis dans le réfectoire. Ils sont tous là, ceux qui ont fait partie du personnel de Suma Uta. Ils mangent ensemble. Ils boivent aux souvenirs de leurs illusions perdues.

Un message d'Ivan arrive sur le portable de Wara et sur celui de Nicolas qui les empêchera de dormir cette nuit :
- Vous avez été prévenus. Ne tardez pas trop à foutre le camp, sinon vous subirez le même sort que Enzo.

Émigration.

Wara et Nicolas sont chez eux, dans leur lit. Aucun des deux ne peut fermer l'œil après les messages d'Ivan. Après avoir tourné et retourné dans le lit ils ont finalement, d'un commun accord, décidé de rester sur le dos.
- Qu'est-ce que l'on va bien devenir ? se demande Wara à voix haute.
Le silence lui répond, avant que Nicolas ne dise :
- J'avoue que je n'en sais rien. Quand j'y pense je me demande si nous pouvons rester en Bolivie.
- Partir de Bolivie, je dois dire que je n'ose pas y penser.
- Et tu sais Wara, l'*altiplano* a ce pouvoir d'ensorceler les gens. J'en conviens : je suis envoûté par cette terre. Cela me coûte de dire qu'il faudrait en partir.
- Peut-on rester ici ? La question mérite d'être posée. Et honnêtement, après les menaces qui pèsent sur nous, la naissance de la *wawa*, il me paraît raisonnable de penser à partir de Bolivie, au moins pour un temps.
- C'est vrai que nous n'avons pas beaucoup d'autre possibilité. Et le temps presse.
- Je dois t'avouer que ce n'est pas une perspective qui me plaît énormément.
Le silence de la nuit de l'*altiplano* lui répond. Puis Nicolas reprend :

- Je comprends parfaitement que pour toi c'est très dur d'envisager cette perspective. J'ai un peu d'avance vu que j'ai déjà émigré ici.
- Tu veux retourner en France ?
- Certainement pas. Ce n'est pas ce que je souhaite. D'ailleurs en France ton diplôme de médecine ne vaut rien. Il te faudrait tout recommencer.
- Il n'y aurait que toi au travail. Ça me va comme perspective.
- Ne dis pas de conneries. Tu aimes trop ton boulot pour ne pas l'exercer.
- Tu as raison, lui dit Wara en tournant la tête vers lui.
- Non, je crois qu'il faut trouver quelque chose par ici où ton diplôme et le mien peuvent être reconnus.

N'ayant aucune idée d'un endroit où cela est possible, le silence s'installe de nouveau. Mais le sommeil ne pointe toujours pas son nez. Nicolas continue :
- En tout cas il va falloir faire vite pour débarrasser le plancher ici.
- On pourrait peut-être aller à Ojje pour un temps.
- Mais tu ne veux pas aller chez ton père.
- Non, mais j'ai de la famille là-bas en dehors de mon père.
- Tu crois que ce serait possible ?
- Il faut que je donne quelques coups de fil pour en savoir plus, mais si, il doit y avoir une possibilité à Ojje.

L'idée plaît à Nicolas qui ne connaît pas encore Ojje. Wara s'en rend compte :
- Oui, comme ça tu pourras réaliser ton rêve de connaître Ojje.
- C'est vrai.

Il se tourne vers elle :
- Tu vas téléphoner dès que possible ?
- Oui, dit-elle.

La nuit est maintenant bien avancée. Ils finissent par s'endormir.

C'est Andres qui vient les réveiller. Lui a bien dormi. Il a simplement faim et puis c'est aujourd'hui que l'on doit lui enlever son plâtre. Il est tout excité à cette idée de retrouver l'usage de tous ses membres. Wara et Nicolas se lèvent. Nicolas va préparer le petit déjeuner pendant que Wara passe sous la douche.

Ils sont enfin réunis tous les trois à table pour manger le petit déjeuner.

- À quelle heure tu m'enlèves mon plâtre, demande Andres.
- Après le petit déjeuner on va au centre de santé et je t'enlève ça.
- Il faut aussi que nous allions voir le juge pour tu puisses rester avec nous, dit Nicolas.
- Donc on va être bien occupés. Ça me va.

Wara et Andres vont au centre de santé après avoir mangé. Nicolas reste à la maison pour mettre un peu d'ordre et laver la vaisselle. Il commence aussi à trier quelques-unes de ses affaires dans la perspective d'un départ.

Andres revient en courant vers la maison. Il est tout heureux de ne plus avoir de plâtre. Wara le suit.

- Il faut que nous allions voir le juge maintenant dit Nicolas.
- Allons-y ajoute Wara.

Les voilà partis tous les trois vers le minibus qui les emmènera vers le téléphérique bleu de Rio Seco. Le tribunal est en plein dans le nœud de la Ceja. Ils jonglent avec les mini bus pour traverser l'avenue et arriver au palais de justice de la Ceja. Ils entrent dans le tribunal qui a statué sur le sort d'Andres.

- Nous voudrions voir le juge, demande Nicolas.
- Vous avez rendez-vous ? Demande sèchement la secrétaire.
- Non, répond Wara.
- Alors prenez rendez-vous.
- Excusez-nous, mais c'est un cas de force majeure. Cet enfant, Andres Quispe, ici présent a été placé à Suma Uta par le juge de

ce tribunal. Nous venons pour changer les termes de son placement, continue Wara.

La secrétaire a entendu parler des ennuis de Suma Uta. Elle leur dit :

- Je vais voir avec le juge. Patientez un moment.

Elle cherche un dossier et part dans le bureau du juge. Elle y reste un moment avant de revenir :

- Monsieur le juge va vous recevoir.

Wara, Nicolas et Andres passent dans le bureau du juge. Ils lui exposent les motifs de la requête :

- Monsieur le juge, vous avez placé Andres, ici présent, à Suma Uta. Or cette institution est fermée depuis hier. Andres est une des victimes du père Enzo Neri. Nous nous en sommes occupés à Suma Uta. Comme l'institution a fermé, nous vous demandons de nous confier Andres en devenant ses tuteurs.

Le juge interroge Andres sur ce qu'il veut.

- Oui Monsieur le juge je veux rester avec Wara et Nicolas.

Le juge continue de poser des questions pour connaître les intentions des uns et des autres et sur la stabilité économique du foyer. Finalement il décide de confier Andres à Wara et Nicolas.

- Vous reviendrez dans huit jours. Cela vous permettra de réfléchir à ce que vous voulez vraiment faire et à nous de préparer les papiers de la garde pleine et entière.

C'est une bonne nouvelle pour eux au milieu de tout ce qui leur tombe dessus depuis quelques jours. C'est tout joyeux qu'ils vont manger une glace pour célébrer la décision du juge.

De retour à la maison ils mettent Andres au courant de leur situation et de leurs projets. Il va leur falloir d'abord quitter cette maison. Ils vont aller un temps à Ojje, puis ils émigreront.

- Tant que vous me gardez avec vous ça me va, leur dit Andres.

- Il va falloir mettre tous les papiers en ordre pour pouvoir émigrer. Il te faut une carte d'identité Andres. Demain on s'en occupera.

Andres qui a beaucoup marché pour son premier jour sans plâtre est fatigué. Il va se coucher et s'endort tout de suite. Wara et Nicolas sont attablés dans la cuisine pour boire une tisane.

- Ce fut finalement une bonne journée, dit Nicolas. Andres n'a plus de plâtre et le juge nous confie la garde.

- Oui ce fut une bonne journée, approuve Wara.

- Nous devons cependant faire vite. Ivan n'avait pas l'air de plaisanter. As-tu eu le temps de prendre contact avec Ojje.

- Oui dit Wara. Mon oncle Santiago, le frère de ma mère, accepte de nous recevoir pour un temps.

- Quand pouvons-nous y aller ?

Nicolas a hâte de partir de Suma Uta. Il veut mettre tout le monde à l'abri.

- Demain on peut faire les bagages et après-demain on peut aller à Ojje.

Nicolas devient pensif.

- À quoi penses-tu ? lui demande Wara.

- Je pense à ce qui nous arrive. Don Pablo nous envoie son tueur à gages et nous, nous devons fuir. C'est dingue.

- Quand je pense au pouvoir qu'ils peuvent avoir, j'ai le vertige. Ils peuvent corrompre absolument tout ceux qui sont en face deux. C'est dément.

- On est totalement démuni. On ne peut rien faire. On est totalement impuissant. Alors qu'eux peuvent nous envoyer au cimetière d'un seul coup de feu. C'est du délire.

Tous les deux pensent à Enzo. C'était une ordure humainement mais il a été tué comme on écrase un cafard. Ils se sentent bien impuissants, impossible de leur résister. Ils continueront de faire ce qu'ils veulent jusqu'à ce que le trafic de drogue soit légalisé.

C'est la seule solution pour pouvoir contrôler le marché de la drogue. Nicolas en est convaincu.

- Je crains qu'il ne soit trop tard, dit aussi Wara. Ils ont tellement de pouvoir aujourd'hui qu'on ne peut même plus imposer de nouvelles lois. Ils ont intérêt, eux, à ce que cela continue d'être illégal.

- En fait ce sont eux qui font la pluie et le beau temps. Économiquement ils ont des fortunes qui sont plus importantes que le PIB de nombreux pays. Ils peuvent acheter n'importe qui et ils peuvent imposer de prendre les décisions qui les arrangent.

- Aucun économiste ne prend en compte l'argent sale, mais c'est une erreur car c'est l'argent sale qui décide des options économiques.

- La spéculation boursière ou financière est alimentée par l'argent sale.

- Il ne nous reste plus qu'à faire ce qu'ils nous disent de faire. On s'en va, on prend la fuite tant qu'il est encore temps.

Ces dernières réflexions du soir viennent ternir la journée. Ils finissent leur tasse et vont se coucher en espérant pouvoir dormir un peu mieux que la veille.

Le lendemain Nicolas accompagne Andres se faire faire sa carte d'identité. Il est tout fier d'en avoir une toute neuve et se sent exister avec elle. Nicolas est tout content de le voir ainsi fier. De retour à la maison ils se mettent à faire les paquets. C'est aussi l'occasion de faire le tri de ce qui est important de ce qui ne l'est pas ou beaucoup moins. Ils ne vont pas pouvoir emmener beaucoup de choses. Parfois il leur faut décider de se séparer de souvenirs qu'ils auraient aimé garder avec eux.

C'est le cousin de Wara, le fils de l'oncle Santiago, Hugo, qui vient les chercher avec sa voiture. Comme Maître Gutierrez traîne à Suma Uta tous les jours, ils lui remettent la clef avant de partir.

C'est avec un pincement au cœur qu'ils passent le portail. Ils partent mais sans savoir de quoi sera fait l'avenir.

La voiture s'avance dans la descente vers Tiquina. Le lac est devant leurs yeux. C'est un paysage qui ne laisse jamais indifférent. La voiture s'arrête sur la place de Tiquina Saint Paul. En face c'est Saint Pierre. Ils descendent de voiture. Wara sert la main de Nicolas dans la sienne. Andres découvre l'immensité du lac. Ils vont emprunter la barque à moteur pour la traversée du lac. Ils prennent leur billet et s'avancent vers le quai d'embarquement. Hugo lui, va mettre sa voiture dans la barge pour aller sur l'autre rive du lac. Ils se retrouveront de l'autre côté.

Hugo gare la voiture sur la place de Tiquina Saint Pierre. Il rejoint ses passagers qui ont débarqué avant lui. Ils se dirigent vers le marché où ils prendront un café. C'est le moment de se détendre après la route qu'ils viennent de faire. Ils sont aussi sur l'autre rive. Ils ont franchi le Rubicon.

Ojje n'est plus très loin. À la sortie de Tiquina ils laissent la route goudronnée pour prendre la piste de terre qui longe le petit lac jusqu'à Ojje. Pleins de souvenirs assaillent Wara, elle qui a parcouru tout ce chemin à pied dans son enfance. Cela fait trop longtemps qu'elle n'est pas revenue à Ojje. Hugo le lui fait remarquer :

- Ça fait bien longtemps que tu n'es pas venue nous voir. Cela ne te manquait pas ?

- Bien sûr que si, Hugo. Mais voilà, c'est réparé, je suis là.

La voiture passe l'entrée de la place en direction de Tito Yupanqui. Avant le petit bois d'eucalyptus, Hugo prend sur la gauche un sentier qui mène chez lui. C'est la première maison qui est la bonne. Il s'arrête et tout le monde descend de voiture. Santiago, qui les attendait, s'approche.

- Bonjour mon oncle, dit Wara.

- Bonjour Wara, bienvenue, tu es ici chez toi. Lui répond Santiago.

- Je te présente Nicolas, mon mari.
- Enchanté de vous connaître, dit Nicolas en lui tendant la main.
- Enchanté Nicolas, répond Santiago.

Ils passent dans l'enclos devant la maison. Santiago va chercher une couverture pour la mettre sur un banc de pierre. Il les invite à s'asseoir. De la cuisine parviennent des effluves de la soupe que prépare Marie, la femme de Santiago. Hugo sort de la cuisine avec une assiette de soupe qu'il tend à Nicolas, puis ensuite les assiettes pour chacun des présents.

Wara et son oncle se questionnent beaucoup pour se mettre à jour des nouvelles concernant les uns et les autres. Il faut aussi expliquer le pourquoi de leur présence, la fin de Suma Uta, les menaces du narcotrafic, sans trop alarmer la famille, la grossesse de Wara qui arrive bientôt à terme, la présence d'Andres. Santiago, délicatement, donnera des nouvelles de son frère à Wara. Son père n'est pas au village en ce moment, il est allé travailler dans les Yungas.

La fin du jour est proche, le soleil bien bas sur le lac. Ils avaient tant de choses à se dire.

- Je vais vous montrer où vous allez dormir, dit Santiago.
- Merci mon oncle. J'espère que l'on ne vous dérangera pas et que ce ne sera pas trop long.

Ils se lèvent pour suivre Santiago qui les conduit dans une pièce proche de la cuisine. Il y a là un lit et une paillasse sur le sol pour Andres. Il leur donne des couvertures et leur souhaite une bonne nuit.

Après le petit déjeuner, le lendemain matin, Andres accompagne Hugo qui part avec les animaux. Santiago et Marie vont aller butter les pommes de terre. Wara et Nicolas vont prendre le temps de flâner en allant jusque sur la place du village.

Ils apprécient de ne pas avoir la tension de Suma Uta sur les épaules. Ils se sentent détendus. Ils marchent lentement, sans hâte.

Wara regarde le ciel et distingue un oiseau qui plane dans ce bleu profond. Il descend vers eux. On perçoit tout à fait maintenant le condor majestueux qui s'apprête à passer au-dessus de leurs têtes. Wara le désigne à Nicolas pour partager ce moment magique avec lui. La vie leur fait signe à travers le condor, un symbole d'espoir et de bonheur.

Ils arrivent sur la place du village. Ils vont s'asseoir sur le banc devant le kiosque. Ils font face à l'église.

- Comment te sens-tu ? Demande Wara.
- Bien, répond Nicolas.
- C'est la première fois que tu viens à la campagne. Cela doit te faire un gros changement, précise Wara.
- Oui, c'est vrai. C'est tellement différent de chez moi. Mais je trouve ton oncle et ta tante très accueillants et très gentils.
- Ne t'en fais pas Nico. On ne va pas rester bien longtemps ici.

Wara veut rassurer Nicolas car elle se doute bien du choc que cela représente pour Nicolas que de vivre à la campagne.

- Je pense sincèrement que j'ai eu beaucoup de chance de te rencontrer Nicolas. La vie est un grand mystère. Je n'aurais jamais pu imaginer être amoureuse d'un français.
- Ni moi d'un fille aymara. Il n'existe pas beaucoup de couples aymara et gringo.
- Je n'en connais pas d'autres que nous, complète Wara.

Ils restent en silence à regarder le paysage.

- Après ce que j'avais vécu, il me fallait faire une rupture, c'est pour ça que j'ai quitté la France. Mais c'est pour toi que je vais rester. Je veux que l'on continue à avancer ensemble dans ce grand mystère qu'est la vie.
- Nico on est devant ce bâtiment de la chapelle du village. Il représente la présence de l'église ici. Pour moi c'est toute la colonisation que ça représente, les abus de pouvoir, l'esclavage,

la soumission, la volonté d'en finir avec mon peuple, avec ma culture. Et pour toi ?

- Dans mon histoire ce sont les abus dont j'ai souffert dans ma chair. Ce sont les mensonges, l'hypocrisie, la chape de silence, l'injustice, le manquement à l'évangile. C'est, et je crois que ça restera pour toujours, une plaie ouverte pour moi.

- C'est terrible de savoir que cette institution a fait tant de mal au cours des siècles. Qu'elle a fait couler tant de sang. Qu'elle a été un instrument de soumission des personnes et des peuples.

- En fait ce n'est qu'une machine à abuser. Au cours des siècles elle a perfectionné sa technique. Elle a dominé la conscience de tous ceux qui ont été ou sont dans son giron. Elle voudrait se présenter comme une maîtresse en spiritualité en fait ce n'est qu'une énorme arnaque spirituelle.

- Et cependant tu crois toujours en Jésus Christ.

- Et toi en la Pachamama. Nos besoins de spiritualité sont plus grands que les religions.

Ils se sentent proches l'un de l'autre. Cela leur fait du bien de prendre le temps de se dire ces choses et ces valeurs communes. Ils reprennent le chemin de la maison de Santiago en se tenant par la taille.

Ce soir-là, Nicolas et Wara sont dans la chambre que Santiago a mis à leur disposition. Andres s'est endormi.

- On ne va pas pouvoir rester bien longtemps ici, dit Wara. Comment fait-on ?

- Je crois que demain il nous faut retourner voir le juge pour finir les papiers d'Andres. Une fois cela terminé, nous pourrons partir. Mais où va-t-on aller ?

- Il nous faut aller au Pérou. J'ai une cousine qui est à Tacna. Je pourrai lui demander de nous accueillir quelques jours.

- C'est une bonne idée. Il faut nous poser quelque part, le temps de savoir où on va atterrir.

Le lendemain, Nicolas et Wara prennent le bus pour El Alto. Ils arrivent au tribunal. La secrétaire les fait patienter et elle entre dans le bureau du juge. Ils prennent leur mal en patience. Enfin ils peuvent entrer.

- Bonjour, leur dit-il. Vous voilà de retour. Nous avons encore des papiers à faire. Cela va prendre un peu plus de temps. Vous êtes toujours décidés à prendre Andres à votre charge.

- Bien sûr, répond Wara.

- Bon disons que vous pouvez revenir la semaine prochaine.

- Excusez-moi, mais vous nous aviez dit que ce serait prêt pour cette semaine, dit Nicolas.

- Oui, mais malheureusement cela va prendre encore un peu de temps. Je vous dis à la semaine prochaine.

Il met fin à l'entrevue.

- Au revoir Madame, Monsieur.

Dépités, Nicolas et Wara saluent le juge et sortent du bureau. Wara s'approche de celui de la secrétaire :

- Excusez-moi, il n'y a pas un moyen pour accélérer la décision du juge ?

- On peut toujours faire en sorte que cela aille plus vite.

- Et vous pensez que cela peut coûter combien ?

- Il semble qu'avec huit cents dollars ce serait possible.

- D'accord, je vous remercie.

Ils sortent du palais de justice et se retrouvent dans l'activité intense et désordonnée de la Ceja.

- Dis donc, si j'ai bien compris, il faut payer pour que l'on arrive à avoir les papiers.

Nicolas n'en revient pas.

- Tu as bien compris. On n'arrivera à rien si on ne paye pas, lui confirme Wara.

- Je me demande bien ce que peut être cette forme de justice.

- On peut discuter jusqu'à demain de cette forme de justice comme tu dis. En fait, justice, c'est un mot creux, vide de sens. C'est une arnaque de la démocratie. La justice n'existe pas. C'est celui qui a le plus d'argent qui obtient gain de cause, c'est tout.

- Bon alors il faut payer si on veut en finir et avoir les papiers.

- C'est pour cela que c'est une arnaque.

Nicolas fait ses comptes mentalement

- J'ai en tout et pour tout ici de disponible la somme de quatre cent quatre-vingts dollars.

- Et moi j'ai pu économiser la somme de mille deux cents dollars.

- On peut payer le juge et on peut aller jusqu'à Tacna. Mais après on ne pourra pas vivre bien longtemps.

Ils vont chercher dans les banques ce qui leur reste d'argent. Puis ils reviennent au tribunal remettre la somme à la secrétaire. Celle-ci leur demande de repasser dans l'après-midi après seize heures trente.

Cela fait pas mal de temps à attendre. Wara va dans un café internet pour téléphoner à sa cousine de Tacna. Elle revient avec la bonne nouvelle.

- Nico, elle est d'accord. On peut aller chez elle.

Voilà un de leur problème résolu. Nicolas tourne et retourne dans sa tête la question de l'argent. Il a toujours été en contact avec ses parents mais il s'est promis de ne pas faire appel à eux. Mais il y a là un cas de force majeure.

- Wara, je me demande comment on va faire pour l'argent. Ce que l'on a ne va pas nous durer bien longtemps. Je crois que je vais demander à mes parents.

- Nico tu ne voulais pas faire appel à eux.

- Oui mais c'est un cas de force majeure. On a Ivan sur le dos et on ne peut pas prendre le temps de se retourner.

- Je sais que cela nous enlèverait une grosse épine du pied.

- Ce n'est pas la solution idéale, mais je vais quand même le leur demander. Je vais moi aussi téléphoner.

Nicolas entre lui aussi dans le café internet. Il peut revenir vers Wara avec une réponse positive :

- Wara, ils sont d'accord pour nous prêter un peu d'argent. Je leur ai dit que dès que l'on sera à Tacna je leur dirai comment envoyer l'argent.

- C'est une bonne nouvelle, dit Wara.

Le moment de retourner au tribunal est arrivé. Les papiers sont prêts. Ils ont maintenant la garde pleine et entière d'Andres. Ils peuvent repartir pour Tiquina. Hugo viendra les chercher avec la voiture.

La veille ils sont rentrés un peu tard, Andres était déjà endormi. Ils profitent du petit déjeuner pour mettre la famille au courant des derniers événements. Ils sont assis dans la cuisine et Marie sert les tasses de tisane et le petit pain.

- D'abord une très bonne nouvelle. Andres, ça y est nous avons les papiers pour ta garde. Tu restes avec nous.

C'est Wara qui a annoncé la nouvelle. Andres est tout content. Il embrasse Wara puis Nicolas.

- Maintenant mon oncle, ma tante, nous devons partir le plus vite possible. Nous sommes toujours sous la menace de Don Pablo. Nous pensons partir demain matin pour le Pérou. Ma cousine Rosa, à Tacna, accepte de nous héberger quelques jours.

- C'est bien rapide dit Marie, nous aurions voulu que vous restiez plus longtemps.

- Mais nous comprenons aussi que c'est urgent de vous mettre à l'abri de ces gens, dit pour sa part Santiago.

Hugo se propose pour les accompagner jusqu'à Tito Yupanqui, où se trouve le poste frontière avec Tinicachi au Pérou. Durant la journée ils mettront en ordre leurs affaires.

Le moment du départ est arrivé. Wara, Nicolas et Andres prennent congé de Santiago et Marie. Wara a les larmes aux yeux. Elle part et ne sait pas quand elle pourra revenir ni si elle pourra revoir son oncle et sa tante. Ils montent dans la voiture conduite par Hugo. La route en terre longe le lac puis s'en éloigne avant de s'en rapprocher de nouveau. Elle rejoint une route plus importante et continue en longeant le lac jusqu'à Tito Yupanqui. Hugo arrête la voiture tout près de la frontière. Ils descendent de voiture et vont boire un café. C'est une façon de prendre le temps de se dire au revoir.

Ils passent la frontière à pied. Les voilà au Pérou. Ils cherchent alors un moyen de locomotion pour se rendre à Yunguyo. La petite ville de Yunguyo est tout en rectangle. C'est proche de la place d'armes qu'ils trouveront un bus pour Desaguadero. Ils ont deux solutions pour aller à Tacna. Soit par Puno, soit par Mazocruz. C'est à Desaguadero qu'ils embarquent dans un minibus pour rejoindre Tacna. La route traverse les Andes. La descente sur Tarata est vertigineuse. De plus de 4700m on arrive en quelques kilomètres et pas mal d'épingles à cheveux, à 3000 m à Tarata. La descente sur Tacna continue.

Une fois arrivés à Tacna ils prennent un taxi pour aller chez la cousine de Wara. Elle habite avec sa famille dans l'association les bégonias, proche de l'aéroport.

- Buenas noches Rosa, salue Wara en arrivant. Ça fait tellement longtemps.

- Buenas noches Wara. Ça doit faire dix ou quinze ans. Je suis contente de te voir.

- Rosa, je te présente Nicolas mon mari et Andres dont je t'ai parlé au téléphone.

- Et moi je te présente René mon mari ainsi que mes enfants, Pablo et Nicole.

Les deux cousines essaient de rattraper le temps perdu et se mettent au courant des nouvelles. Nicolas fait la connaissance de René avec qui il prépare la chambre qu'ils vont occuper.

- Je te remercie René de nous loger quelques jours, lui dit Nicolas.
- C'est un plaisir de vous accueillir, dit René. Rosa est toute contente de revoir Wara. Vous êtes ici chez vous.
- Mon plus gros souci en ce moment est de trouver du travail. Wara va bientôt accoucher. Je dois subvenir aux besoins assez vite. Tu ne sais pas s'il y a du travail pour un infirmier ici à Tacna ?
- Ici je ne crois pas. Mais je sais que le Chili a besoin de médecins et de personnel de santé. Tu devrais te renseigner de ce côté-là.
- Tu veux dire à Arica ?
- Oui, c'est tout proche d'ici.
- Mais je ne connais personne à Arica.
- Je peux te donner deux ou trois adresses de personnes qui pourront te renseigner.
- Je veux bien. S'il y a une possibilité de ce côté-là il faut essayer.

Plus tard dans la soirée, il fait part à Wara de cette possibilité. Ils décident que Nicolas ira le lendemain voir ce qui est possible à Arica. Wara se reposera du voyage.

Épilogue

Wara est assise dans un canapé. Elle tient dans ses bras sa petite fille, Khana. Ils ont choisi ce nom pour leur fille qui en aymara signifie lumière. C'est pour eux une lumière dans leur vie après tout ce qu'ils ont vécu.

Khana est née à Arica il y a deux mois. Nicolas a trouvé un travail comme infirmier à l'hôpital d'Arica. Wara sera embauchée comme médecin dans le même hôpital dans un mois. Ils ont trouvé un appartement pas très loin de l'hôpital, dans les immeubles de la rue Curiñanco.

Wara est émue de tenir dans ses bras le fruit de ses amours avec Nicolas. Ils ont vécu tant de choses si intensément depuis qu'ils se sont connus à l'aéroport de El Alto. Ils ont enfin trouvé une certaine stabilité ici à Arica. Elle se dit qu'enfin elle est heureuse.

Nicolas rentre du boulot. Il est là devant sa femme et sa fille. Il n'en revient pas de ce qu'ils ont pu construire ensemble au milieu de la tempête qui les a assaillis en Bolivie. Il leur faut vivre avec toutes les cicatrices que la vie a imprimées dans leur chair, avant leur rencontre, puis après.

Nicolas contemple sa femme et sa fille. Il est fier du chemin parcouru. Il se sent heureux. Il sait tout ce qu'il doit à sa rencontre avec Wara. Il embrasse Wara et sa fille, Khana.

Tous les deux n'ont pas besoin de dire quoi que ce soit. Ils sont là, ensemble. Puis Nicolas prend la parole :

- Wara c'est quand même extraordinaire que nous puissions être ici ensemble.

- Nous voilà tous les deux des émigrés. Nous avons abandonné nos terres pour pouvoir aller vers nous-mêmes, pour être nous-mêmes, ensemble.

Sans avoir laissé la terre qui les a vus naître, ils ne peuvent être eux-mêmes. Ils sont riches de la rencontre de l'autre, tellement différent, tellement semblable.

Nicolas repense alors au poème de Pablo Neruda dont le titre est : le désir, le condor[3].
Hembra cóndor, saltemos
sobre esta presa roja,
desgarremos la vida
que pasa palpitando
y levantemos juntos
nuestro vuelo salvaje.

Condor femelle, sautons
sur cette proie rouge,
déchirons la vie
qui palpite
et élevons ensemble
notre vol sauvage.

---

[3] Los versos del capitán (1952)

Lexique

Abrazo : Il accompagne le salut et extériorise un sentiment d'amitié, d'amour, d'affection. C'est une accolade en plus chaleureux.
Aguayo : Tissage carré et coloré dans lequel les femmes de l'altiplano transportent ce dont elles ont besoin et le bébé.
Akulliku: Rite social de l'échange des feuilles de coca, qui seront "mâchées" selon une technique particulière.
Altiplano : La grande plaine dans les Andes à plus de trois mille cinq cents mètres qui va du Pérou à l'Argentine en traversant toute la Bolivie.
Aymara : Peuple indigène de l'altiplano péruvien et bolivien. Ainsi que la langue de ce peuple.
Ch'alla : Terme aymara qui désigne le rite de la bénédiction dans la religion andine.
Chicharron : Porc coupé en morceaux et frit dans l'huile.
Chuta : Danse traditionnelle du carnaval à La Paz.
Comadre, compadre : Désigne le parrain ou la marraine non seulement du baptême mais aussi de n'importe quelle circonstance de la vie, mariage, promotion de collège ou d'université mais aussi de voiture, de gâteau, etc. Cela crée un lien fort entre les personnes.
Comparsa : Groupe de personnes qui se réunissent pour danser une danse traditionnelle à l'occasion d'une fête populaire religieuse la plupart du temps. Elle peut être constituée de plus de cent danseurs.
Cuy : Cochon d'Inde qui est élevé pour être mangé.
Diana : Morceau de musique joué en général à la trompette qui inaugure la journée ou salue l'arrivée d'une personnalité.
Gran Poder : Fête religieuse la plus importante de La Paz.
Gringo : En Bolivie désigne de façon péjorative l'étranger.
IOR : Banque du Vatican
Lavage : On désigne ainsi en Bolivie l'action de rendre l'argent "propre" alors qu'en France on parle de blanchiment.

Morenada : La danse traditionnelle la plus populaire en Bolivie.
Paceño : Habitant de La Paz.
Pachamama : La mère terre, objet de tendresse particulière dans la religion andine et source de spiritualité.
Padre : Père, désigne le prêtre catholique.
Pollera : Jupe traditionnelle des femmes indigènes en Bolivie en général de couleur chatoyante. Elle est constituée de plusieurs couches de tissu.
Preste : Couple chargé d'organiser une fête religieuse.
Salteña : Petit chausson empli d'une viande, de légumes, d'œuf, de pomme de terre, d'olive, cuits ensemble dans leur sauce.
Servons nous : Traduction littérale de la phrase qui indique que chacun peut commencer à manger ce qui lui a été servi.
Singani : Eau de vie de la région de Tarija.
Soroche : Mal des montagnes.
Sultana : L'enveloppe des grains de café, servie comme tisane :
Tari : Tissage carré en laine dans lequel sont présentées les feuilles de coca pour l'akulliku.
Wacawaca : Danse .traditionnelle de l'altiplano
Wawa : Bébé.
Yungas : Zone proche de la ville de La Paz, centre de la culture de la feuille de coca.

Je tiens à remercier tous ceux qui m'ont accompagné dans l'écriture de ce roman : Anne, Gérard, Chantal, Thierry. Ainsi que Bruno pour les photos de condor et Jean Paul pour la couverture.

Je tiens aussi à remercier les lecteurs pour leur patience avec les fautes qui peuvent subsister dans le texte. J'ai fait le choix de ne pas passer le texte à l'épreuve d'une IA qui aurait lissé le texte en lui faisant perdre sa saveur. Les hispanismes et les « bolivianismes » sont voulus.